Zu diesem Buch

Mit diesem Roman in Tagebuchform führt Barbara Yurtdaş die Geschichte der Familie Bulut fort, die sie in dem Buch »Wo mein Mann zu Hause ist« begonnen hat. Irmgard Bulut bewältigt inzwischen ihren »exotischen« Alltag in der Türkei mit Routine und Gelassenheit. Mit Übersetzungsarbeiten für eine Reisezeitschrift trägt sie nicht nur zum Unterhalt der Familie bei, sondern auch zu einem besseren Verständnis der Kulturen. Es gibt Probleme, als die alten Schwiegereltern aus dem anatolischen Dorf bei ihrem Sohn überwintern wollen: Denn auch in der Türkei gelten die traditionellen Regeln der Großfamilie nicht mehr ungebrochen, auch hier klafft ein Abgrund zwischen Dorf und Stadt. Wie Irmgard sich dann doch mit ihrer Schwiegermutter verständigt, liest sich als Sieg der Frauensolidarität über alle Grenzen hinweg und wird mit Augenzwinkern erzählt.

Barbara Yurtdaş, geboren 1937 in Leipzig, Studium in München, Gymnasiallehrerin. Verheiratet mit einem Türken, lebt in Izmir und München. Zahlreiche Veröffentlichungen, darunter 1983 »Wo mein Mann zu Hause ist« (Neuausgabe Allitera Verlag 2002) und 1997 »Gebrauchsanweisung für die Türkei« (Neuausgabe). Zuletzt (2004) erschien bei Insel: »Istanbul. Ein Reisebegleiter«.

Barbara Yurtdaş

Wo auch ich zu Hause bin

Eine türkisch-deutsche Familiengeschichte

Dieses Buch erschien erstmals 1994 im Piper Verlag, München

Weitere Informationen über den Verlag und sein Programm unter:
www.allitera.de

Bibliographische Information der Deutschen Bibliothek

Die Deutsche Bibliothek verzeichnet diese Publikation
in der Deutschen Nationalbibliographie; detaillierte bibliographische Daten
sind im Internet über <http://dnb.ddb.de> abrufbar.

August 2004
Allitera Verlag
Ein Books on Demand-Verlag der Buch & medi@ GmbH, München
© 2004 Barbara Yurtdaş
Umschlaggestaltung: Kay Fretwurst, Spreeau
Herstellung: Books on Demand GmbH, Norderstedt
Printed in Germany · ISBN 3-86520-041-9

Izmir, den 22. Oktober 1991

Nur zu, Ahmed. Tschüß, *güle güle!* Hau schon ab! Fahr wohin du willst. Und glaube bloß nicht, mit einem viel sagenden »Ich gehe« mir Trennungsangst einjagen zu können. Dergleichen verfängt nicht mehr. Dass du wiederkommst, wissen wir nämlich alle. Selbst die Kinder atmen erleichtert auf nach deinem dramatischen Abgang: »Ist der *baba* weg? Gott sei Dank!«

Tagebuchschreiben, meine alte Leidenschaft. Gerade habe ich mir beim *bakkal* ein dickes Schulheft gekauft und fange an in der Hoffnung, mit dem Versprechen an mich selbst durchzuhalten bis zur *Wahrheit*. Der Frage nicht auszuweichen: Warum nur bin ich seit zehn Jahren in diesem fremden Land (und mehr als doppelt so lange mit einem Mann aus diesem fremden Land verheiratet)? Wozu mache ich das, *will* ich das?

»Fremd«, rutscht mir so raus in Augenblicken der Bitterkeit. Dabei bin ich selbst doch die Fremde, *yabancı*, unter allen Einheimischen hier. Sie behandeln mich gut, bewundern mich sogar, sind neugierig und hilfsbereit und loben mich dafür, dass ich »deutsch« bin, was in ihren Augen ein Vorzug ist.

O nein, das klingt schrecklich distanziert. Eigentlich fühle ich mich inzwischen auch verwurzelt dank türkischen Freundinnen, Nachbar/innen, meiner Familie …

Mag sein, dass ich mir die Fremde *gewählt* habe, um mein sozusagen angeborenes, schicksalhaftes (wie dramatisch) Außenseitertum, Nicht-Verstandensein durchzuarbeiten. Aber auch Ahmed ist in seiner Heimat, in seiner Familie ein Fremdling und hat womöglich mich geheiratet, um an mir *sein* Fremdsein durchzuarbeiten. Vielleicht war es falsch, dass ich mich bemüht habe (und noch heute bemühe), seine Kultur, sein Land zu verstehen, darin heimisch zu werden. Möglich, dass ihn dies stört, dass er mich als sein »exotisches Du« braucht.

Beispiele gibt's genug: Neulich zitierte ich aus der Zeitung die erfreuliche Meldung, dass in Zukunft der Straftatbestand des »staatsfeindlichen Denkens« *(fikir suçu)* entfallen soll. Da eiferte sich Ahmed, in der Türkei wäre das freie Denken überhaupt niemals eingeschränkt gewesen. Jeder könne alles sagen und denken. Die gegenteilige Behauptung sei eine böswillige Erfindung der Europäer, die einen Vorwand suchten, die Türkei nicht in die Europäische Union aufzunehmen.

Als ich ihn erinnerte, dass noch im selben Jahr eine Schülerin verhaftet worden sei, weil sie vor dem Schultor Handzettel gegen den

Golfkrieg verteilt hatte, meinte er: »Die hat gewiss noch etwas anderes Schlimmes getan, Gewalt verübt oder so.«

»Ahmed«, sagte ich, »du weißt ebenso gut wie ich, dass Journalisten im Gefängnis sitzen oder Geldstrafen zahlen mussten, weil sie ›staatsfeindliche‹ Äußerungen taten.«

Er: Du verstehst nichts von der türkischen Kultur. So lange lebst du schon in diesem Land und hast noch überhaupt nichts begriffen.

Ich: Gut, dann erklär's mir.

Er: Lass es dir doch von deinem Emin *bey* erklären.

Ich: Nun mach dich auch noch lächerlich und spiele den Eifersüchtigen!

So idiotisch verlaufen in letzter Zeit unsere Diskussionen. Gut, dass niemand zuhört. Manchmal ist er nicht wiederzuerkennen, mein moderner Mann, der Demokrat und Europäer Ahmed. Ich weiß, er ist nicht so. Doch hat ihn im Laufe der Zeit vieles gekränkt, ist viel schief gegangen. Er wird immer empfindlicher.

Gelegentlich frage ich mich, ob wir nicht in ganz verschiedenen Welten leben, jeder in einer anderen »Türkei«. Das liegt wahrhaftig nicht bloß daran, dass ich die Ausländerin bin, sondern auch an unseren so divergenten Wünschen, Hoffnungen, Idealen, unseren Ängsten und Verletzungen, kurz, dem Zerrspiegel unseres Inneren.

Die Kinder nutzen die Freiheit, Vaters Abwesenheit. Verabreden sich sofort mit Freunden zum Biertrinken. Ahmed würde nie erlauben, dass sie abends weggehen (geschweige denn zum Bier), wenn sie am anderen Morgen Schule haben.

»Kommt nicht zu spät.«

»O.k. Mamie.«

Immer noch sage ich Kinder, obwohl mir die beiden über den Kopf gewachsen sind. Selbst bei Mesut (13) zeigt sich über der Oberlippe jetzt ein dunkler Schimmer. Ayhan ist mit 16 mein Großer (seit jeher). Vielleicht erwarte ich zu viel von ihm. Er leidet sehr unter dem Vater, bekommt als Erster all seine Launen zu spüren, wird immer viel strenger beurteilt als der jüngere Bruder. Und doch ist er Ahmed in vielem ähnlich: schnell aufbrausend, nervös, empfindlich.

Ich genieße das Schweigen im Haus. Dass im Wohnzimmer kein Fernseher läuft und ich dort jetzt Klavier spielen könnte. Nein, lieber nicht, die Stille ist das größere Geschenk …

Wie der Tag langsam verdämmert.

Vom Garten schauen Pfefferbäume, Eukalyptus und Palmen herein. Ich mache kein Licht.

Ziellos durch die Räume streifen. Ich verharre am Küchenfenster und schaue zur Bergflanke hinauf, wo sich die Silhouetten der Kiefern vom noch hellen Abendhimmel abheben gleich Häkelspitzen, wie sie die Baumwollkopftücher der hiesigen Bäuerinnen zieren.

Langsam steige ich über die Treppe ins Obergeschoss. Im Zimmer der Söhne brummt die Stereoanlage vor sich hin. Ich drücke den Power-Knopf.

Die Tür zu Ahmeds Zimmer steht offen und gibt den Blick frei auf ein zerwühltes Bett, hingeworfene Kleidungsstücke. Darum muss ich mich heute (und morgen) nicht kümmern. Tür zu! Welche Lust, alleine zu sein.

Und dann trete ich ein in mein Reich, das Balkonzimmer, mit dem breiten Bett, der Bücherwand, dem Schreibtisch am Fenster. Der kleine Raum ist vollgestopft mit persönlichen Dingen: Kleidern, Tüchern, Hüten, Silberschmuck, Puppen, den verblassten Seidenblumen aus München, meinem tiefblauen Kelim an der Wand und der alten Gardine aus Müşerrefs Aussteuerkiste vor dem Fenster, durch deren gehäkelte Rosen und Herzen das helle Tageslicht – und jetzt das Neonlicht von der Straße – gedämpft hereinfällt.

Plötzlich der Gedanke, dessen ich mich sogleich schäme: Könnte mir das Tagebuch im Falle einer Scheidung nicht von Nutzen sein? Auch wenn es als Beweismittel höchstwahrscheinlich nicht anerkannt würde, eine Gedächtnishilfe wäre es doch. Ein Ereignis, das ich zum Beispiel festhalten sollte: Wie Ahmed im Mai den Weinberg hinter dem Dorf Şirin, zwei Stunden südlich von hier, gekauft hat. Inzwischen bin ich restlos überzeugt (worden), dass es ein wunderschöner Weinberg in einer romantischen Gegend (am Ende der Welt) ist, aber leider nicht das, wofür ich meinem Mann das Geld ausgehändigt hatte. Denn ein Sommerhaus ohne Wasser und Strom darauf zu bauen, weitab von jeder Siedlung, wäre einigermaßen gewagt. Außerdem ist nun kein Pfennig mehr übrig.

Meine mühsam ersparten zwei Tausender hatte Ahmed als Anzahlung verwendet. Ursprünglich war er auf meinen Wunsch hin mit der Absicht losgefahren, uns ein Sommerhaus für die heißen Monate (Schulferien) zu mieten. Zehn Jahre lang leben wir nun schon in einem Urlaubsland, aber noch nie haben wir auch nur eine zusammenhängende Woche am Meer verbracht. Jetzt sagt er, das sei nicht wirklich nötig und das »viele Geld« dafür verschwendet, der Weinberg dagegen eine echte Gelegenheit, spottbillig selbst für hiesige Verhältnisse. Das gebe ich zu. Ein großes Areal, auf dem man in Zukunft, wenn die Region erschlossen wird (und das wird sie), zehn Sommerhäuser bauen kann. Rein geschäftlich gesehen also klug gedacht. Als ich von

Ahmed heute etwas Schriftliches verlangte über meine Zweitausend und andeutete, dass ich mich an einem eventuellen Gewinn beteiligen wollte (weil das Grundbuch ja allein auf seinen Namen lautet), fing er an zu wüten: was ich ihm unterstellte, und er würde mich doch nie »reinlegen«.

Das war eine Retourkutsche. Mit dem Ausruf »Du hast mich reingelegt« muss ich ihn damals schwer getroffen haben, als ich ihn bei seiner Rückkehr von der (für ihn) erfolgreichen Reise nicht lobte, sondern meine Enttäuschung offen äußerte: wieder einen Sommer lang im stickigen Izmir hocken, wieder die anstrengenden Tagesausflüge zum weit entfernten Badestrand. Meinen Wunsch – ein Häuschen zu mieten – tat er ab als Verschwendung und als »deutsche« Einstellung. Leute in unserer Lage könnten sich keinen Urlaub leisten, sondern müssten investieren. Auf diesen Satz hin hätte ich ihm alle seine Fehlinvestitionen vorrechnen können. Aber so gemein wollte ich nicht sein. Trotz seiner ständigen, beinahe paranoiden Seitenhiebe gegen alles Deutsche schlägt er vor, ich sollte meine Verwandten bitten, dass sie »uns aus der Not helfen«, das heißt die Restsumme von viertausend Mark übernehmen, wenn in vierzehn Tagen der Wechsel fällig ist. Meine Leute würden mir immer helfen, aber Ahmeds Geschäfte gehören für sie nicht zu den Notfällen.

Jetzt ist er abgereist, um reihum seine Brüder anzuhauen.

Die Kinder sind noch nicht zurück. Aber es ist auch erst elf Uhr abends. Ich hole mir eine Schüssel Trauben.

Warum ist es ihm so wichtig, dass er nach außen hin als der Besitzer unseres Weinbergs, Hauses und von Ähnlichem auftritt? Patriarchalische Tradition? Besitz bedeutet Ansehen. Mir hingegen ist wichtig zu dokumentieren, dass wir Partner sind, dass auch ich, und das von Anfang an, meinen Teil eingebracht habe. Er lässt das im inneren Bereich, zwischen uns beiden, gelten und findet, ich sollte ihm vertrauen (»ich habe nie Geld verspielt, vertrunken«). Richtig. Er ist grundanständig. Aber im Konfliktfall zieht sich jeder auf die eigene Kultur zurück. Es kommt ja häufig genug vor: Die Frau gibt aus Liebe, ohne Quittung, ohne Sicherheiten, und wenn die Liebe aus irgendeinem Grund eines Tages endet oder der Mann stirbt, steht sie ohne Besitz da. Erben kann sie wie eine Türkin, nämlich ein Viertel (auch dies eine Ungerechtigkeit), doch sofern es sich um Immobilien handelt, gibt es für die Ausländerin diverse Klauseln.

Mein Vorausdenken in die Zukunft bedeutet für ihn, dass ich an seine Liebe nicht glaube, ihm nicht vertraue. Er will mich ja weder hintergehen noch ausbeuten – aber auch nicht absichern. Weil der Tag X nie eintritt, wie er meint, und es kein Ende der Liebe, der Treue gibt und keinen Tod.

Das kannst du dem Mann nicht erklären. Er ist ein Romantiker, ein Idealist. Er hat dich ja nicht nach den Regeln seiner Heimat geheiratet, wo der Vertrag zwischen zwei Familien die Güterverteilung genau festschreibt. Von Anfang an hat ihn die Liebe alle Traditionen brechen lassen. Für dich hat er einiges auf sich genommen, zum Beispiel die misstrauischen Blicke, das Vorurteil seiner Leute, die Außenseiterrolle. Du hast schließlich selbst nicht so genau gewusst und auch gar nicht nachgefragt, wie es mit dem ehelichen Güterrecht in seinem Land steht (das nicht automatisch Zugewinngemeinschaft einräumt, sondern Gütertrennung). Natürlich wäre dir zur Zeit deiner Eheschließung ein Vermögensvertrag lieblos vorgekommen oder unwichtig. Dass er es ehrlich meinte, davon warst du, bist du immer noch überzeugt. Angehörige, die deine Interessen gewahrt hätten, fühlten sich nicht zuständig oder wollten sich nicht einmischen, traten höchstens als Warner auf. Warnungen aber wolltest du nicht hören. Auch du hattest nur Liebe gelten lassen wollen, keine materiellen Interessen.

Er war als junger Mann nach Deutschland gekommen mit der Traumvorstellung, einmal reich zu sein in seiner Heimat, was für ihn mit Grundbesitz verknüpft war. Letzteres erkanntest du erst viel später. Dafür wolltest du nicht sparen. Er wiederum (miss)verstand das als »Leichtsinn« und sprach von »verschleudern«.

23. Oktober

Ich habe zuletzt noch die Kinder heimkommen hören. Sie sind wie die Mäuschen in ihr Zimmer geschlichen. Da sie bei mir kein Licht mehr sahen, glaubten sie, ich schliefe. Leider habe ich noch lange wach gelegen. Gegen Morgen ein Traum: Ahmed, verrunzelt und krank, sagt: »Mit einer Frau wie dir, da kann ja der *anständigste* Mensch verrückt werden.«

Ich habe daraufhin Tonleitern gelacht und bin lachend aufgewacht. Wie kann ich bloß lachen über Ahmeds Elend! Aber statt Schuldgefühle zu haben, bin ich beschwingt. Also soll heute ein Tag des Lachens werden. Ich werde – wie ich es schon lange vorhabe – meine Freundinnen zum Abendbrot einladen. Wir könnten Wein und Bier trinken und ein bisschen laut werden – was Ahmed nicht schätzt.

Gerade mit Margrit telefoniert. Habe sie noch vor dem Unterricht erwischt. Ob ich verrückt sei, sie in aller Herrgottsfrühe anzurufen.

Ja.

Sie hat im Prinzip Zeit und Lust auf einen Weiberabend, möchte mich aber nicht den ganzen Tag kochen und vorbereiten sehen. Deshalb schlägt sie vor, wir sollten uns lieber irgendwo treffen. Sie ruft noch mal an.

Stimmt schon. Wer wird denn überhaupt kommen können? So kurzfristig lässt sich das schlecht organisieren. Schließlich säße ich mit Bergen von Essen da.

Christine kann nicht. Sie darf prinzipiell nicht abends alleine ausgehen. »Und wenn es bei mir wäre?«

»Dann müsste ich ihm ja erzählen, dass du in Abwesenheit deines Mannes eine Party gibst.«

Wirklich *ayıp*.

Lisa? Passt nicht in diesen Kreis.

Gülay? Die ist nicht vor zehn Uhr ansprechbar.

Also schreibe ich neben der Kaffeetasse noch ein bisschen weiter Tagebuch.

Ich muss meinen eigenen, wahren Text finden, gerade weil ich mit ständig wechselnden fremden Texten arbeite. Diese Art Übersetzerei macht stumm, stumpf. Manchmal meine ich, mich in meiner Sprache nicht mehr spontan ausdrücken zu können, nur noch auf eine türkische Textvorlage zu reagieren; mein Denken ganz in den Dienst der Vorlage zu stellen. So weit wird es kommen!

Barbara könnte ich anrufen und Renate.

Fasse zusammen: Wir werden uns in Alis Club im historischen Alsancak (Vorschlag von Gülay) treffen, einem kleinen Lokal in einem restaurierten Holzhaus. Nicht zu teuer, aber gut. Gülay will den Tisch reservieren lassen. Zugesagt haben Gülay, Margrit, Barbara. Vielleicht erreiche ich Renate noch. Ob die ihre kleinen Kinder alleine lassen kann?

Apropos: Ayhan und Mesut kamen von der Schule und sind schon wieder weg. Sie wollen heute einen Freund zum Übernachten mitbringen, was der Vater nie erlaubt. Meine Bedingung: das Geschirr spülen und ihren »Verhau« aufräumen. Ich bin nicht ihr Zimmermädchen.

Ich habe mir zwei Telefongespräche nach Deutschland geleistet, eines mit meiner Schwester, das andere mit Martha. Wollte mich für die Klaviernoten bedanken. Es ist mühsam geworden zwischen uns. Ich fürchte, ich habe sie festgeschrieben auf die Freundin von vor zehn Jahren. Suche bei ihr die alte Vertrautheit (Heimat) und setze voraus, dass sie mich versteht. Aber sie versteht vieles nicht. Alles, was früher selbstverständlich zwischen uns war, der gemeinsame Alltag, fehlt.

Und ich kann, ich mag auch nicht alles erläutern. Das Gespräch hat mich traurig gemacht. Wahrscheinlich geht es ihr ebenso. Das wäre dann eine letzte Gemeinsamkeit.
Jetzt schaue ich mir die Noten an, Mozarts Fantasie d-moll, (früher mal gespielt), Schumann (nein!). Das Italienische Konzert von Bach. Na, das wird zu schwer sein für mich trotz jahrelanger Vorübung an Inventionen und Partiten.

24. Oktober

Heute haben wir alle verpennt; ich habe meinen Wecker überhört und die Söhne samt Freund wie gewöhnlich den ihren. Schnell den Traum aufschreiben, damit ich ihn nicht vergesse: Ich warte in einem überfüllten Nachtlokal auf Ahmed. Er erscheint mit Sonnenbrille und lässig über die Schultern gehängtem Mantel – wie ein Mafia-Kerl. Ich bin verblüfft, aber zugleich glücklich und stolz. Denn »so habe ich ihn mir immer gewünscht«, denke ich *vor* dem Aufwachen. Ganz intensiv spüre ich die Gefühlsmischung aus Faszination und Verachtung gegenüber diesem Traum-Mann und frage mich, warum ich mich mit meinem redlichen Durchschnittsversager nicht abfinden will. Gestern abend ergingen wir uns in lästerlichen Reden über die Männer, die Gülay als »Babys und große Egoisten« bezeichnete (das sagt *sie*, eine Türkin). Sie wollte sich totlachen über die Weinberggeschichte, die die anderen schon kannten. Übrigens ist es wirklich so, dass ich als Ausländerin außerhalb der Stadt kein Grundstück besitzen darf; Ahmed könnte es mir beim besten Willen nicht überschreiben. Ich könnte es nicht mal erben. Na gut, dann erben es die Söhne. Und wenn sie heiraten, haben sie wenigstens standesgemäß Immobilien vorzuweisen. Meine Wut ist verraucht! Vielleicht hat das der *rakı* bewirkt. Zuvor hatte ich mich nie getraut, nun aber entdeckt, pur, in kleinen Schlückchen schmeckt er. Ich habe viel Wasser dazu getrunken und war nicht benebelt. Und heute keine Kopfschmerzen.

Die Kinder pennen immer noch. Verantwortungslose Mutter lässt sie die Schule schwänzen. Na, ab morgen werden wir, auch ohne Vater, zu Disziplin, Fleiß und Ernst des Lebens zurückfinden. Eigentlich nicht ungewöhnlich, dass ich mal abends ausgehe. Aber immer gesittet zu kulturellen Veranstaltungen wie Konzert, Theater oder Vortrag. Vielleicht war ein Teil unserer übermütigen Laune gestern auf den – längst fälligen – Verstoß gegen die Landessitten zurückzuführen.

Gülay behauptet allerdings, sie ginge öfter mit Freunden zum Essen (und *rakı*) in Alis Club. Sie genießt es, geschieden zu sein. Ich mag sie sehr. Sie ist sensibel, klug, belesen und hat einen ausgeprägten Sinn für Humor. Ihre fast fünfzig Jahre sieht man ihr nicht an. Der neue Job bei einem Touristikunternehmen wird ihr im Winter viel freie Zeit lassen.

Wenn ich denke, was Barbara sich alles erkämpfen musste: erst eine Spülmaschine (das war noch im Rahmen), dann eine Etagenheizung, jetzt die Erlaubnis, in einem Teppichladen zu arbeiten. Als erste Reaktion ihres Mannes musste sie allerdings eine Ohrfeige einstecken. Früher hatte sie sich nie getraut, etwas für sich zu verlangen, immer hatte sie nachgegeben. »Weil er der Ideal-Mann war, den ich nicht verlieren wollte.« Heute nennt er sie »frech« und »verändert«. Denn sie verzichtet lieber auf die netten Aufmerksamkeiten, die er am Anfang für sein »Häschen« heimbrachte (Blumen, Ring, Parfüm); will statt dessen mitbestimmen und eigenes Geld verdienen.

Margrit beteiligte sich nicht an unseren Lästerreden. Ömer ist nicht tabu, aber sie geben sich gerade Mühe, ihre Partnerschaft wieder zu beleben, indem sie am Wochenende gemeinsam fortfahren, flirten, lieb zueinander sind.

Nein, es wurde nicht bloß über die Männer hergezogen, auch über abwesende Frauen (Klatsch)! Darüber hinaus ging es um die Schule (Margrits Dauerthema) und um Politik; das Wahlergebnis. Warum die Leute die ANAP (Mutterlandspartei) dick haben. Dass aber auch das Votum für die DYP (Partei des rechten Weges) nicht eindeutig ausgefallen sei und so weiter. Welche Koalition es geben könnte. Dass mit Leyla Zana aus Diyarbakır erstmals eine Kurdin ins Parlament einzieht. (Insgesamt sind es 22 kurdische Volksvertreter, die jedoch nicht als Abgeordnete einer eigenen Partei, sondern auf der Liste der SHP, der Sozialistischen Volkspartei, gewählt wurden.)

Kinder, nun steht mal endlich auf! Es ist zwölf Uhr mittags. Ich gehe jetzt in die Stadt. Und falls der *baba* anruft: Fragt, wann er wiederkommt. An welchem Tag? Das ist sehr wichtig.

abends

Noch immer kein Anruf von Ahmed. Typisch, dass er sich nicht meldet, solange es keinen Erfolg vorzuweisen gibt. Wo steckt er bloß? Na, sorgen muss ich mich wohl nicht um den ausgewachsenen Mann. Es interessiert mich trotzdem, ob es ihm gut geht und wie die Sache läuft.

Ayhan und Mesut sitzen über den Hausaufgaben. Ich war in der Redaktion unserer Zeitschrift *Merhaba*. Das dem Thema Istanbul gewidmete Novemberheft ist sehr schön geworden. Emins Fotos zeigen, was das Auge des europäischen Touristen erfreut: die grandiose Silhouette des *Topkapı*-Dreiecks vom Wasser her, einfühlsam restaurierte hölzerne Sommervillen (*yalı*) am Bosporus, das Innere der Blauen Moschee und so weiter. Wo hat er nur die alten Stiche aufgestöbert, die so nostalgische, romantische Szenen zeigen wie: verschleierte Frau kauft im Basar ein; Empfang durch die Badewärterin an der *hamam*-Tür; müde Reisende mit Esel erfrischen sich am Brunnen Ahmeds III.? Solche Bilder sollen den Betrachter ins orientalische Märchenland Türkei versetzen.

Ich finde es noch immer spannend, »meinen« Text gedruckt zu sehen. Alles, was vorher so viele Kämpfe gekostet hat, wirkt auf einmal glatt und endgültig. Dennoch ärgere ich mich über den ersten Abschnitt, der, obwohl ich mir gegenüber dem Original schon einige Freiheiten herausgenommen habe, irgendwie lahmt. Der Autor, ein Freund von Emin *bey*, Historiker, soviel ich weiß, will zu viel auf einmal sagen und schwankt zwischen Selbstzweifel und Selbstüberhebung.

»Istanbul lag immer ein wenig am Rande der Mittelmeerrouten. Im Vergleich zu Plätzen auf dem Weg wie Marseille, Neapel (Rom) und sogar Athen wirkte sich nämlich die lange Seereise zum Nachteil aus. Aber das Glück, Hauptstadt dreier Reiche zu sein, des Römischen, des Byzantinischen und des Osmanischen, räumte diesem an zwei Meeresufern gegründeten Siedlungsplatz wiederum allezeit eine Sonderstellung ein.«

Im Übrigen ist der Autor ja geschickt vorgegangen: hat aus alten Reisebeschreibungen zitiert, was europäische Besucher früherer Jahrhunderte Lobendes über Istanbul zu berichten wussten. Wie ich aber jetzt bemerke (beim Übersetzen ist mir das gar nicht so aufgefallen), spart er keineswegs mit Kritik an der »Verwahrlosung und Unordnung der Straßen«.

»Man kann sich zwischen Himmel und Meer kein zweites Stück Erde von derartiger Schönheit vorstellen. Gleich hinter der Meeresküste steigt das Land an. Die in verschiedenen Farben herausgeputzten Häuser, die aus einem Meer von Grün auftauchenden tiefblauen Kuppeln der Moscheen, die weißen schlanken Minarette mit ihren Umgängen vor dem kristallklaren, leuchtenden Morgenhimmel verwandeln die Stadt in einen orientalischen Traum.

Die Straßen waren im Sommer staubig, im Winter versanken sie im Morast. Eine öffentliche Verwaltung, die für allgemeine Sauberkeit und tägliche Wartung zuständig gewesen wäre, gab es nicht.

Doch das Volk und die Handwerker und Kaufleute in diesen Straßen waren verblüffend sauber. Ein Grund dafür waren sicher die öffentlichen Badeanlagen. Und da diese oft Stiftungen waren, kosteten sie nicht einmal etwas. Die Fremden wunderten sich darüber so sehr, dass ein Reisender die berühmte Stärke der Türken damit erklärte, dass sie ihren Körper an allen Stellen waschen.«

Die Darstellung der guten alten Handelssitten im Großen Basar (*Kapalı Çarşı*) klingen wie eine Beschwörung urtürkischer Werte, die heute auszusterben drohen.

»Das erste Grundprinzip der Handelssitten ist, nicht auf den Nachbarn neidisch zu sein, wenn dieser ein gutes Geschäft macht, sondern sich zu freuen. In dem Fall gilt die Regel und der Glaube: Allah wird mir morgen geben. Das beeindruckt den Fremden ungemein.

Sich hinsichtlich des Gewinns zu bescheiden, sich mit wenig zufriedenzugeben, ist ein Grundprinzip, das seit dem Mittelalter gültig ist. Im Großen Basar pflegen die Kaufleute den zweiten Kunden zum Nachbarn zu schicken, wenn der an diesem Morgen noch kein Geschäft gemacht hat.

Ein fester, angemessener Preis war üblich. Früher galt es für einen muslimischen Händler als unanständig zu feilschen. Im Basar herrschten Sicherheit und Friede. Die Läden brauchten tagsüber keinen Bewacher. Das bekannte Mitglied der Französischen Akademie, Michaud, der 1830 nach Istanbul kam, beobachtete mit Erstaunen, dass aus Schränken und Stellagen, die stundenlang ungesichert blieben, nichts gestohlen wurde. Noch verwunderter war er, als er eine hübsche Brieftasche kaufen wollte und ihm der Ladenbesitzer erklärte, beim Nachbarn gebe es noch eine bessere.«

Ärgerlich sind wieder die Druckfehler – trotz der zweimaligen Fahnenkorrektur. Mir kommt der Verdacht, dass die Jungs in der Druckerei meine Korrekturen nicht verstehen. Sie können wahrscheinlich kein Deutsch, und während sie den einen Fehler korrigieren, bringen sie gleichzeitig einen neuen herein.

Emin *bey* hat mir einen Teil des Honorars gegeben, längst nicht alles. Es scheint, dass er, um mich bei der Stange zu halten, einen Restbetrag stehenlässt, den ich bei Ablieferung des nächsten Manuskripts bekomme. Das wiederum wird erst beim übernächsten Mal bezahlt. Im Moment ist es mir sehr recht, dass er Arbeit für mich hat. Mein Verdienst wird dringend benötigt, denn Ayhan und

Mesut brauchen Schuhe, Anoraks, Pullover. Ahmed vertraut darauf, dass ich dies irgendwie herbeischaffe.

Ahmed eifersüchtig auf Emin *bey*! Dabei ist der überhaupt nicht »mein Typ«. Schätze ihn Ende Fünfzig, Spitzbauch, weiße Löwenmähne, dicke Brille, Tränensäcke, wie sich das für einen Redakteur gehört. Ursprünglich Chemiker, sogar Dozent, als solcher 1970 im Gefängnis. Danach war Schluss mit der Karriere; er hat sich als Fotograf, Buchhändler, Gestalter von Prospekten und Broschüren durchgeschlagen. Kennt alle Welt und spricht gut Deutsch und Englisch. Lisa hat er aus Antalya, wo sie Urlaub machte, angeschleppt und zum Dableiben überredet, nicht als Ehefrau, denn irgendwo ist Emin *bey* schon verheiratet. Lisa arbeitet mehr als er und ist die Seele der Redaktion. Und wie sie zu ihm passt mit ihrem roten Lockenkopf und ihrem Bäuchlein! Die beiden tafeln wohl jeden Abend ausgiebig bei *rakı*. Er sagte heute, ihm würde das Geld kaum für das Abendessen reichen. Das Büro ist in einer elenden Kellerwohnung untergebracht. Neulich war sogar das Telefon gesperrt, weil er angeblich die Rechnung nicht bezahlen konnte. Wahrscheinlich hatte er sie aber bloß verschlampt.

Manchmal glaube ich, Emin gibt sich absichtlich das Image des lässigen, zerstreuten Intellektuellen, eines enttäuschten Idealisten, den das Leben hat zynisch werden lassen: wie er heute das Wahlergebnis kommentierte. Er glaubt nicht, dass jetzt ein Zeitalter der Demokratie und Menschenrechte anbrechen wird. *Keine* Regierung würde mit der Inflation fertig werden. Und wir könnten froh sein, wenn wir die Mittel für das Magazin im nächsten Jahr noch genehmigt bekämen.

Der neue Englisch-Übersetzer war auch im Büro. Ein junger Lehrer, der ein bisschen verwirrt schien von der Art, wie man dort miteinander umging und die Dinge handhabte. Und warum denn eine dreisprachige Ausgabe? Wäre es nicht besser, drei getrennte Hefte herauszubringen? Das hatte ich anfangs auch gefragt. Wird aber viel teurer ... Das Konzept unseres Magazins ist es, die Türkei im Ausland und für Touristen im Land bekannt zu machen. Das – kostenlose – Monatsheft enthält Beiträge zu Kultur und Geschichte, selten zu Politik und Wirtschaft, des Landes aus Insidersicht. Es versteht sich als Korrektur zu den oberflächlichen, herablassenden, besserwisserischen, ironischen, ungenauen Artikeln europäischer oder amerikanischer Journalisten. Ästhetisch ansprechend gestaltet, präsentiert es viele Bilder auf Hochglanzpapier. Darum hat Emin *bey* besonders kämpfen müssen. War dies doch hierzulande bisher keineswegs eine Selbstverständlichkeit.

Jetzt gute Nacht, Kinder. Es hat wohl keinen Zweck, länger auf den Anruf vom *baba* zu warten. War ein schöner Tag heute.

25. Oktober, Freitag

Gerade sind die Burschen unter Mordsgetöse in die Schule abgezogen. Ich überlege, ob ich einkaufen gehen soll oder es lieber auf morgen verschiebe, wenn wir sowieso zusammen in die Stadt fahren. Dann könnte ich den Vormittag über Klavier spielen und lesen. Wie im Urlaub. Die neuen Texte zum Übersetzen kriege ich erst nächste Woche. Was kochen? Möglichst ohne Aufwand. Noch mal Spaghetti wird allen recht sein.

Die schlechten Tischsitten reißen ein, sobald Vater nicht da ist. Heute morgen versuchten sie, durch Schmatzen, Rülpsen und Räuspern sich gegenseitig das Frühstück zu verekeln. Sie hatten gewettet, wer zuerst kotzen würde. Schließlich rannte Mesut aufs Klo. Auf die Dauer müsste ich viel strenger mit ihnen sein. Mir wird klar, dass ich A. oft den Part des harten Erziehers und Buhmanns zuschiebe, um, dadurch abgesichert, die verständnisvolle »liebe« Mamie spielen zu können. Das entspricht durchaus der Rollenverteilung in der türkischen Durchschnittsfamilie. Eigentlich ein bisschen unfair gegenüber den Vätern.

Jetzt werde ich *Ruh Üşümesi* von Adalet Ağaoğlu noch einmal von vorne beginnen. Ob der Titel auf deutsch »Geistige Erkältung« oder »Seelisches Frösteln« heißen müsste, kann ich nach zwanzig Seiten nicht sagen. In diesem »Kammer-Roman« (analog zu Kammermusik) sitzt eine Frau mittleren Alters im überfüllten Lokal einem unbekannten Mann am Tisch gegenüber. Dies ist eine für die Türkei ungewöhnliche Situation und kommt höchstens im Milieu von Berufstätigen, Akademikern, Künstlern ... der Großstädte (hier ist es wohl Istanbul) vor. Die beiden tauschen kurz Höflichkeitsfloskeln aus. Was sie fühlen, denken, assoziieren, bildet im Wesentlichen den Inhalt. Beim Lesen kam mir *Salz auf unserer Haut* in Erinnerung, denn es geht höchst erotisch zu, aber auch literarisch, mit vielen Anspielungen, die ich nicht verstehe.

Bei Adalet Ağaoğlu habe ich immer das Problem, schwer »reinzukommen«, so dass ich das erste Kapitel zweimal lesen muss. Doch dann stellt sich eine Vertrautheit ein, als hätte ich alles selbst erlebt, selbst geschrieben. So ging es mir besonders mit dem Roman *Hayır* (»Nein«), und auch in den anderen Bänden ihrer Trilogie kam mir die Hauptfigur Aysel wie ein zweites Ich vor. Es wäre »leicht«, das zu übersetzen. O nein, nicht sprachlich, aber von der inneren Beziehung her.

Warum ist diese große Schriftstellerin der türkischen Gegenwartsliteratur in Deutschland nicht bekannt? Nur ihr Gastarbeiterroman ist übersetzt, nicht dagegen die wirklich bedeutende Trilogie? Liegt es an der Vorliebe für ein bestimmtes Genre, den türkischen Dorfroman (»Mehmet, mein Falke«, »Die Rache der Schlangen«) – weil das dem vorgefaßten Bild von der Türkei entgegenkommt? Stört da eine moderne Schriftstellerin, die ihre Handlung in der Großstadt unter Intellektuellen ansiedelt? Die Soziologieprofessorin Aysel und ihre Schwester, die Malerin Teyzel, entsprechen ja keineswegs dem deutschen Bild (Vorurteil) von der Türkin.

Ahmed hat eben angerufen. Hallelujah! Sein Bruder Osman gibt das Geld. Wahrhaftig, er schenkt uns viertausend Mark. So ein Glück! Das hätten wir nicht erwartet, allerhöchstens, dass er es leiht. Heute fährt A. von Istanbul ab, aber noch nicht hierher zurück, sondern mit Osman zusammen ins Heimatdorf Aydınköy, die Eltern besuchen. Also haben wir noch ein paar Tage Ferien. Dann sollte Ahmed allerdings wiederkommen. Er fehlt uns hier doch, und ich habe Sehnsucht nach ihm.

abends

Wieder ein schöner Tag vorbei. Der Morgen verging mit Lesen und »Modenschau« vor dem Spiegel. Die Kinder sind nach der Schule zum Sport gegangen, wie immer am Freitag. Ich bin mit dem Italienischen Konzert einmal ganz durch. Vor allem im ersten Satz bin ich dauernd gestolpert. Viel zu schwer für mich. Um das mal zu »spielen«, werde ich Jahre brauchen. Aber Bach macht mich glücklich. Das polyphone Geflecht scheint mir der Struktur des Lebens zu entsprechen.

drei Uhr nachts

Bin aufgewacht von einem Rauschen, Trippeln, Gluckern. Es regnet!!! Das ist nach sechs Monaten absoluter Trockenheit ein Ereignis. Hei, Gewitter! In der Ferne blitzt und donnert es. Ich laufe durchs Haus und kontrolliere die Fenster, reingeregnet hat es nirgends. Im Garten hängen die Handtücher noch auf der Leine. Schon bin ich im Nachthemd und barfüßig draußen. Wie es riecht: nach feuchtem Staub, nach Erde, nach nassem Stroh. Die Bäume sind sicher glücklich, dass der Regen ihnen die dicke Staubschicht von den Blättern wäscht. Bald werden unsere Gartenbeete, die im Laufe des Sommers immer zu einer graugelben Wüste ausdörren, sich begrünen, erst mit Gras, dann mit kleinen Wildblumen. Mich entzückt der »Frühling«, der hier nach langer Sommertrockenheit im November beginnt, jedesmal aufs neue.

Im nassen Nachthemd wird es schnell kühl. Es ausziehen und sich nackt im Garten ergehen? Nein, das traue ich mich doch nicht. Wenn jemand mich sähe.

Wie gemütlich es jetzt im Bett ist. Durch die offene Balkontür höre ich dem leiser werdenden Regen zu. Aus nichtigem Anlass durchströmt mich manchmal ein so starkes Glücksgefühl, dass ich jauchzen möchte.

27., Sonntag

Gestern stundenlang mit den Kindern in der Innenstadt gewesen zum Schuhkauf. Gott sei Dank haben beide das Gewünschte gefunden, Basketballstiefel mit »energiegeladenen« Sohlen und aufblasbarem Knöchelschutz. Mesut spielt jetzt in der Clubmannschaft und Ayhan wollte nicht nachstehen. *Made in Taiwan* und europäische Preise. Was wird Ahmed dazu sagen? Mir wieder Verschwendung vorwerfen? Die Kinder waren so einsichtig, nicht das teuerste Modell auszuwählen. Man kann ihnen nicht immer Vernunft und Sparsamkeit abverlangen. Die vorgeschriebene Schuluniform lässt den jungen Leuten sowieso wenig Spielraum für einen individuellen Stil. Es mussten noch weiße Schulhemden, Socken, Unterwäsche gekauft werden. Zuletzt war nicht nur die Million (über 300 Mark) weg, die Emin *bey* mir gerade gezahlt hatte, sondern obendrein fast das ganze Haushaltsgeld. Wie kommt's? Ach ja, ich habe mir ein Abo für die Samstagsmorgen-Konzerte des Izmirer Symphonieorchesters gekauft. Musik muss sein. Der Eintritt ist mit rund zwei Mark pro Veranstaltung relativ preiswert. Abo, weil es an der Tageskasse selten Karten gibt.

Für ein gemütliches Mittagessen beim *dönerci* hat es dennoch gelangt. Natürlich habe ich mich wieder bei den Pepperoni verschluckt und schrecklich gehustet. Ayhan und Mesut haben sich wieder geschämt für ihre Mutter und gedroht, nie mehr mit mir essen zu gehen. Das ist ein altes Spiel.

Heute habe ich einen Apfelkuchen gebacken: weil Sonntag ist und wir jetzt selber Schlagsahne machen können von dem Rahm der Kuhmilch, die wir beim Bauern holen. Wie sehr ich die Dinge genieße, die nicht selbstverständlich sind. Etwa auch den Nachmittagsspaziergang im Olivenhain hinterm Haus.

Dank dem Regen ist es dort jetzt nicht mehr so stickig, staubig. Noch sprießt nichts. Überall verdorrtes Gras und nackte Erde. Aus dem graugrünen Laub der Olivenbäume schimmern die Früchte dunkelblau, fast schwarz. Bald beginnt die Ernte. Zum Aufwärtssteigen war es kühl genug. Oben, am Saum des spärlichen Kiefernwaldes, habe ich weit über die Bucht geschaut und tief aufgeatmet. Ein weißes Fährschiff zog wie ein Spielzeugboot vor der Kulisse des Gegenufers ins offene Meer. Dort oben könnte man sich eine heile Welt träumen – so lange man nicht unmittelbar runterschaut in Richtung auf unser Haus. Da schießen die Neubaublocks wie Pilze aus dem Boden, da frisst sich die Trasse einer modernen Schnellstraße durch die Mandarinengärten. Bis zu mir hinauf drangen das Quietschen des Baggers und die elektrische Säge der Zimmerleute. Lastwagen brummten, ein Flugzeug dröhnte.

Der Fortschritt manifestiert sich auch in den unverrottbaren Überbleibseln vergangener Picknicks am Fuß der knorrigen Ölbaumstämme. Ich suchte mir eine gut erhaltene Tüte und sammelte ein: Bierdosen, Flaschen, Zeitungspapier, Plastik. Der »Esel-Opa« auf seinem kleinen Acker unterhalb nickte mir zu: »Es ist eine Schande. Unsere Leute werfen alles hin. Und du räumst es auf.« Ich habe ihm zum Trost erzählt, dass so etwas in Europa auch vorkäme.

28. Oktober

Mit Margrit telefoniert. Sie hat keine Zeit für einen Stadtbummel. Ich hätte große Lust, ohne Kinder. Muss sowieso in die Redaktion, mir ein paar Artikel abholen. Lisa hat Bescheid gesagt.

Noch immer ist der Friede im Haus für mich eine wunderbare Erholung. Dabei fühle ich mich durch die Kinder mit ihrer Krachmusik kaum gestört. Wenn Ahmed hier ist, liegt fast ständig Spannung in der Luft. Ich muss mich mit ihm auseinander setzen, ob er was sagt oder nicht. Das regt auch an. Ich fände es sogar fad ohne ihn. Doch manchmal wird's mir einfach zu viel. Es tut gut, ein paar Tage Abstand voneinander zu haben.

Nun bin ich zurück vom Bummel im *Kemeraltı*-Basar und eigentlich zu erschöpft zum Schreiben. Doch die Kinder sind gerade draußen, und nachher muss ich Essen kochen und so weiter. Nur ein Paar leichte Stoffpantoffel für drei Mark habe ich gekauft. Aber das Eintauchen ins Basargewühl war, wie immer, ein Erlebnis, ein Fest für die Augen, für die Sinne. Im *Kemeraltı* gibt es wirklich *alles*. Heute fiel mir wunderschöner Silberschmuck auf, sehr verführerisch die Ketten aus dicken Silberkugeln und Halbedelsteinen (Türkis, Lapis).

Eines Tages werde ich mir einen dieser Silberspiegel, deren Rückseite reliefartig getrieben ist, gönnen. Ich vermute, der offene Spiegel wurde einst als magisch oder unheilbringend angesehen und deshalb mit der blinden Seite zum Betrachter an die Wand gehängt. Dieser Scheu verdanken wir die kunstvollen Rückseiten.

Ganz hinten bei der *Hisar Camii* (»Burgfestungsmoschee«, obwohl weit und breit keine Burg zu sehen ist) habe ich Geschäfte mit Aussteuerwäsche entdeckt, herrliche handgearbeitete Hohlsäume und Durchbruchstickerei an Paradekissen, Kaffeedecken, Servietten, Vorhängen. Die Preise sind relativ niedrig, gemessen an der Arbeit, die drinsteckt (schlecht bezahlte Frauenarbeit).

Vor der ehemaligen Karawanserei, die jetzt renoviert wird, saßen unter Platanen auf Wackelstühlchen und Hockern wie gewöhnlich Tee schlürfende Männer. Da habe ich mir einen Mokka bestellt. Bereitwillig und freundlich wurde der »Touristin«, für die man mich wegen meines Aussehens hält, ein Platz frei gemacht. Großes Erstaunen dann, als ich türkisch sprach.

Im Basar mit seiner Fülle, seinem Treiben und seinen stillen Winkeln, mit all den Gerüchen, Verlockungen, menschlichen Begegnungen fühle ich mich ganz verzaubert. Ein Rest orientalisches Märchenland.

später

Und jetzt die Realität: Ahmed hat angerufen, er wird Donnerstag oder Freitag mitsamt seinen Eltern kommen.

Nein!

Musste das sein?

Da A. mich kennt, hat er sogar ein ganzes Telefonkärtchen geopfert, um mir alles zu erklären. Wir *müssen* es tun. Entscheidung von Bruder Osman, der natürlich das Sagen hat, weil er a) der Ältere ist, b) das Geld für den Weinberg gegeben hat. Aha, so hat alles seinen Preis, Ahmed.

Eigentlich würde wohl Hasan die Schwiegereltern nehmen wie jeden Winter, auch Osman und Mahmut wären bereit, aber anscheinend spielen meine Schwägerinnen nicht mit und meinen, dieses Jahr sei ich »dran«, nachdem ich bisher verschont geblieben bin. Ahmed beschwichtigt, es solle bloß für zwei Monate, bis zum Jahresende, sein, und das könnten wir doch wohl aushalten.

Natürlich kann ich dagegen nicht das Geringste einwenden. Trotzdem graut mir.

Die Alten waren bei uns mehrmals kurz zu Besuch und das war nervenaufreibend genug. Schwiegermutter pflegt überall, wo sie sich länger aufhält, schließlich großen Unfrieden zu stiften. Jedenfalls hat sie sich schon mit allen Schwiegertöchtern verkracht, außer mit mir. Und das steht nun bevor.

Ahmed, du Unglückswurm, hätten wir doch lieber einen Bankkredit aufgenommen!

Allerdings tun mir die Alten auch Leid. Wo sollen sie denn hin, wenn es bei Schnee und Kälte in ihrem anatolischen Dorf für sie unerträglich wird?

Ich muss mich in den nächsten Tagen auf die Übersetzung stürzen, um möglichst viel vorzuarbeiten.

29. Oktober 1991

Gerade habe ich den Artikel von Professor A. über die »Rolle der anatolischen Kultur bei der Entstehung der westlichen Weltsicht« angelesen.

Er bringt es doch fertig, auf nicht mehr als 18 Seiten die gesamte anatolische Kulturentwicklung zu skizzieren. Sehr einleuchtend die Beispiele zur Begründung seiner These, Anatolien habe ganz wesentlich zur europäischen Kultur beigetragen – und müsse deshalb nicht erst neuerdings um Aufnahme in Europa betteln. So finden wir den »ersten Versuch von Landschaftsmalerei in der Kunstgeschichte« auf den jungsteinzeitlichen Fresken von Çatalhüyük: die Darstellung eines Vulkanausbruchs. Interessant auch die Erkenntnis, dass die griechische (er sagt natürlich »hellenische«) Bildhauerei und Mythologie stark von den späten Hethitern beeinflusst wurden, die hinwiederum »den reichen zweitausendjährigen Wissensschatz Mesopotamiens« aufgenommen hatten. Anatolien, ein uraltes Kulturland, bildet von jeher die Brücke zwischen Asien und Europa. In Deutschland haben wir uns angewöhnt, Kleinasien aus dem Blickwinkel der klassischen Griechen zu betrachten. Dabei ist es wirklich erstaunlich, dass die *Ilias* schon *vor* der griechischen Hochblüte, nämlich im 8. Jahrhundert, an der anatolischen Küste entstand (ist das sicher?) und dass zur Zeit der ionischen Naturphilosophen (6. Jahrhundert v. Chr.) »das herausragende Geisteszentrum der damaligen Welt in den westanatolischen Städten« lag.

Es eilt. Ich habe mich gleich drangesetzt – und komme seit einer halben Stunde nicht über den ersten Absatz hinaus.

»Die Türkei gehört zu den drei, vier wichtigsten Ländern der Welt, was die Fülle ihrer Altertümer, deren Schönheit und guten Erhaltungszustand sowie ihre Vielfalt angeht. Ebenso wie sich die ältesten Kulturen der Erde in Anatolien entwickelt haben, ist zusammen mit der Philosophie und ersten wichtigen Beispielen einer Grundlagenwissenschaft in diesem Landstrich das in der heutigen westlichen Zivilisation herrschende freie Denken entstanden.«

Was ist denn das für ein Stil! Diese verdammten Einleitungen. Warum soll alles auf einmal und derart komprimiert gesagt werden? Keine journalistische Lockerheit. Wer wird den schönen Aufsatz lesen wollen, wenn er so anfängt? Strikter Befehl von Emin *bey*, nichts wegzulassen. Der Text sei nun mal in dieser Form genehmigt worden.
Aber es ist schließlich keine heilige Schrift!

30. Oktober

Gut, wenn man nicht alles glaubt. Troja IV musste einfach ein Tippfehler sein: schließlich kriegte ich raus, dass statt dessen Troja VIIa gemeint war. Außerdem heißt der Mann wohl Hesiod. Nachdem ich noch »900 Jahrhunderte« (statt Jahre) entdeckt hatte, packte mich der Kontrollzwang und ich fing an, sämtliche Jahreszahlen und Namen zu überprüfen. Und fand zwei weitere Fehler!!!
Dass ein alter Professor sich irrt oder vertippt, kann vorkommen. Katastrophal finde ich hingegen, dass ihm niemand zur Seite steht, ein Manuskript fehlerfrei zum Druck vorzubereiten. Dies ist eigentlich Aufgabe des Redakteurs, nicht der Übersetzerin. Wird Emin *bey* mir die Mehrarbeit bezahlen?

November 1991

Himmel, sie sind da!
Sitzen unten im Wohnzimmer mit Ahmed und den neugierig herbeigeeilten Enkeln beim Tee und finden es hoffentlich nicht *ayıp*, dass die *gelin* fehlt. Sollen sie denken, mir sei plötzlich schlecht geworden. Ich habe hier oben in meinem Bett Zuflucht gesucht und muss mich erst mal fassen.
Als das Taxi vor dem Gartentor hielt und die beiden Alten mit Sack und Pack ausstiegen, krampfte es mir das Herz zusammen. Die dicke Schwiegermutter in ihrem hässlichen schwarzen Mantel und dem ebenfalls schwarzen Kopftuch. Der kleine verhutzelte Schwiegervater mit seiner Wollmütze auf der Glatze. Dazu ihr scheußliches Gepäck: ein mit Stricken verschnürter Koffer und zwei Säcke!!! Wahrhaftig, so reisen sie im 20. Jahrhundert. Dass Ahmed diesen Aufzug duldet.
Natürlich habe ich sie, wie es die Sitte verlangt, mit Handkuss be-

grüßt, sie umarmt und hereingeführt, habe mich nach dem Ergehen erkundigt und sie mit Tee bewirtet. Aber jetzt kann ich nicht mehr. Frage mich, was mir derart unerträglich erscheint.

Sie in ihrem Dorf zu besuchen, habe ich doch immer interessant gefunden. Außerdem waren sie schon öfter hier, zuletzt vor zwei Jahren. Damals habe ich Ahmed noch nicht so kritisch gesehen. Ich bin es wohl, die sich in jüngster Zeit stark verändert. Bin weniger begeistert vom urtümlichen Primitiven in diesem Land und weniger bereit, »aus Liebe« alles zu ertragen.

Wie sie riechen: nach Mottenkugeln aus ihren alten Kleidern, nach Reiseschweiß und Zitronenparfüm. Das Wohnzimmer hat sofort eine andere Atmosphäre angenommen. Schwiegermutter erkor sich die Ecke hinter dem Ofen für ihren Koffer aus. Den Blumenstrauß musste ich aufs Klavier stellen, denn auf dem Tischchen, das sowieso im Weg steht, wirft ihn Schwiegervater angeblich um. Wenigstens die beiden Säcke sind in der Küche geblieben. Was da wohl drin ist?

Na, ich muss doch wieder runter. Das Abendbrot richten. Und gespannt bin ich auch, wie es weitergehen soll.

Das erste gemeinsame Abendessen ist glücklich vorüber. Jedenfalls hat ihnen meine Linsensuppe geschmeckt. Von den Käsenudeln nahmen sie nur wenig. Schwiegervater oder *dede*, wie ihn die Kinder nennen, schmatzt fürchterlich. Wahrscheinlich sitzt das Gebiss nicht richtig. Auch isst er so hastig, als fürchte er, das Essen würde ihm weggenommen.

Später wurden die Säcke ausgeleert. Da kamen richtige Überraschungen zum Vorschein: getrocknete Maulbeeren, blaue Rosinen, Aprikosen, alles aus »unserem« Garten in Aydınköy. Außerdem eine große Portion eingesalzene Weinblätter, die ich bestellt hatte. Sogar den *bulgur* hat Schwiegermutter selbst zubereitet. Dann waren da noch Plastiktüten mit getrockneten roten und weißen Bohnen, hausgemachte Bandnudeln, Pulver für *tarhana*-Suppe, getrocknete Lindenblüten, Pfefferminze. Nicht einmal Bonbons fehlten, die Alten hatten sie von den Hochzeiten und Beschneidungsfesten auf dem Dorf für die Enkel aufbewahrt.

Den anderen Sack ließen sie mich allein aufmachen, er enthalte ein Geschenk für mich, einen Gebetsteppich. Aus reiner, dicker Schafwolle, handgeknüpft, mit ein mal zwei Meter fünfzig relativ groß. So eine Überraschung und Freude. Ich habe ihn gleich vor mein Bett gelegt.

Das Mittelfeld ist bordeauxfarben und wollweiß, die Ecken dunkelblau. Leider herrscht am Rand ein unschöner Ockerton vor. Die

Muster sind nicht klassisch, dafür habe ich inzwischen einen Blick. In der Umrandung wiederholt sich die Baumwollblüte, ein Motiv, das auf die Region Adana hindeutet. Ansonsten stilisierte Pflanzen und Vögel. Total verstümmelt erscheint das Zeichen *eli belinde* (Hand auf der Hüfte), das sich wahrscheinlich aus der symbolischen Gestalt der Muttergöttin entwickelt hat. Die Teppichknüpferin hat ihrer Phantasie freien Lauf gelassen – während mir die alten, reinen Formen wesentlich lieber sind. Schwiegermutter betonte den Wert des Stückes (sie haben ihn wohl teuer gekauft), hob vor allem die erstklassige Wolle hervor.

Mein Tagesablauf wird durch die Alten erheblich gestört. Statt gemütlich mein Frühstück zu genießen, nachdem die Kinder zur Schule fort sind, muss ich jetzt *sie* bedienen, kann nicht mehr genüsslich Zeitung lesen, sondern muss (ich Morgenmuffel!) lächeln und Konversation machen.

Danach ihre Betten zusammenräumen; das Wohnzimmer soll ja tagsüber als solches genutzt werden. Ihre überall ausgebreiteten Decken, Kleidungsstücke, Plastiktüten, die umgestellten Tischchen und Sessel haben mir den Raum reichlich verfremdet. Dass ich hier meine Morgengymnastik zu machen pflege (kein anderes Zimmer ist dafür so geeignet), stört sie nicht, mich aber schon, zumal sie verwundert meinen Verrenkungen zugucken. Der Anblick einer Frau in Strumpfhosen und T-Shirt ist für Schwiegervater eigentlich auch *ayıp*.

Wichtiger: Wie soll ich ihnen beibringen, dass mein Vormittag der Übersetzungsarbeit vorbehalten ist? »Du kannst ruhig arbeiten«, sagt Schwiegermutter und passt mich gleich ab, sobald ich runterkomme, um mir schnell mal eine Tasse Kaffee zu machen. Ich Dummkopf bringe es nicht übers Herz, sie stehenzulassen, sondern gieße ihr ein Tässchen mit auf und plaudere ein wenig. Danach bin ich total aus dem Konzept und muss den ganzen Absatz noch mal neu überlegen.

Sie wollen immer wissen, was ich gerade mache. Gleichzeitig heißen sie alles gut. Trotzdem ist mir diese Kontrolle lästig. Es liegt natürlich an mir, wie weit ich mich von ihnen ablenken lasse. Vorhin versuchte ich, ein bisschen Klavier zu spielen, fühlte mich aber gehemmt. Schwiegervater fing bei der Invention Nr. 11 in g an mitzupfeifen. Als ich eine Stelle mehrmals wiederholte, stöhnte er vernehmlich. Üben wird in den nächsten Wochen nicht möglich sein.

Warum gehen sie nicht mal etwas raus, wenigstens in den Garten? Obwohl das Wetter herbstlich schön ist, sitzen sie den ganzen

Tag im Haus herum. Die Schwiegermutter humpelt zwar und klagt ständig über Schmerzen in den Knien, aber sie ist durchaus noch gehfähig. Der Opa erst recht.

Sie sind den dritten, nein den vierten Tag hier. Ich habe vergessen, bei den Eintragungen das Datum anzugeben. Was tut's? Muss ja froh sein, fürs Tagebuch überhaupt Zeit zu finden.
Heute kam *anne* die Treppe rauf und in mein Zimmer, während ich an der Maschine saß. »Schreib ruhig weiter, lass dich nicht stören«, meinte sie und setzte sich aufs Bett in meinem Rücken. Wollte sie etwa hier sitzenbleiben und zugucken? Binnen kurzem hatte ich mich ein paarmal vertippt. »Mutter, wenn ich arbeite, muss ich mich konzentrieren«, lag mir auf der Zunge. Aber wie sollte sie als Analphabetin einen Schimmer davon haben, was geistige Konzentration bedeutet. Also gab ich nach und ließ sie zuerst mein Zimmer (voller Bücher) und dann das ganze Obergeschoss inspizieren.
Sie schaute in alle Schränke (das kenne ich schon, sie kontrolliert bei den Schwiegertöchtern die Wäschevorräte). Da sie in ihrem Haushalt recht lässig ist, schämte ich mich nicht, dass nicht alles fein säuberlich auf Kante lag. Das Kinderzimmer mit den wahrhaft erschreckenden Postern an den Wänden entlockte ihr nur ein Kopfschütteln. Ich versuchte zu erklären, dass jedes Kind seine Ecke mit Bett, Schrank und Schreibtisch nach eigenem Geschmack gestalten dürfe. Unser zweites Bad mit Klo oben findet sie sehr praktisch und beruhigend. So sind wir nicht alle auf die untere Gelegenheit angewiesen, die der *dede so* häufig aufsuchen muss.

»Die Türken kamen in ständigen Streifzügen und auf dem Einwanderungsweg aus Mittelasien nach Anatolien. Aufgrund ihrer milden Herrschaft gewannen sie die Liebe der weithin indoeuropäischen anatolischen Bevölkerung. Wer den Islam annahm, wurde Türke; daher verschmolzen seit 1071 Türken und Einheimische. Auf diese Weise entstand im Laufe von neunhundert Jahren langsam die Türkei. Das heißt, die heutigen Türken sind die Kinder aller Stämme, die in der Geschichte Anatoliens gelebt haben. Darum betrachten die Türken die alten Kulturen in ihrem Land nicht nur als nationalen Besitz, sondern gleichzeitig als das gemeinsame Erbe aller Menschen.
Mit der Ankunft der Türken wuchs das Kulturenmosaik in Anatolien stufenweise zu einer kulturellen und räumlichen Einheit zusammen. Wie schon gesagt, erleichterten die Seldschuken mit guten Straßen, Steinbrücken und Karawansereien den Verkehr und

verwoben Anatolien weitgehend zu einer räumlichen Einheit. Ein weiterer Schritt war, dass die während der seldschukischen und osmanischen Periode nebeneinander lebenden Christen und Muslime die Vielfalt des Kulturenmosaiks auf zwei Grundelemente verringerten. Doch eine Überwindung der natürlichen Hemmnisse, das heißt die in vollem Sinne räumliche und kulturelle Einheit, wurde erst in der Zeit der Türkischen Republik erreicht.

Atatürk hat einen weltlichen Staat geschaffen, der, nach dem Vorbild der europäischen Kultur, aus einer Nation mit einer einheitlichen Sprache und der anatolischen Geschichte als nationalem Erbe bestehen sollte.«

Ahmed hat inzwischen eine Anordnung getroffen: die Zahnbecher der Kinder nach oben gebracht und ihnen eingeschärft, das untere Bad nicht mehr zu benutzen. Die Alten spritzen bei der Reinigung nach der Toilette und bei der fünfmaligen Gebetswaschung dermaßen herum, dass der Fußboden schwimmt. Ich muss aber trotzdem rein, weil dort die Waschmaschine steht. Die weiße Badevorlage habe ich schnell in Sicherheit gebracht. Im Grunde müsste man stündlich den Fußboden aufwischen.

Dass in türkischen Häusern das Bad im Wortsinn eine »Nasszelle« ist, habe ich oft genug bei den Verwandten und Bekannten gesehen. Meine sauberen Schwägerinnen reinigen die Fliesen und den Abtritt mehrmals täglich mit einem Schwall Wasser aus dem Eimer. Auf dem leicht in Richtung Abflussloch geneigten Boden bildet sich zwar keine Wasserlache, aber der Raum ist ständig feucht und soll es sein, denn die Feuchtigkeit signalisiert »Frische«. An der Tür stehen spezielle Pantinen bereit, die meist ebenfalls nass sind, so dass man am besten die Strümpfe auszieht, bevor man hineinschlüpft.

Ahmed findet die deutsche Variante des »Örtchens« wesentlich praktischer und hygienischer und hat die Absicht, seine Eltern davon zu überzeugen und sie zu erziehen.

Mein Gott, Ahmed! Jetzt verteidigst du den »europäischen Individualismus« unserer Kinder – leider auf meine Kosten. Mesut und Ayhan hatten sich bei ihm über das Schmatzen, Schlürfen und Rülpsen ihres *dede* beim Abendbrot (der einzigen gemeinsamen Mahlzeit überhaupt) beklagt, und dass die *büyükanne* doch wahrhaftig mit den Fingern in den gemeinsamen Salatteller langt (weil ihr alles von der Gabel rutscht). Na ja, das finde ich auch ekelhaft, aber für meine Begriffe sollten die Jungen ruhig mal kapieren und akzeptieren, dass sie anatolische Großeltern haben. (Und was ist mit ihrem beliebten Ekelspiel am Frühstückstisch?) Jetzt erlaubt ihnen ihr Vater, separat später zu essen. Und ich darf zweimal servieren.

Seinen Eltern erklärte Ahmed die Trennung der Tischzeiten mit dem Recht der Kinder auf ungestörtes Lernen bis sieben Uhr, während die Alten früher Hunger hätten.

Er steht also richtig zwischen den Welten, will vermitteln, niemandem wehtun. Schämt sich wohl auch ein bisschen der Lebensart seiner Eltern und möchte diese den Söhnen nicht zumuten. Ich muss bei beiden Gruppen dabeisein, verliere Zeit und werde ungeduldig. Leider kann ich den Alten das Essen nicht einfach hinstellen, sondern muss ihnen aufwarten, den nächsten Gang servieren, Wasser nachschenken, weiteres Brot abschneiden, Salz, Zwiebeln holen, ach, sie haben immer Wünsche.

Ich koche auch viel aufwändiger. Regelmäßig eine Suppe voraus, ein Hauptgericht, Nachtisch, später Mokka oder Tee, eventuell Obst. So erwarten sie es; das weiß ich.

Heute haben wir gemeinsam gekocht. Weil ich nicht wusste, wie die *tarhana*-Suppe zubereitet wird, habe ich Schwiegermutter gerufen. Sie kann nicht lange am Herd stehen, ich habe ihr alles zugereicht. Plötzlich sagte sie »*ız*« und »gib mehr davon rein«. Was bedeutet denn dieses geheimnisvolle *ız*? Fett? Mehl? Wasser konnte es kaum sein. Schließlich kapierte ich, dass sie *az* (wenig) meinte, also die Menge insgesamt zu wenig sei. Am Ende reichte die Suppe für eine Großfamilie. Der halbe Topf voll ist übrig geblieben. Ihre Dorfsprache verstehe ich oft nicht, besonders schwierig wird es, wenn sie plötzlich eine Bemerkung macht, ohne dass ich den Zusammenhang erkenne.

Endlich der Schlusssatz des langen Artikels:

»Die Türkei fühlt sich als untrennbarer Teil der westlichen Welt und versucht, eine neue Kultur zu entwickeln, die, in Übereinstimmung mit der westlichen Weltsicht, in ihrem Wesenskern türkisch ist.«

Das wird schwerhalten.

So selbstverständlich wie der Autor es darstellt, bekennen sich die Türken heute keineswegs zu dem Erbe der frühen anatolischen Kultur. Noch im 19. Jahrhundert wurden Marmorsäulen und Statuen aus der griechischen und römischen Antike zu Kalk gebrannt (erinnert sei an den Zeusaltar von Pergamon, den der Deutsche Carl Humann rettete). Und vor gar nicht langer Zeit benutzten anatolische Bauern antike Steinsarkophage zum Kornstampfen und die Höhlenkirchen von Kappadokien als Viehställe. Erst das Interesse europäischer Forscher und Touristen brachte den Türken zu Bewusstsein, auf welch reichem kulturellen Boden sie leben. Inzwischen lernt das jedes Volksschulkind – was noch nicht viel besagt. Die »Liebe« zu den anatolischen Kulturen, das Gefühl der geistigen Verwandtschaft, von dem Professor A. spricht, trifft man beim Durchschnittstürken auch heute kaum an. Es ist Sache der Gebildeten.

Der Islam hat ja die »heidnische« Antike immer verteufelt, was in osmanischer Zeit sogar die Beschäftigung mit Archäologie verhinderte, das heißt diese den Ausländern überließ. Infolgedessen fehlen historisch Phasen der Aneignung wie Renaissance, Klassik. Die Türkei hat weder einen Winckelmann noch von der Antike inspirierte Dichter wie Byron, Goethe, Hölderlin hervorgebracht.

Es gibt radikalere Anatoliker als den guten Professor. Aber die drucken wir nicht. Radikal nationalistische Ansichten sind jetzt nach der Wahl nicht gefragt. Und Emin *bey* kann sich auf seine gute Nase verlassen.

Der Artikel von X. (mit Namensnennung will ich etwas vorsichtig sein) über die Kurden, der in den letzten Monaten dreimal geändert werden musste, erscheint schließlich doch nicht. Dabei hatte ich mir wirklich Mühe gegeben, die jeweils neueste Sprachregelung für den deutschen Leser ganz sachlich rüberzubringen. Jetzt soll sich das Kurdenkonzept insgesamt ändern, heißt es. Armer Autor! Umsonst sein Bemühen um den *wissenschaftlichen* Nachweis, die Kurden seien ein ursprünglich türkischer Oğuz-Stamm ohne eigene Kultur und Sprache (»Dialekt, der sich nicht zur Schriftsprache entwickelte und keine Literatur hervorgebracht hat«), jedoch mit einigen folkloristischen Besonderheiten wie *cirit* (Reiterspielen), *kepçe gelin* (Schöpfkellenbraut) und Regengebet.

Mein Protest hatte sich in empörten Randbemerkungen erschöpft und in der besorgten Anfrage bei Emin *bey*, was die Kurden uns wegen eines solchen Artikels wohl antun könnten. Darauf er: »Wahrscheinlich stehe ich sowieso schon auf der Abschussliste.« Und ich habe alle diese Ungeheuerlichkeiten penibel übersetzt und – mein Honorar kassiert. Allerdings war und bin ich der Meinung, dass dem Übersetzer die Hände gebunden sind, er nicht viel mehr als ein Sprachrohr ist.

Eine ähnliche Situation hatten wir im Märzheft, die Erklärung unseres Vorzeige-Armeniers (eines in Istanbul lebenden Journalisten), dass die Armeniermorde eigentlich selbstverschuldet waren. Hätte ich einen Kommentar anfügen sollen, dass ich als Übersetzerin anderer Meinung bin? Die saubere Lösung wäre gewesen, den Auftrag abzulehnen. Damit hätte ich den Job aufs Spiel gesetzt. Kann der *traduttore* durch Treue zum Text zum *traditore* werden?

Mit Ahmed geschlafen. Ob uns die Heimlichkeit (in der Frühe, nachdem die Kinder weg waren, wir die Alten unten schon aufstehen hörten) Lust gemacht hat? Dabei hätte ich Ahmed eigentlich noch gram sein sollen. Aber das Gefühl für ihn hat mich überwältigt. Groteske Koinzidenz: Wir lieben uns, können aber nicht miteinander leben, weil wir in zu vielen Dingen des Alltags nicht übereinstimmen. Mir fällt auf, dass Ahmed und ich jetzt kaum ungestört miteinander sprechen können. Heute früh (nach dem Schäferstündchen) haben wir uns unhöflicherweise vor den Eltern auf Deutsch unterhalten. Sie haben sicher »etwas« gemerkt.

Wegen der Schwiegereltern kommen laufend Nachbarn zu Besuch. Das erfordert die Höflichkeit. Mich langweilen diese stereotypen Unterhaltungen über das Ergehen jedes Familienmitglieds oder dergleichen allgemeine Sachen. Gestern abend machten Mübeccel mit Mann und (verheirateter) Tochter nebst Kleinkind ihre Aufwartung. Ich musste Tee kochen, Bonbons anbieten. Dabei möchte ich mich nach dem Abendbrot zurückziehen, denn ich bin total erschöpft von dem langen anstrengenden Tag. Die Alten gehen um diese Zeit gewöhnlich ins Bett, doch wenn Besuch kommt, sind sie natürlich nicht müde. Schwiegervater fängt an, Verschen aufzusagen und zu singen, wie etwa:

»Rehlein, Rehlein,
geh nicht allein in die Berge,
sonst wirst du gefangen
und von Vater und Mutter getrennt.«

Für Mübeccels Enkelkind wiederholte er dauernd dasselbe; die Kleine fand es bald uninteressant und wollte lieber Zeitungen zerreißen, wofür ich gerne einen großen Packen opferte. Mesut, der zufällig anwesend war, fragte seinen *dede* nach der *wirklichen* Bedeutung des »Rehleinliedes«, denn dass Volkslyrik symbolisch sei, hat er in der Schule gelernt. »Bezieht es sich auf die Mädchen?« wollte er wissen. Der *dede* grinste bloß. Er versteht oft nicht, was man ihn fragt. Oder hört er so schlecht?

Die Alten sind jetzt über eine Woche hier und müssen endlich einmal ein Bad, genauer gesagt, eine Dusche nehmen (der Muslim reinigt sich nicht in stehendem Wasser). Aber nun kommt das Problem.

Unsere Badezimmer sind ungeheizt. Wir sind es gewöhnt, uns mit dem auch jetzt im November noch lauwarmen Wasser aus der Sonnenenergieanlage täglich abzubrausen. Das jedoch erscheint meiner Schwiegermutter als höchst gefährlich (»Mach das nicht, Mädchen, du wirst krank davon«) und unsauber (»so kann man sich ja gar nicht *richtig* waschen«).

Sie besteht auf zwei Eimern kochend heißem Wasser pro Person, und dafür soll ich den Ofen im Wohnzimmer einheizen. Ahmed widerspricht: Es sei draußen noch viel zu warm, außerdem seien so heiße Bäder ungesund, sie solle es mal lauwarm probieren und so weiter. Davor aber schreckt sie zurück.

Schließlich nehme ich die Sache in die Hand, als Ahmed in der Stadt ist: erhitze das Wasser auf dem Gasherd und heize auch im Zimmer ein, denn hinterher sollen es die Alten ja gemütlich haben. Zuerst wäscht Schwiegermutter den *dede* und dann sich selbst, wobei ich ihr helfen muss. Sie sitzt auf einem Hocker im Duschbecken, und ich übergieße sie, indem ich mit dem *tas* Wasser aus dem Eimer schöpfe. Das Wasser dampft, und sofort rötet sich ihre Haut. Sie genießt es sichtlich. Achtmal allein seift sie sich den Kopf ein, rubbelt die Kopfhaut, knetet die langen hennagefärbten Haare. Seife reinigte besser, behauptet sie, aber beim letzten Waschgang darf es auch Shampoo sein. Dann rubbele ich ihr den Rücken mit der *kese* ab (»das machst du gut, Mädchen«) und spüle und seife und spüle …

Nachher sitzen die Alten frisch eingekleidet auf ihren Sofas in der warmen Stube. Die *anne* kämmt sich und flicht zwei feste Zöpfe, die sie am Hinterkopf aufsteckt. Ich bemerke, dass ihre Zehennägel lang und eingewachsen sind, und da stellt sich heraus, dass sie sie nicht mehr selbst schneiden kann. Ja, warum sagt sie denn nicht, dass ich ihr helfen soll? Meine Scheren bewundert sie: »Wie beim Arzt.« Daraufhin lässt sich auch der *dede* »behandeln«.

Es ist dies ein Akt des Vertrauens und ein Riesenfortschritt, denn bisher durfte ich ihn nicht anfassen (er hält es wahrscheinlich für Sünde). Wie der Mensch im Alter doch abhängig wird von der Freundlichkeit anderer. Ohne meine Hilfe wäre es heute nicht gegangen. Sie tun mir leid, wie sie darauf warten, dass jemand Zeit für sie hat. Wie sie sich freuen, wenn ich das Radio aus der Küche hole, für sie tanze.

Nach Beendigung der Prozeduren brachte ich Lindenblütentee. Wir waren alle glücklich. Später, als Ahmed kam, riss er die Fenster auf, weil es ihm im Zimmer zu warm war.

Es hat geregnet, danach ist das Wetter wieder sonnig und mild. Aus

der feuchten Erde sprießt es. Endlich gehen die Alten raus in den Garten, bestaunen die Mandarinenbäume, in deren tiefgrünem Laub die fast reifen Früchte leuchten. Ahmed gräbt fleißig um, schneidet die Hecke, reißt altes Unkraut aus. Dass sein Vater ihm zuschaut, spornt ihn an. Ich säe Spinat. Wir spielen bäuerliche Großfamilie.
Kontrollanruf von Schwager Osman aus Istanbul. Er macht sich wohl Sorgen, ob es seinen Eltern bei uns auch gut geht.

Wie eine Erholung wollen mir die kurzen Artikel über »Ornamentstickerei« und den »Kopfputz der Turkmeninnen« scheinen. Könnte ich die Fotos dazu sehen, fiele mir die Übersetzung sicher leichter. Selbst Ayhan weiß nicht, was unter *takye* zu verstehen ist. Wir versuchen es mit »Stütze«, »Unterbau«. *Kofik* und *dinge* scheinen typische Hut- oder Kappenformen zu sein.

Das Wort *bindallı* (wörtlich: Tausendzweig) ist schier unübersetzbar. Es bezeichnet die kunstvolle altosmanische Ornamentstickerei, beschränkt sich aber nicht auf die Arbeiten mit Metallfäden auf Samt, wie ich bisher meinte, sondern charakterisiert alle die herrlichen Zweige, Blätter, Blumen, Ranken, mit denen Kleider und Pumphosen, Schleier, Westen, Kissen, Badehandtücher und Vorhänge im Saray und in reichen Häusern verziert waren. Ich mache mir den Kern des amphibischen Schlußsatzes klar: »Kleidung mit *bindallı*-Motiven rauschte nicht nur durch die dämmerigen Korridore osmanischer Paläste, sondern beeinflusst durch seine (?) unvergleichliche Schönheit sogar heute die Mode der Welt.« Irgendwo steckt ein logischer Fehler. Also noch mal: »Nicht nur durch die dämmerigen Korridore der osmanischen Paläste rauschten die FavoritInnen in ihren langen Kleidern mit den mit *bindallı*-Motiven verzierten Säumen ...«

Ayhan grinst und findet, ich brauchte nicht alle Einzelheiten zu übersetzen. Vor allem nicht das dicke Eigenlob am Anfang: »Von den Kulturen aller Zeiten haben es die Türken in der Kunst der Ornamentik zweifellos mit am weitesten gebracht...«

Oder: »Die Türken gehören zweifellos mit zu den Nationen, die es in der Kunst der Ornamentik ...«

Und was machen wir mit den »Kulturen aller Zeiten«? Ayhan lacht nun lauthals über meine Skrupel. »Wirklich Mamie, du nimmst alles zu ernst.«

Heute haben wir *yaprak sarması* gemacht. Habe von der *anne* wieder einen Trick gelernt: zum Beispiel muss die Füllung aus zwei Drittel *bulgur* und einem Drittel Reis in etwas Wasser, Olivenöl und Salz kurz aufkochen und quellen, ehe man Petersilie, Zwiebeln und Gewürze (getrocknete Minze, eventuell schwarzen Pfeffer) dazugibt. Die vorgequollene Masse lässt sich leichter in die Weinblätter einwickeln. Diese waren in Salz eingelegt (konserviert) und mussten deshalb über Nacht gewässert werden. An der fummeligen Wickelei brauchte ich mich nicht zu beteiligen. Mutter versicherte, es würde ihr Spaß machen. Im Eindrehen ist sie Meisterin, ihre *sarma* werden dünn wie Zigaretten. Sie saß im Schneidersitz auf dem Küchenfußboden, auf einem Kelim natürlich. Als nach einer guten Stunde der große Topf voll war, konnte sie nur mit Mühe wieder auf die Beine kommen. Ich bereitete ihr ein Tässchen Mokka. Wenn sie in der Küche hantiert, werde ich meistens reichlich nervös. Alle Töpfe muss sie inspizieren, so dass aus köchelnden Gerichten der Dampf entweicht. Um in der Pfanne zu rühren, benutzt sie auch schon mal einen Plastikeierlöffel, der natürlich weich wird und sich verbiegt. Sie lässt aus Versehen die Kühlschranktür offen und im Kühlschrank einzelne Gefäße. Beim Petersilie- und Salatputzen geraten wir regelrecht aneinander. Ihrer Ansicht nach sind gelbe Stengel und vergammelte Randblätter noch gut und sie wirft mir Verschwendung vor, dass ich diese wegwerfe. Beim Kartoffelschälen bleiben sämtliche »Augen« drin. Ich kenne sie doch eigentlich als sorgfältige Hausfrau beim Kochen. Mir schwant, dass sie sehr schlecht sieht.

»Nach der Übernahme des Islam entwickelte sich die türkische Ornamentik auf einen Höhepunkt zu. Da in unserem Glauben die Darstellung von Menschen und Tieren als Sünde angesehen wird, verwendeten die Künstler weitgehend Pflanzen- und Blumenmotive. Zeitweilig war die Tulpe so sehr in Mode und das Tulpenmotiv so verbreitet, dass eine Epoche des Osmanischen Reiches sogar als Tulpenära bezeichnet wird.

Als im Jahre 1717 Lady Montagu, die Frau des englischen Gesandten, nach Istanbul kam, beschrieb sie in ihren Briefen nach Hause auch begeistert die Kleidung der Damen der türkischen Gesellschaft. Sie ließ sich in der Kleidung einer Türkin malen und schickte das Bild nach England. Ihr Kommentar dazu lautete folgendermaßen: ›Meine weiten Pluderhosen sind aus rosa Samt mit bestickten Rändern. Das Hemd aus weißer Seide ist ebenfalls bestickt, es hat weite Ärmel und Diamantknöpfe. Darüber trage ich ein bodenlanges weißes, besticktes Damastkleid. Die Knöpfe sind Diamanten, und die Ärmel sind lang und hängen nach hinten zu herunter.‹ Außerdem berichtet die Montagu von ihrem Gürtel, der mit Edelsteinen besetzt ist. Im gleichen Brief erwähnt sie, dass die Türkinnen in ihrem Kopfputz Perlen, Diamanten und farbige Edelsteine, wie Rubine und Smaragde, verwenden und in ihre vielen Zöpfe Perlen und Schleifen einflechten.«

Während sich die Alten mittags im Garten aufhielten, habe ich mich ans Klavier gesetzt und mit dem zweiten Satz des Italienischen Konzerts angefangen. Ich kam bis zur Hälfte, da standen sie schon wieder auf der Schwelle. »Spiel nur, kızım«, sagte Schwiegermutter. Aber mit meiner Konzentration war's vorbei. Bin zu empfindlich. Ich sollte mich einfach nicht um sie scheren.

Bin heute gegen Abend kurz in den Olivenhain gegangen. Die Ernte hat begonnen.

Immer aufs neue erkundigt sich *dede,* wie in Deutschland Hochzeiten gefeiert werden, ob ein Einlader herumginge, ob Musikanten kämen und mit welchen Instrumenten, ob die Braut mit ihren Freundinnen tanze … *Anne:* »Das hast du doch gestern schon gefragt.«

Um sie zu unterhalten, bringe ich einen Hochglanz-Bildband Türkei herunter. Ihn interessieren nur die Moscheen. Wenn auf einem Bild Menschen zu sehen sind, versucht er herauszufinden, ob er einen davon kennt (!!!). Hält das Buch wohl für ein Fotoalbum.

Mutter sieht tatsächlich fast nichts. Sie sagt, eine Brille würde ihr nichts nützen, denn sie hätte *katarakt.* Also weiß sie, dass sie grauen Star hat! Da sie das so gelassen erwähnte, wollte ich sie nicht durch weitere Fragen (ob der Arzt von Operation gesprochen hätte) beunruhigen.

Mithin kann ihr der Bildband keine Freude machen. So erzähle ich ein bisschen von meinen Reisen im Land, vom Schwarzen Meer, von Amasya und Konya. Sie lobt meinen Mut, ganz alleine herumzufahren. »Aber *anne,* du hattest vor siebzehn Jahren auch den Mut, allein mit dem Flugzeug zu uns nach Deutschland zu kommen.«

Abgesehen vom Badetag haben wir bisher nicht geheizt. Heute erstmals abends eine warme Stube. Andächtig sitzen die Alten am Ofen. Das Wohnzimmer ist unser einziger heizbarer Raum, in dem ich nun abends lesen möchte. Das klappt aber nicht, weil sie angeblich das grelle Licht meiner Leselampe nicht vertragen. Ich versuche es unter der Deckenbeleuchtung. Nach einer Weile fragt die *anne:* »Kızdın mı?« Ich widerspreche, behaupte, ich sei nicht »böse«, wolle bloß lesen. Dann stellt sich das als ein Missverständnis heraus. Sie habe gemeint, sagt Ahmed, ob mir nun »heiß/warm« geworden sei. Ich hatte ja vorher gefroren. Das Lexikon weist diese ungebräuchliche Verwendung sogar als die ursprüngliche aus.

Ich versuche Ahmed zu überzeugen, dass wir in der Wohnküche einen zusätzlichen Ofen brauchen, da wir den Raum dann besser nutzen könnten. A. hat dafür kein Geld. »Warum rückt mein Vater keines raus? Der alte Geizkragen weiß nicht mal, wieviel Geld er auf der Bank hat.« Ich fürchte, da können wir noch lange warten. Die Ofenfrage verlangt aber sofort nach einer Lösung.

Ahmeds Mutter stöhnt ständig vor Schmerzen. Ihre Medikamente (Vitamintabletten, Aspirin) scheinen überhaupt nichts zu bewirken. Angeblich war sie schon bei diversen Fachärzten, die ihr »Rheuma« attestiert haben.

Die Enkel wissen nichts mit ihren Großeltern anzufangen. Zwar grüßen sie höflich und fragen nach dem Ergehen, aber sie nehmen sich nie Zeit für sie und verschwinden schnell wieder in ihre eigene Welt.

Einen kurzen Spaziergang auf dem Hang oberhalb des Hauses brauche ich nicht weiter zu rechtfertigen, aber stundenlang durch die Wälder streifen – dafür muss ein Grund angegeben werden, etwa Tannenzapfen sammeln, um dann mit dem vollen Sack auf dem Rücken heimzukommen. Sowas tun zwar nur die Frauen aus den Dorf oder dem *gecekondu*, und immer in Gruppen, nie allein, doch ... Ich habe Ahmed und die Kinder gefragt, niemand hatte Lust mitzukommen. Die Mittagssonne strahlt derart kräftig, dass ich den Pullover wieder ausziehe und im T-Shirt laufe.

Am Bergsaum lagern mehrere picknickende Familien unter weit auslandenden Feigenbäumen, deren Laub gelb geworden ist und abzufallen beginnt. Alle Farben, selbst das Himmelsblau, verschwimmen heute milchig wie hinter einem Schleier.

Vor mir steigt jäh der Berg an, kiefernbestanden. Wie sonntags gewöhnlich trimmen sich einzelne junge Männer im Laufen auf dem steilen Anfangsbogen. Man nickt sich grüßend zu. Die Vegetation hat sich von der sommerlichen Dürre noch nicht erholt. Trockene Büschel von Schopflavendel und Thymian begleiten den steinigen Pfad.

Ich steige schnell, gerate außer Atem. Wie erschöpft ich bin von den zurückliegenden Wochen ... Zur Linken zieht sich in der Tiefe ein schattiges Tal hin, in dem zwischen Ahornbäumen die Ruinen eines Gebäudes sichtbar werden. Die Mauern aus groben Natursteinblöcken sind ohne Zement, nur mit Mörtel verfugt. Das Dach ist längst verschwunden. Besonders beeindruckt mich ein wuchtiger Türsturz aus Marmor. Es heißt, dieses Anwesen gehörte einst zu *Monastır*, dem orthodoxen Kloster in den Bergen, zu dem mein Weg hinaufführt. Auch dort existieren nicht mehr als ein paar Grundmauern und eine gefasste Quelle auf einer großen Wiese. Wann das Kloster zerstört wurde und durch wen, weiß hier niemand. Ein vergessenes, verdrängtes Kapitel der Geschichte.

Stellenweise ist der erst kürzlich planierte Weg schon wieder schmal geworden, weil die unbefestigten Hänge abbröckeln. Vor allem der Regen spült Erdreich und Geröll in die Tiefe. Erosion. Hier und da sind Rinnen und Schluchten entstanden, die sich im Winter vertiefen, wenn die Regengüsse sich in Sturzbäche verwandeln.

Junge Paare begegnen mir, schauen verschämt. Der Spaziergang Richtung *Monastır* ist eine der wenigen Möglichkeiten, mit der Freundin, dem Freund (relativ) allein zu sein.

Huh! Bin ich außer Atem! Wohl zu schnell gestiegen. Siebenhundert Meter bestimmt. Seitlich ein steil abfallender Hang. Schaue in Baumkronen, Kiefern und allerlei mittelmeerisches Laubgehölz. Weit unten im Dunst erstreckt sich die Bucht. Zeit für eine Rast. Ich setze mich auf meinen Sack und esse einen Apfel.

Nun noch eine letzte Anstrengung bis zu dem Waldstück, das, wie ich weiß, weniger abschüssig ist, so dass die Tannenzapfen im Unterholz liegenbleiben. Heim in den Wald zu Hänsel und Gretel. Sammeleifer packt mich, wie damals nach dem Krieg, als der Wald uns ernährte. Irmchen, Mutters fleißige Stütze. Aber auch verstecken konnte sich das Kind im Wald, zeitweise nicht verfügbar sein, träumen. Der vertraute Geruch des Waldbodens. Dornenranken, Spinnennetze und Käfer mit glänzenden Panzern. Auf den glatten Tannennadeln ausrutschen. Vorsicht, ein Fuchsloch. Zwischendepots aus Zapfen anlegen und im Weiterstreifen nicht vergessen, wo Sack und Pullover abgelegt sind. Bin schon wieder ins Schwitzen gekommen, ins Keuchen und Stolpern, Kniezittern. Muss mich wohl austoben, vom Druck der letzten Wochen befreien.

Offensichtlich toben hier auch noch andere, halbwüchsige Burschen, die mich jetzt mit lauten Zurufen und Pfiffen umkreisen. Ein Schrecken durchfährt mich. An Kleidung und Haaren erkenne ich sofort, das sind keine Ausflügler, Jogger, keine städtischen Jugendlichen, sondern Hirten vielleicht, Outlaws der Berge. Wie die mich anstarren, als hätten sie nie zuvor eine Frau gesehen. So haben die Nachbarinnen mit ihren Warnungen doch recht, geh nicht allein, denn das wird als Aufforderung gedeutet. Sie werden dir etwas tun. Nein, das will ich nicht glauben, das Vorurteil soll nicht siegen. Ich richte mich auf, schaue sie an und frage, wie es üblich ist: »Woher des Weges?«

Sie verharren, gucken scheu, rufen sich knappe Sätze zu, die ich nicht verstehe, dann fragt einer: »Was machst du hier?«

»Tannenzapfen sammeln, seht ihr doch.«
»Und wozu?«
»Zum Feueranzünden. Seid ihr Hirten?« Keine Antwort.
»Na dann, *güle güle*.« Tatsächlich entfernen sie sich auf diese Abschiedsformel hin. Ich atme tief durch, warte gespannt, bis sie endgültig verschwunden sind zwischen den Stämmen. Und dann macht das Weitersammeln mit einem Mal keinen Spaß mehr. Ich esse meinen zweiten Apfel und trete den Heimweg an.

Der Sack ist zu voll und zu schwer, ich muss ständig von einer Schulter zur anderen wechseln. Bin halt keine Dorffrau, keine Frau aus dem *gecekondu:* nicht daran gewöhnt, Säcke mit Brennmaterial aus dem Wald heimzuschleppen. Müsste es ja nicht tun. Hatte eben Lust dazu.

Der Abstieg dauert eine Stunde. Spaziergänger, die mir entgegenkommen, mustern mich erstaunt. Wie passt der Sack auf den Schultern zu Jeanshosen, Gürteltäschchen und italienischer Sonnenbrille?

Schmökere im Tagebuch unseres ersten Jahres in der Türkei. Damals in S. welche Verliebtheit und welches Verständnis für Ahmeds neurotische Persönlichkeit. So viel Romantik, die selbst die Macken verklärte. Hoffen, Sehnsucht … Es hat alles nichts genutzt. Heute ärgere ich mich viel öfter über ihn oder bin froh, wenn er mich in Frieden lässt. Das ist nicht unbedingt ein deutsch-türkisches Phänomen, sondern Ausdruck der Abnutzungserscheinungen einer gut zwanzigjährigen Ehe.

Zugegeben: Ich habe mich verändert. Mittlerweile bin ich wesentlich nüchterner, realistischer – gezwungenermaßen durch die Umstände.

Habe letzten Samstag endlich das Abo mal genutzt. Wider Erwarten hat mir das 1. Klavierkonzert von Adnan Saygun *sehr gut* gefallen. Türkische E-Musik des 20. Jahrhunderts. Ähnlich wie Bartok verbindet Saygun freie Tonalität und ausdrucksvolle Rhythmik mit Elementen der Volksmusik. Auch war die junge Pianistin Yeşim Gökalp phantastisch.

Ahmed versucht seiner Mutter beizubringen, dass sie das Salz nicht mit den Fingern nehmen, das heißt die Hand nicht in den Salztopf stecken soll. Während des Kochens seien die Hände doch nie völlig rein, da fielen dann Krümel ins Salz und so weiter.

Später, als die Füllung der Kohlrollen zu lasch schmeckt, bemerkt sie leicht boshaft: »Woher soll ich wissen, wieviel Salz dran ist? Ich musste es ja mit dem Löffelchen abmessen.« Da ich selbst beim Kochen viel auf Handmaß und Fingerspitzengefühl vertraue, ergreife ich ihre Partei. Wir Weiber verbünden uns lachend gegen Ahmed, der angeblich bloß *mir* helfen wollte, indem er seiner Mutter Unappetitliches abgewöhnt.

Ich war gestern abend auf einer der üblichen Ausstellungseröffnungen im Goethe-Institut. Gezeigt wurden Aquarelle einer türkischen Künstlerin. *Anne* fragt mich aus, was ich da gemacht hätte, weil ich ja – im Dunkeln – alleine fort war. Erkläre ihr das Programm und lade sie ein, nächstes Mal mitzukommen, wobei ich insgeheim hoffe, dass sie nicht darauf besteht, denn für mich gehören diese Art Veranstaltungen zu den wenigen legalen Möglichkeiten, dem häuslichen Trott zu entfliehen.

»Wieder ein Kulturunterschied«, dachte ich, als Schwiegervater Wassertöpfchen und Spiegel mit in den Garten nahm und sich draußen rasierte. Er sei es vom Dorf so gewohnt, dachte ich. Aber nein. Ahmed hatte das veranlasst, damit die Bartstoppeln nicht den Abfluss des Waschbeckens verstopfen. Der *dede* rasiert sich einmal pro Woche, am Freitag vor dem Moscheebesuch.

Ich muss anerkennen, dass Ahmed als Vermittler eine wichtige Funktion übernommen hat. Er versucht seine Eltern zu »erziehen«, so dass sie mir nicht zur Last fallen.

Was die Kinder wirklich machen, weiß der Vater nicht, und ich allenfalls andeutungsweise. Ayhan, stets durch die Schule überlastet, hatte letzte Woche fünf Klassenarbeiten. Zur Entspannung spielen sie Billard (in einem obskuren »Club« neben der Uni-Klinik), hören Heavy-Metal-Platten, telefonieren mit Mädchen und diversen Freunden, wichsen und trinken heimlich Bier. Ich muss mit Kritik vorsichtig sein, sonst verschließen sie sich. Die Mutter spielt in diesem Land die Rolle der Vertrauten bei allen Schandtaten ihrer Söhne. Nie ist sie Richterin.

Was mir noch auffällt: Der Friede zwischen den Generationen ist gesichert, solange gewisse Mindestregeln eingehalten werden; in unserem Fall: die Kinder bringen gute Noten heim, sie verhalten sich höflich gegenüber den Alten, widersprechen ihrem Vater nie.

Nachbarin Havva kommt auf ein Tächen Mokka und klagt, dass sie mit ihren drei Millionen (etwa 1000 Mark) monatlich nicht auskommt (sie ist Lehrerin, ihr Mann ein pensionierter Bankangestellter). Drei

Kinder stehen noch in der Ausbildung. Schwiegermutter erschrickt über die für ihre Begriffe horrende Summe. Ich erkläre ihr später, dass unsere Familie mehr verbraucht und zeige ihr, wohin das Geld geht. Was alleine die Kinder kosten! Mesut kriegt in diesem Monat eine Winterjacke und Jeans, damit ist eine halbe Million weg. Außerdem ist in der Großstadt das Wasser teurer, wird mehr Strom verbraucht. Wir haben Ausgaben, die in ihrem Budget nie vorkamen, wie Telefon und Monatskarten für den Bus. Und das meiste Essen muss teuer gekauft werden, während sie sich auf dem Land billig ernähren. Sie klopft mir auf den Rücken und nennt mich »*erkek* Fatma«, eine starke Frau, die das Problem schon meistern wird.

Fast täglich staubsauge ich jetzt im Wohnzimmer und wische den Küchenfußboden. Es liegen überall Brotkrümel rum, Apfelschalen, Fusseln und Fäden, Dreck vom Ofen. Die Alten loben mich, dass ich eine »fleißige/ gute *gelin*« sei. An ihrem Ton merke ich, dass sie mich auch ein bisschen aufziehen wollen. Oder machen sie sich lustig über das gängige *gelin*-Klischee?

Eine Nachbarin gibt mir am Gartenzaun wieder, was mein Schwiegervater über mich verbreitet: »Die *gelin* sorgt gut für uns, ist freundlich, betet«, letztes besonders betont. Ob er es für so wichtig hält? Oder glaubt er, sich vor den Leuten wegen der ausländischen Schwiegertochter rechtfertigen zu müssen?

Wenn ich denke, welche Sorgen unsere Kinder haben. Ayhan kämpft sich durch die Probleme der Integralrechnung und äußert mir gegenüber das Gefühl, »nicht normal« zu sein mit seiner Liebe zur Literatur.

Mesut ist von einem größeren Jungen bedroht worden, er solle nicht mit einem bestimmten Mädchen gehen, sonst ...

Die Enkel lassen sich höchstens mal für fünf Minuten herbei, im Wohnzimmer bei den Großeltern zu sitzen. Ich finde das nicht in Ordnung. Versuche ihnen klarzumachen, dass sich die einmalige Gelegenheit bietet, von den Eltern ihres Vaters etwas über ihre Wurzeln, ihr Herkommen, die Traditionen der alten Türkei zu erfahren. Mesut dagegen meint, die Großeltern fielen ihm »auf den Wecker«.

Ich: »Und wenn ich mal alt bin und dir auf den Wecker falle?«

Er: »Das tust du ja jetzt schon.«

Aus den Zeitungen der letzten Woche (21.–28. November 1991): Die neue Koalitionsregierung Demirel (DYP) – Inönü (SHP) steht. Jeder Koalitionspartner hat eine Frau zur Ministerin ernannt, die DYP Tansu Çiller (für Wirtschaftsfragen) und die SHP Güler Ileri (für

Frauenfragen). Quotenfrauen sind für die Türkei nichts Ungewöhnliches. Im Kabinett Özal war Imren Aykut jahrelang Arbeitsministerin. Demirels »Ziehtochter«, Tansu Çiller hatte als Volkswirtschaftsprofessorin an der Istanbuler Universität die Wirtschaftspolitik Özals stark kritisiert und sich öffentlich dazu geäußert. Jetzt soll sie versuchen, die Inflation in den Griff zu bekommen. Politisch ist sie ein Neuling.

Zum Außenminister wurde der Kurde Hikmet Çetin ernannt. Der neue Justizminister Seyfi Oktay und der für Menschenrechtsfragen zuständige Minister Mehmet Karaman sind ins Spezialgefängnis von Eskişehir gefahren, um dort Fälle von Folterung beim Verhör und unmenschliche Behandlung von Gefangenen im Hungerstreik aufzuklären. Eine »Revolution im türkischen Rechtssystem« stellt ein neues Gesetz dar, das die Zuziehung eines Anwalts schon beim ersten Verhör vorsieht. Damit soll künftig der Folter vorgebeugt werden.

Gesundheitsminister Aktuna wendet sich an die Ärzte, in die er »sein größtes Vertrauen« setzt, dass sie in ihren Gutachten Foltermaßnahmen nicht vertuschen. Wie man sieht, geht die neue Regierung sofort, wie im Wahlkampf versprochen, an die Aufarbeitung des dunklen Kapitels der Menschenrechtsverletzungen. Die Zeitungen sind voller Hoffnung, dass nun eine neue Zeit anbricht.

Dezember 1991

Heute bin ich fast ausgeflippt: Schwiegermutter hat ihr nasses Hemd über den Ofen zum Trocknen aufgehängt. Im Zimmer verbreitete sich ein beklemmender Dunst. Sie wäscht ihre Sachen mit der Hand aus und will diese, wie den Winter hindurch im Dorf, über dem Ofen trocknen. Haben wir keine Waschmaschine, keine Wäscheleine im Garten? Was mir allmählich auf die Nerven fällt: dass die beiden sich gierig auf extrem teure, seltene Leckerbissen wie Kuchen, Champignons und Bananen stürzen (Großvater hat erstmals im Leben eine Banane gegessen). Schlimmer ist, dass ich das Wohnzimmer nicht betreten kann, ohne mich unterhalten zu müssen. Wenn ich lese oder mir Notizen mache, werde ich sofort gestört. Das ist ein Kulturunterschied. Ahmed sagt, sie kämen sich unhöflich vor, wenn sie mich nicht ansprächen. Eine wichtige politische Sendung im Fernsehen musste ich auf den Wunsch des Schwiegervaters abschalten. Da die Alten auf dem Bildschirm kaum etwas erkennen, geschweige denn die Berichte verstehen, wird meistens allein der musikalischen Untermalung wegen eingeschaltet.

»Sie« schiebt an der Ofenklappe rum, so dass es zu heiß wird oder, umgekehrt, das Feuer erstickt. Wenn ich sie aber zur Rede stelle, lügt sie, sie habe nichts angefasst. Dabei lagen gestern sogar verkohlte Späne auf der Platte. Sie hat versucht nachzulegen, während ich weg war. Ich will sie nicht »entmündigen«, aber mit dem Eigenleben unseres Ofens ist sie nicht vertraut.

Ahmed um Vermittlung bei seinen Eltern zu bitten war nicht sehr klug. Er schließt daraus, ich wollte mich beklagen, dass sie da sind, und ärgert sich. Geduld, das Ganze dauert nicht mehr lange. Andererseits bemühen sie sich ja auch, nicht zur Last zu fallen. *Anne* legt das Bettzeug selbst zusammen, flickt ihre Wäsche.

Es ist kälter geworden, so dass der *dede* in die Moschee seinen Wintermantel anziehen soll. Der kleine gebeugte Mann, der sein Leben lang schwere Lasten getragen hat, findet nun seinen Mantel »zu schwer«. Als wir ihm statt des Jacketts drunter einen Pullover anziehen, geht es.

Ich habe mir einen Elektroofen ins Schlafzimmer gestellt und lasse ihn brennen, so dass ich mich jederzeit in mein Reich zurückziehen kann. Bei den Kindern im Zimmer ist es durch den Kamin vom darunterliegenden Wohnzimmer immer etwas überschlagen. Für den Notfall haben auch sie einen Elektroofen.

Nachdem Mutter ein paarmal im Obergeschoss war und ihre Neugier befriedigt hat, kommt sie nicht mehr. Die Treppe ist ihr zu beschwerlich.

Spiele ein paar Weihnachtslieder auf dem Klavier und fühle mich zu der Erklärung gedrängt: »Diese Lieder singen die Leute jetzt in meiner Heimat.«

»Das brauchst du«, antwortet die *anne*, als hätte sie darüber nachgedacht oder als hätte Ahmed gesagt, sie solle tolerant sein, wenn ich Klavier spiele.

Sie berichtet: »Die Nachbarn fragen mich, ob meine *gelin* alles isst, und ich antworte: ›Ja, Gott sei gelobt, sie isst alles und küsst mir noch die Hände.‹«

»Du kochst aber wirklich gut, Mutter.«

»Nicht jeder isst gerne, was ich koche.« (Meint sie die anderen Schwiegertöchter?)

1991 ist zum Gedächtnis von Yunus Emre (gest. um 1321), dem wandernden Derwisch und Dichter, in der Türkei ein »Jahr der Liebe« verkündet und als Kulturereignis gefeiert worden. Ein Oratorium eines modernen türkischen Komponisten mit Texten des Mystikers wurde neu einstudiert und mehrmals auch im Fernsehen gesendet.

Wissenschaftler vertieften sich in die Erforschung der Biografie, ein internationaler Kongress fand statt, Übersetzungen der Gedichte in andere Sprachen erfolgten ... Die Bedeutung von Yunus Emre für die Nationalliteratur liegt darin, dass er seine Verse, obwohl zu seiner Zeit jeder persisch dichtete, in der unliterarischen Volkssprache (türkisch) geschrieben hat.

Vor vielleicht sechs Monaten habe ich Emin *bey* meine wertvolle deutsch-türkische Ausgabe der Gedichte von Yunus Emre geliehen. Jetzt findet er sie nicht wieder (verdammt!), und ich stehe da mit meinem Artikel über die mittelalterlichen Mystiker Yunus Emre, Mevlânâ, Celâleddin-i Rumi (gest. 1273) und Hacı Bektaş-i Veli (gest. 1357).

»Diese drei wichtigen Persönlichkeiten waren im echten Sinne Muslime und von der Rasse her Türken. Der islamische Glaube bildete bei allen dreien die Grundlage der Gefühls- und Gedankenwelt. Sie priesen die Gottesliebe als Heilmittel für das menschliche Herz.

Mevlânâ wandte sich mehr an die aristokratische Schicht, an die Elite, Hacı Bektaş dagegen an die breiten Volksmassen. Yunus Emre jedoch spricht mit seiner starken und beherzten Sprache alle an.«

Wie kann ich den Ausdruck »Rasse« vermeiden? Grotesk, dass dieser Begriff dem Verfasser so wichtig ist, obwohl er kurz darauf die universale Brüderlichkeit aller Menschen preist. Der ganze Absatz besteht aus ein paar unentwirrbaren Konstruktionen. Ayhan kann nicht helfen. Für ihn ist das »mystisches Blabla«; wirklich verstehen würde er es nicht. Ich versuch's mal:

»Mevlânâ hat alle seine Gedichte persisch geschrieben. Verse, Musik und Semâ-Tanz erhebt er auf die Ebene des Gottesdienstes. Sie spiegeln eine universale Philosophie wider, die alle Menschen zu den Grundsätzen der Liebe, Brüderlichkeit und Toleranz aufrufen. Das ist die Fahne, die gegen alle Verbohrtheit entfaltet wird. Voller Toleranz und in grenzenlosem Vertrauen füllt er Zuneigung, Schönheit und Menschenliebe mit göttlichem Inhalt.«

Mevlânâ ist in der westlichen Welt wahrscheinlich der bekannteste der drei Mystiker. Die Mevlânâ-Derwische tanzen ja heutzutage den Semâ-Tanz als Touristenattraktion. Und am Todestag des Celâleddin-i Rumi (so lautet sein Name, während Mevlânâ ein Ehrentitel ist) wird in der Stadt Konya jedes Jahr eine Mischung aus Festival und wissenschaftlichem Kongress veranstaltet.

»Von allen Enden der Welt kommen die Menschen jeder Glaubensrichtung zum *Şeb-i aruz* (»Hochzeitstag«, wie Mevlânâ seinen Todestag nannte, weil der Mystiker im Tode sich mit Gott, dem Geliebten, vereint) in das Kloster nach Konya, wo in einer Atmosphäre der Liebe und Toleranz nicht mehr Rang und Amt zählen und alle Unterschiede verschwunden sind.«

Meine Anspannung entlädt sich in Alberei, als ich den Ausspruch von Hacı Bektaş: *Nefesine ağır geleni kimseye tatbik etme* übersetze mit: »Wenn du schon schnaufst, sollst du keinen anderen Gymnastik machen lassen«. Ayhan lacht sich kaputt. Gemeinsam – auch Ahmed mischt sich ein – formulieren wir die Prinzipien des Bektaschitums.
 - Was dir selbst schwerfällt, das sollst du von keinem anderen verlangen.
 - Wirst du auch gekränkt, so kränke deinerseits nicht.
 - Weder eine Nation noch einen Menschen sollt ihr tadeln.
 - Vergesst nicht, dass auch eure Feinde Menschen sind.
 - Wer den Weg nicht mit Vernunft geht, steht am Ende im Dunkeln.
 - Beherrsche deine Hand, deine Zunge und deine Lende.
Das letztgenannte Prinzip erkennt Ahmed als das Sprüchlein, das die zahlreichen Aleviten (Anhänger einer Sekte, die aus der Schia hervorgegangen ist) in unserem Vorort immer vorbringen, um sich als »nicht sittenlos« auszuweisen, wenn sie mal wieder beschuldigt werden, nie zum Gebet in die Moschee zu kommen. Das hört sich harmlos an, spiegelt aber den jahrhundertealten Konflikt mit der herrschenden islamischen Richtung, den Sunniten, die nicht allein die Vorschriften des Koran, sondern auch die Worte und Taten des Propheten Muhammed als verpflichtendes Vorbild (*sunna*) ansehen. Demgegenüber setzen bekanntlich die Mystiker aller Religionen weniger auf die äußere Erfüllung als auf Herzensreinheit, auf Gottes- und Menschenliebe.

Türkische Intellektuelle, zum Beispiel Margrits Mann Ömer, die sonst vom Islam nicht viel halten, verweisen gerne auf ihre Frömmigkeit à la Hacı Bektaş (»Was du suchst, suche in dir selbst, nicht in Jerusalem oder Mekka, nicht auf der Wallfahrt«), Ömer behauptet ja, der orthodox fundamentalistische Islam, dessen »Erwachen« von Deutschland aus mit Sorge beobachtet wird, sei im Gegensatz zu dieser mystisch-humanistischen Variante, völlig untürkisch. Jedesmal wenn Ömer mit Ahmed, der die sunnitische Position einnimmt, zusammentrifft, geraten sie deswegen aneinander. Ich bin bloß froh, dass Ahmed die Aleviten nicht mehr als »Abtrünnige« oder gar »Ungläubige« bezeichnet. Wir haben oft darüber diskutiert, dass aus solchen Zuweisungen Gewalt entstehen kann, und Ahmed lehnt Gewalt ab. Aus der unseligen Konfrontation zwischen Aleviten und Sunniten haben sich immer wieder schreckliche Massaker entwickelt, etwa in Sivas, Çorum und Kahramanmaraş im Jahre 1978. Das hat in der Türkei niemand vergessen. Es ist schon eigenartig, dass der Verfasser des Aufsatzes dies ebensowenig erwähnt wie die Rolle der Aleviten im Osmanischen Reich, wo sie als Ketzer und Staatsfeinde par excellence galten, weil sie beispielsweise die demokratische Wahl der politischen und religiösen Führer forderten, dazu soziale Gerechtigkeit, Gleichheit ... Kein Wort über den Volksaufstand, den der Rechtsgelehrte Scheich Bedrettin 1416 entfachte, kein Wort über die Hinrichtung des mystischen Dichters Pir Sultan Abdal... Warum?

Mein Wortschatz erweitert sich um: a) sehr alte Wörter, wie *tasavvuf* – islamische Mystik, *derman* – Heilmittel, Abhilfe; b) Fachausdrücke: *sikke* – Derwischmütze, *tannure* – Leichenhemd, Derwischgewand; c) Neuwörter: *betimlemek* – schildern, *süreç* Zeitabschnitt.

Es ist ein Spiel, den Sinn des unbekannten Wortes zu erraten und später zu verifizieren. Fatal, wenn kein Wörterbuch den Begriff ausweist und weder Ayhan noch sonst jemand helfen kann. Im Notfall tippe ich auf Druckfehler. Emin *bey* will mit solchen Problemen nicht behelligt werden.

Mir hat die Frage keine Ruhe gelassen, weshalb der Autor bedeutender Bücher über Mevlânâ, Yunus Emre und die Bektaschibewegung einen derart harmlosen Artikel verfasst hat, der alle strittigen, alle irgendwie »gefährlichen« Gesichtspunkte auslässt.

Plötzlich die Erleuchtung durch eine Parallele: entsprechend dem türkischen Ehrenkodex werden innerfamiliäre Konflikte vor Außenstehenden stets wie Staatsgeheimnisse behandelt, verschwiegen, vertuscht. Man wahrt die Fassade, spielt Theater. Selbst wenn die Frauen einander insgeheim ihr Leid klagen, wissen sie doch offiziell von nichts. Darum hält es Emin *bey* wohl auch für richtig, dass in einem Magazin fürs Ausland nur die glatte Schauseite dargeboten wird, während Ungereimtheiten, Streit, ja Selbstkritik »in der Familie« zu bleiben haben. Abendländische Leser dagegen erwarten die Aufdeckung von Konflikten. Dies gilt als journalistische Leistung und Beweis intellektueller Redlichkeit.

Ich: Mutter, hast du den *dede* eigentlich aus Liebe geheiratet?
   anne: Um Gotteswillen, wer hat denn damals von Liebe geredet?

Sie haben um mich angehalten. Und dann wurde ich weggegeben.
Ich: Hast du denn einen anderen geliebt?
anne: Gott bewahre! Vor lauter Arbeit kam ich gar nicht auf solche Gedanken. Wir fünf Geschwister haben Teppiche geknüpft. Ich war das jüngste Kind. Mein Vater fiel vor Çanakkale, als ich noch im Bauch meiner Mutter war.
Ich: Und wie war deine Ehe? Habt ihr euch verstanden?
anne: So lala. Wie du weißt, habe ich sechs Kinder geboren, von denen noch vier am Leben sind. Es war schwer genug, sie großzuziehen.
Ich: Aber jetzt hast du wenigstens deine Söhne, und alle sind wohlhabend und tun was für ihre Eltern.
anne: Allah sei Dank, ich kann mich nicht beklagen.
Ich: Sie reißen sich drum, wer die Eltern im Winter haben darf ...
Die *anne* fängt an zu weinen. Sicher denkt sie an die Streitereien unter den Brüdern, die ja nicht allein der Liebe zu den Eltern entspringen.

Zweites Interview am nächsten Tag:
Ich: Habt ihr die Teppiche zu Hause geknüpft?
anne: Ja, schon als kleines Mädchen, und später, als ich verheiratet war, habe ich das nebenbei gemacht. Die Wolle selbst gezupft, gesponnen, gefärbt.
Ich: Was für Farben?
anne: Pulver, keine Naturfarbstoffe.
Ich: Woher wusstet ihr die Muster?
anne: Die hatten wir im Kopf.
Ich: Wie lange dauert es, eine Brücke zu knüpfen?
anne: Das ging ganz schnell. Eine Woche. Wir haben locker geknüpft, es waren keine wertvollen Stücke. Nicht so fest wie der Teppich, den ich dir mitgebracht habe.
Und dann fängt sie plötzlich an zu klagen: »Ich habe mit allem alleine fertig werden müssen, dem Haushalt, den Kindern, dem Garten und dem Weinberg. Dazu noch die Teppiche. Wenn er (sie meint den *dede*) mir dabei geholfen hätte, aber nein, er war ja immer weg. Die Kinder konnte ich kaum anstellen, die waren keine besondere Hilfe. Eine Tochter wäre was anderes gewesen, aber die Buben? Ich habe mich abgerackert. Damals musste man die ganze Wäsche mit der Hand waschen, das Brot selbst backen. Jetzt könnte ich mich endlich ausruhen und mein Leben genießen, aber jetzt habe ich diese schrecklichen Gelenkschmerzen.«

Der *dede* läuft noch immer draußen rum. Ob er nicht heimfindet oder die Zeit vergessen hat? Es weht ein kalter Wind. Als er kommt, schimpft Mutter mit ihm. Abends will er nichts essen. Hoffentlich wird er nicht krank.

Ahmed hat es doch tatsächlich geschafft, seinen Vater davon zu überzeugen, dass in sämtliche Sparbücher auch der Name der Ehefrau als Mitinhaberin eingetragen wird. Sie waren zusammen auf der Bank. Jetzt kann auch die *anne* über das Geld verfügen (das sie zum Teil selbst erarbeitet hat). Ich kenne Schwiegervater als geizig und in Gelddingen äußerst misstrauisch und wundere mich, wie Ahmed das bloß hingekriegt hat.

»Oh, ich habe ihm geschildert, dass im Falle seines Todes sonst der Staat eine Riesensumme an Erbschaftssteuer kassieren würde. Das hat ihn erschreckt.«

Traum.

Bin in einem uralten Haus mit Natursteinmauern und einer Holztreppe, die in den Oberstock führt, wo meine Schwiegereltern wohnen. Die *anne* humpelt mir entgegen, und der *dede* sagt: »Jetzt zeige ich dir mal unsere Schatzkammer.« Überall stehen Antiquitäten: alte Bilder, Spiegel, Vasen, Puppen. Die Schwiegermutter bringt Tragetaschen und sagt: »Du kannst alles nehmen.«

Ich bemerke, dass die Wohnung dem Inneren eines Schneckenhauses gleicht. Nach hinten zu wird der Raum enger und führt im Bogen nach unten. Als ich mich in das Gewölbe, das von einem purpurnen Licht erleuchtet wird, hineinwage, geht mir die Luft aus, und ich weiß, dass ich ersticken werde.

Türkischer Heimatfilm am Samstag. Sobald der *dede* schläft, kann man im Fernsehen mal einen Film ansehen, ohne dass ständig das Um- und Ausschalten befohlen wird. Gedachte mir einen sentimentalen Streifen reinzuziehen. Im Mittelpunkt der Handlung steht die junge hübsche Hebamme Kiraz (Kirsche) bei ihrem »aufopferungsvollen Dienst« in einem verschneiten Bergdorf der Osttürkei. Zwei Männer verlieben sich in sie, der Arzt aus der Kreisstadt und der stille Pferdeschlittenführer des Dorfes (dargestellt von Kadir Inanır, Frauenliebling und einzigem Star des Filmes). Viel dramatischer als diese Dreiecksgeschichte war jedoch die dörfliche Realität: Haarsträubende Unkenntnis biologischer Tatsachen im Verein mit falsch verstandener Mannes- und Familienehre führen dazu, dass alle gebärfähigen Frauen ständig schwanger sind und – oft unter Lebensgefahr – Kinder in die Welt setzen, für deren Aufzucht und Ausbildung die Mittel fehlen. Die Hebamme versucht, das Dorf von der Notwendigkeit der Geburtenkontrolle zu überzeugen – was im Film auch gelingt. Aber bis dahin spielen sich vor dem verstörten Zuschauer viele drastische Szenen ab: Verstoßung einer gerade Entbundenen, Abtreibungsversuch durch den Sprung vom Dach, Fehlgeburten, Tod der fünfzehnjährigen Zweitfrau des reichen *ağa* und so weiter. Sachliche Aufklärung und Appell sind übrigens geschickt eingebaut. Ein Beitrag zur staatlichen »Familienplanungswoche«. Kommentar der Schwiegermutter: »Aber wer ist denn heute noch derart primitiv? In unserem Dorf kommt sowas nicht mehr vor. Vielleicht hinten im Osten.«

Genau das ist es ja, *anne*. In den sowieso schon strukturschwachen ländlichen Gebieten Ost- und Südostanatoliens und in den *gecekondu* wird jener Kinderreichtum produziert, der die Gesamtbevölkerung des Landes jedes Jahr um über eine Million zunehmen lässt. Alle diese Menschen brauchen Schulen, Arbeitsplätze, soziale Einrichtungen, Krankenhäuser, Wohnraum.

Mir fallen selbst einige Frauen aus Izmir ein, die ungewollt schwanger geworden sind, obwohl Verhütungsmittel rezeptfrei und billig in jeder Apotheke zu haben sind.

Umut hep vardı (Es gab immer noch Hoffnung) heißt der Film. Dieser Titel trifft auch in anderer Hinsicht zu. Wie die Zeitung schreibt, hat die Zensur den Film erst neuerdings freigegeben. Bisher hatten die Verantwortlichen wohl Bedenken gehabt, die krasse Realität des Frauenlebens auf dem Bildschirm zu zeigen. Ein Zeichen für mehr Medienfreiheit unter der neuen Regierung.

Der private Besuch von Freunden ist fast eingeschlafen. Auch traue ich mich schon niemanden mehr einzuladen, nachdem Renate abgesagt hat, weil sie nicht einsähe, »weshalb ich mich deiner Schwiegermutter widmen soll« (wörtlich am Telefon).

Gestern abend kamen dann doch Ruthi und Haluk, lose Bekannte, mit denen wir uns vielleicht zweimal im Jahr treffen. Haluk war ebenfalls in Deutschland gewesen, hatte dort Ruthi kennengelernt und lebt jetzt als Rentner wie Ahmed. Was die beiden Männer verbindet, formulierte mein Bester treffend so: »Wir sind viel zu gutherzig und anständig, um im Leben Erfolg zu haben.« Worauf sie sich stolz und wehmütig zugleich anlächelten.

Ich hatte »deutschen« Nusskuchen gebacken. Dazu tranken wir schwarzen Tee, wie das hier sogar abends üblich ist. Obwohl der Ofen eine gemütliche Wärme verbreitete, waren die Alten wie immer in Wolldecken gehüllt, der *dede* ständig am Einnicken. Ahmed redete mit Ruthi vorwiegend deutsch, weil sie schlecht Türkisch spricht. Vielleicht wollte er sich auch mal so richtig zeigen. Natürlich bekamen meine Schwiegereltern das Gespräch nicht mit, und Haluk fühlte sich aus Höflichkeit verpflichtet, sie auf türkisch zu unterhalten, so dass er Ahmeds interessanten Ausführungen (Wie ich den Weinberg kaufte. Ich armer erfolgloser Mann hatte einmal wenigstens Glück) nur mit halbem Ohr folgen konnte.

Meine Schwiegermutter ermahnte mich ständig, den Gästen Tee nachzuschenken (obwohl Ruthi längst dreimal abgelehnt hatte), das Tischchen näher heranzuschieben (das Haluk gerade weggeschoben hatte) und Holz nachzulegen. Ich spielte die gehorsame *gelin*, dennoch konnte ich nicht umhin, mich ein bisschen zu ärgern.

Mir ist ein Rätsel, wie Ruthi und Haluk sich »verständigen«. Denn er kann fast kein Deutsch mehr; hat, wie er sagt, »die vielen Wörter, die ich wusste« großenteils vergessen. Während Ruthi die Landessprache so schlecht spricht, dass es weh tut. »Gibt es nicht manchmal Missverständnisse?« fragte ich.

»Oh doch«, lachte Ruthi und schaute ihren Haluk liebevoll an. Sie hatte gerade vergeblich versucht, ihm den Sinn eines Behördenbriefes aus Deutschland zu erklären, und nun sollten wir helfen.

Mein Ahmed erläuterte, Missverständnisse ergäben sich nicht aus der Sprache, sondern aus der unterschiedlichen »Moral« womit er die Befindlichkeit, die Gefühle eines Menschen meint. Er wirft mir gern vor, dass ich seinen Seelenzustand nicht errate, anstatt dass er ausspricht, worum es ihm geht. Solches Verhalten erscheint mir keineswegs als typisch türkisch. Männer wünschen sich wohl eine interpretierende Frau, die »errät, was der Geliebte nicht sagen kann«. Leibdolmetscherin.

Ahmeds Ausländerdeutsch macht mich jetzt oft nervös. Dabei hat es mich mal fasziniert, ich fand es »süß« – mit allen Fehlern. Er konnte meine Sprache, als ich von der seinen noch kein Wort verstand. Inzwischen habe ich ja Türkisch gelernt. Natürlich nicht perfekt. Wahrscheinlich würden ihn meine Fehler ebenso nervös machen. Aus alter Gewohnheit sind wir aber beim Deutschen geblieben.

Beispiele alltäglicher Dialoge:
Ich: Diese Tomaten waren aber gut.
Er: … die ich gekauft habe?
Ich: Die vorhergehenden hattest du auch gekauft.
Er: Wovon redest du eigentlich?

Er: Der alte Herr Zeki an der Haltestelle … war tot.
Ich: Verkehrsunfall?

Er: Nein, einfach Pamm.
Ich: ... angefahren worden?
Er: Wieso?
Wie sich später herausstellte, hatte Herr Zeki einen Herzinfarkt gehabt. Das konnte mir mein Liebster aber partout nicht verklaren.

Ich höre Mutter schreien: »Wo ist denn der Mann schon wieder hingelaufen? – Es ist doch eiskalt draußen! – O Himmel, der macht mich tot. – Komm, komm verflixt! – Los rein! – Was suchst du denn? Jetzt geht der bei der Kälte raus. – So ein Dickschädel! – Wirst du wohl herkommen! – Mach schon, rein hier!«
Die Kinder grinsen zwar über das Dorftürkisch der Großeltern, hatten aber heute die Idee, diese originellen Reden und Dialoge auf Kassette aufzunehmen. »Dann können wir das später immer abhören.«

Mit jedem Tag wollen die Alten früher zu Abend essen, nämlich sobald die Dunkelheit einbricht, und das ist derzeit (Anfang Dezember) schon kurz nach fünf. Danach ist der Abend endlos lang. Sie sitzen gerne ohne Licht bei offenen Vorhängen am Fenster. Draußen wiegen sich die Bäume vor den Fassaden der gegenüberliegenden Häuser. Eine Theaterkulisse ohne Akteure. Es ist ganz gemütlich, manchmal so zu träumen oder, wenn einer ein Thema findet, sich auch zu unterhalten.
Heute fing der *dede* an, über Namen zu reden, wie die Enkel und Urenkel alle heißen. Daraus ging dann folgende Szene hervor.
dede: Fatima und Ayşe, das sind die schönsten islamischen Frauennamen.
Ahmed: Weißt du, wie die erste Frau des Propheten hieß?
dede: Weiß ich nicht.
Ahmed: Sie hieß Hatice und war vierzig, als der Prophet Muhammed, der damals fünfundzwanzig war, sie heiratete.
(Ich könnte einwenden, nicht er heiratete sie, sondern umgekehrt, die angesehene Kauffrau wählte sich den jungen Mann, der ihr Angestellter war, zur Ehe.)
dede: Der Mann muss verrückt gewesen sein. Mit fünfundzwanzig heiratet man doch kein Mädchen von vierzig.
Ahmed: Sie war kein Mädchen, sondern eine Witwe. Sie war reich.
Dede: Da seht ihr mal, was der Reichtum aus dem Menschen macht. Ein junger Mann kann doch keine Vierzigjährige heiraten! Der war ja verrückt!

anne: Was redest du da über unseren Propheten! Allah hat es so gewollt, sonst hätte er es nicht getan.

dede: Das Mädchen muss immer ein, zwei Jahre jünger sein als der Mann. Bei uns auf dem Dorf wurden die Mädchen mit dreizehn verheiratet, und die Burschen waren fünfzehn.

anne: Heute studieren sie aber, deswegen heiraten sie erst viel, viel später.

dede: Der Mann muss älter sein, sag ich.

Ahmed: Man kann ihm nichts mehr beibringen, er kapiert es einfach nicht.

Der *dede* ist nicht beleidigt. Ihm fällt ein Lied ein:

»Aus dem Weinberg von Gesi
habe ich die ersten Früchte geerntet.
Im Weinberg von Gesi
habe ich meine Braut gefunden.«

Plötzlich wird die Tür aufgerissen und das Licht angeknipst. Brutal. Mesut bringt seine Jacke, an der ein Loch zu flicken ist. »Was macht ihr denn hier im Dunkeln?« brummt er. Dazu setzen mag er sich nicht. »*Işim var*« (Ich hab zu tun), ist die alles erklärende Ausrede.

Es ist so kalt im Badezimmer, dass selbst mich das tägliche Duschen einige Überwindung kostet. Die Kinder lassen es bei Katzenwäsche bewenden. Für die Alten wäre ein Bad schlichtweg lebensgefährlich. Da wir kein ordentliches *hamam* in der Nähe haben, packe ich die Schwiegermutter kurz entschlossen ins Taxi, und wir fahren zum benachbarten Kurzentrum Balçova, dessen radiumhaltige heiße Quellen seit der Antike bei mancherlei Leiden Heilung bringen.

Wir mieten eine Kabine mit marmorner Sitzbank und Wanne. Ich spiele die Bademagd, wie ich das schon gewohnt bin, reibe der *anne* den Rücken mit dem Rubbelhandschuh ab, seife sie ein, gieße ihr mit dem kupfernen *tas* Wasser über Haare und Körper. Sie genießt das viele heiße Wasser und will Einseifen und Abspülen mehrmals wiederholt haben. Danach ist ihre Haut wunderbar zart und glatt. »Ich bin doch eigentlich nicht sehr dick«, sagt sie scherzhaft und streckt die Arme vor. Nun, Arme und Schultern sind »normal«, aber die Brüste, Hüften, das Gesäß ... Wir lachen.

Heute rubbelt auch sie mir den Rücken und seift mich ein. Sie sieht mich zum erstenmal nackt. Ich habe das Gefühl, sie prüft meinen Körper. Ganz leicht stupst sie meine linke Brustwarze an, als wollte sie sagen: nicht schlecht, diese *gelin*.

Zu Hause entspinnt sich mit dem *dede* wieder einer dieser grotesken Dialoge.
anne: Nächstes Mal nehme ich dich mit.
dede: Ja, da sollen mich die Frauen waschen.
anne: Natürlich, ich wasche dich.
dede: Wie du mich wäschst, das kenne ich schon. Nein, die Frauen sollen mich waschen.
anne: Was für Frauen denn? Fang bloß nicht an.
Ich: *Baba*, das ist Sünde.
anne: Erschreck ihn nicht, er macht bloß Spaß.
Ich: Ich habe auch Spaß gemacht.
anne: Wenn du ins Paradies kommst, kannst du dich von den Huris bedienen lassen.

Heute klagt Schwiegermutter über schreckliche Knieschmerzen, sie habe die ganze Nacht nicht schlafen können. Sie sieht auch wirklich elend aus. Ahmed beschuldigt mich (wie immer, wenn etwas schiefgeht), das Baden sei verkehrt gewesen, und wir dürften nie mehr dort hingehen. *Anne* meint: »Nein, die Baderei war wunderbar, und ich mache das auch wieder, *inşallah*.«

Ich soll/will nicht mehr meckern. Aber der Artikel über die »Türkin von heute« ist wahrhaftig eine Katastrophe. Gibt es nicht eine ganze Reihe JournalistInnen (Emin *bey* kennt einige sogar persönlich), die so ein Thema witzig/ spritzig und zugleich sachkundig hätten bearbeiten können? Warum muss es die Ehefrau eines bekannten Mannes sein, die obendrein einen fürchterlichen Stil schreibt und mit Statistiken nicht umgehen kann?
Im Hauptberuf sei sie Geigerin, sagt Emin *bey*. Soll das vielleicht ihre idealistische Sicht der Dinge erklären?

»Im allgemeinen hat die berufstätige Städterin eine angesehene Arbeit, meistens beim Staat, was im Vergleich zu einem Job in der Privatwirtschaft den Vorteil der gesetzlich geregelten Arbeitszeit hat, so dass die Frau für den Haushalt mehr Zeit erübrigen kann.«

Ich insistiere bei Emin *bey:* Warum? Er murmelt etwas von der »Ehre, für dieses Heft zu schreiben« und dass er für die Beiträge ja kein Honorar bezahlen könnte, was professionelle Journalisten aber verlangten. Ich setze ihm weiter zu: »Und außerdem habt ihr verdammt Angst, dass auch nur der Schatten eines Schattens auf dieses geliebte Land fallen könnte, sobald einer die Sache nicht mit dem nötigen Bierernst angeht. Was ihr vermeiden wollt, trifft darum gerade ein! Die ihr so ängstlich auf euer Image bedacht seid, ruiniert es gleich selbst; das könnte kein Feind so gut besorgen.«

Emin bittet mich, durch die Übersetzung zu retten, was zu retten ist. Ich: »Lassen Sie mich einen neuen Essay schreiben.«

»Das geht nicht, dieser hier ist offiziell genehmigt.«

Mit meinem »Bierernst« hatte ich Emin *bey* ein Stichwort gegeben. Er verwickelte mich in eine Betrachtung über die Unterschiede zwischen deutscher und türkischer Alkoholkultur. Der *rakı*-Trinker, der *akşamcı*, sei gesellig, witzig, melancholisch, künstlerisch. Kein Säufer, behauptete er. Na, so hatte er mich schließlich vom unangenehmen Thema weggelockt.

»Im Hochschulbereich stellen heute die Frauen 32,15 Prozent des Lehrkörpers. Darüber hinaus liegt ihr Anteil an den leitenden Positionen der Universitäten, wie z. B. Institutsleitung, Dekanat und Rektorat, bei 20 Prozent. Diese Frauen treten auch bei internationalen Wissenschaftsveranstaltungen als Rednerinnen und Tagungsvorsitzende in Erscheinung. Türkische Frauen vertreten außerdem ihr Land erfolgreich bei den Vereinten Nationen, im Europarat und in ähnlichen Organisationen.

Im Bereich der Kunst und des Kunsthandwerks hat die türkische Frau die Kultur des Landes in jeder Hinsicht bereichert. An zwanzig Universitäten (von 29 insgesamt) wurden im Studienjahr 1989/90 in den verschiedenen Kunstrichtungen Ausbildungsmöglichkeiten angeboten. Dabei waren 53,75 Prozent der Studierenden weiblich.«

Naturgemäß betont die Verfasserin denjenigen Ausschnitt des Frauenlebens, der ihr als Akademikerin und Künstlerin am besten bekannt ist. Die Zahlenangaben überraschen womöglich einen deutschen/europäischen Leserkreis, der die Türkin vorwiegend als Bäuerin und Hausfrau beziehungsweise Arbeiterin kennt. Tatsache ist gleichwohl, dass die große Mehrheit der türkischen weiblichen – und männlichen – Bevölkerung weder eine Universität von innen gesehen hat, noch das Land bei Internationalen Organisationen vertritt. Vielmehr arbeiten auch heute noch zirka 30 Prozent aller männlichen und 80 Prozent aller weiblichen Berufstätigen in der Land- und Forstwirtschaft zu einem geringen Lohn und meist ohne Sozialversicherung. Hiermit ergeben sich starke Vorbehalte gegenüber dem folgenden Textabschnitt:

»Die türkische Frau besitzt heute praktisch alle ökonomischen, politischen und sozialen Rechte, und zwar aufgrund von Gesetzen.

Man muss sich aber fragen, ob die Frauen von ihren Rechten auch Gebrauch machen. Dabei zeigen sich zwischen den Frauen auf dem Land und in der Stadt gewisse Unterschiede. Die Stadtfrau hat weitgehend ökonomische Unabhängigkeit erlangt. Dasselbe kann man von der Landfrau schwerlich sagen. Sie ist in dieser Hinsicht stärker vom Mann abhängig.«

Hier würde ich gerne einige Stellen anders formulieren: Die türkische Frau besitzt zwar *theoretisch* die rechtliche Gleichstellung mit dem Mann, doch hindern jahrhundertealte patriarchalische Machtstrukturen, Brauchtum und Moralvorschriften, mangelnde Ausbildung, und eigene Bequemlichkeit viele Frauen daran, von ihren Rechten auch wirklich Gebrauch zu machen. Einige wenige »Stadtfrauen« haben ihre mentale und ökonomische Unabhängigkeit erreicht. Die Landfrau ist zwar keineswegs zu dumm, ihre Benachteiligung zu erkennen, doch hat sie für eine Alternative meistens nicht die Phantasie, den Mut und die Mittel.

Typisch für die Frauenfrage in der Türkei ist, dass Rechte zu Beginn der Republik nicht erkämpft, sondern »von oben« verliehen wurden. So schenkte Atatürk 1934 den Frauen das Wahlrecht, als die meisten noch Analphabetinnen und politisch nicht interessiert waren. Erst heute kämpfen Frauenrechtlerinnen (eine Minderheit in den Städten) um die Verbesserung der Rechtslage, etwa des Scheidungsrechts. Ähnlich wie in westlichen Ländern wird die Frau in der Türkei allerdings nicht allein durch einzelne Gesetze, sondern durch verfestigte gesellschaftliche Strukturen diskriminiert.

Beispiele: 1. Söhne und Töchter sind zwar im Erbrecht gleich gestellt, auf dem Land ist es jedoch Brauch, dass die Töchter keine Immobilien erben, sondern durch Goldschmuck entschädigt (und oftmals übers Ohr gehauen) werden. 2. Vorehelicher Geschlechtsverkehr, Ehebruch ... werden bei Frauen anders bewertet und geahndet als bei Männern. 3. Die Chance, dass Frauen bei gleicher Eignung und Leistung in Führungspositionen aufrücken, ist gering – trotz der erwähnten 20 Prozent Professorinnen. Ja, es gibt auch in der Türkei einige Managerinnen in der Industrie, es gibt Politikerinnen (siehe die beiden Ministerinnen), es gibt Journalistinnen, Ärztinnen, Apothekerinnen, Bankkauffrauen und ein Heer von Lehrerinnen, aber ...

Wie gesagt, ich sollte den Artikel ja nicht neu schreiben, nur übersetzen. Doch das, was da steht, ist zu mager und zu optimistisch.

Erfreuliche Zeitungsmeldung: Ein Bücherverbot soll es in Zukunft nicht mehr geben: Die Zensurbehörde *(Muzır Kurulu)* wird abgeschafft.

Im Dezember findet seit vielen Jahren das Weihnachtskonzert der Staatlichen Musikschule Izmir statt. Es ist Usus, dass die deutschen Frauen hingehen. Bisher hielt ich das nie für notwendig, aber diesmal zog es mich einfach hin. Der Chor sang Weihnachtslieder: »Vom Himmel hoch« und »Es ist ein Ros entsprungen«. Die Intonation war sauber, trotzdem stimmte etwas nicht. Die Kinder konnten offensichtlich nicht Deutsch, artikulierten unsere geheiligten Texte um Nuancen falsch. Vor allem aber fehlte das »Gefühl«, die »Innigkeit«.

Na, was verlange ich denn da?

In der Pause bestätigten mir Helga und Gisela, dass auch sie zwischen Hellauflachen und Augenfeuchte hin- und hergerissen waren.

Weihnachten, seit Jahren von mir eher beiläufig behandelt, wird plötzlich zum Anlass für Heimweh. Da das Fest in der islamisch geprägten Gesellschaft keine Bedeutung hat, fühlte ich mich bisher vom vorweihnachtlichen Stress glücklich beurlaubt. Nun ertappe ich mich bei dem Verlangen, odufröhliche Grüße an die Verwandten in Deutschland zu schreiben oder Geschenke für die Kinder einzukaufen. Zwar sind Pullover jetzt ohnehin fällig, aber diesmal sollen sie nicht aus dem Basar sein, sondern aus einer Jugend-Modeboutique. Im feinen Stadtviertel Alsancak spekulieren mit Zweigen und Lichterketten geschmückte Schaufenster auf ausländische Kundschaft, vor allem NATO-Amerikaner, und auf wohlhabende Mittelschichttürken. Letztere feiern seit Atatürk *yılbaşı* (Neujahr) mit Geschenken, neuer Kleidung, Truthahn und Alkohol, ja womöglich einer Silvesterparty im Casino mit Schlagersängern und Bauchtänzerin. Das Volk sitzt an *yılbaşı* zu Hause vor dem Fernsehapparat und genießt ein ähnlich gestaltetes Unterhaltungsprogramm.

Die Auswahl an schicken Pullovern für meine jungen Männer ist groß. Dabei sind die Preise durchaus »europäisch«. Mich selbst beschenke ich mit einem weißen Spitzenkragen und einem handbemalten Mokkatässchen.

Am Ende der Einkaufstour hocke ich in Alsancak in einer Konditorei, kaue an einem reichlich trockenen Stück Christstollen und möchte mir das ständige Vergleichen (etwa mit Kreutzkamm in München) untersagen. Was soll das Hinträumen zum anderen Ufer, das ich nun einmal verlassen habe.

Und doch: jetzt über den abendlichen Christkindlmarkt schlendern, Gebasteltes für den Tannenbaum kaufen, Lebkuchen essen und

Punsch trinken – eine Glückseligkeit empfinden, die ich als Kind gar nicht erlebt hatte.

Brief meiner Schwester: »... Weihnachtsstimmung gibt es nicht mehr, woher auch? Keiner hat richtig Zeit, und wichtiger noch, wir können das mit keinem Inhalt füllen, wenn das kindliche Staunen über Tannenbäume, Kerzen und Geheimnisse vorbei ist. So bleibt ein Familienfest, an dem man sich trifft und beschenkt ... « Liebe Schwester, was gäbe ich drum, dich/euch jetzt zu treffen und zu beschenken.

Um den Kindern den Sonntag ein bisschen schön zu machen, backe ich Apfelkuchen. Ahmed findet den ganzen Aufwand unnötig. Ich beharre darauf, dass Kuchen zur sonntäglichen Gemütlichkeit gehöre. Er wendet sich seufzend an seine Mutter: »Wenn du mit einer Deutschen verheiratet bist, musst du sowas in Kauf nehmen.« Ich wende mich ebenfalls an die *anne* (wie wir unser Spielchen mit ihr treiben!): »Kochen und Backen sind in der Türkei doch angeblich Frauensache, und die Männer haben sich da nicht einzumischen, aber dein Sohn mischt sich ständig in meine Angelegenheiten ein.«

anne: »Wie der da.« (Sie zeigt auf den *dede*). Der bleibt nichts schuldig: »Sei mal froh, dass ich kein Geld verspiele und niemals *rakı* oder Wein getrunken habe.« (Aha, jetzt weiß ich, woher Ahmed dieses Sprüchlein hat.)

Die *anne* schreit: »Hättest du doch lieber ab und zu ein Glas getrunken!«

Während niemand in der Küche war, hat der *dede* vom restlichen Apfelkuchen, der auf dem Tisch stand, den Belag runtergekratzt. Neulich hat er auch die Tomate, die auf meinem Frühstücksteller lag, aufgegessen, als ich auf einen Sprung im Obergeschoss war, und dabei die Zeitung bekleckert. Ich habe niemandem etwas erzählt und fände es kindisch, mich darüber aufzuregen. Trotzdem bekomme ich immer öfter Magenschmerzen. Schlucke wohl zu viel runter. Ich sollte mal einen Tag »krank feiern«.

Strümpfe stopfen für Mesut und Ayhan. Denen ist nicht beizubringen, dass sie sich ihre Sachen selber richten. Eine Tochter hätte den Umgang mit Nadel und Faden längst gelernt. »*Gelin*, weil du schon dabei bist, flick mal deinem Schwiegervater das Jackett; immer reißt er die Taschen aus. Und dann sollte er einen Teller voll Suppe gewärmt bekommen, *yavrum*. Aber erst die Näherei.«

»*Tamam, anne.*«

Mesut kommt heim. »Mamie, was kann ich essen, schnell, ich muss zum Training. «
»Suppe, Kind.«
»Ach, immer diese Dorfsuppen, *bulgur* oder Mehlklümpchen. Mach mir einen Teller mit Käse, Oliven, Tomaten zurecht.«
»Kannst du das nicht selber, ich nähe doch.«
»Es eilt, Mamie! Wo ist die Zeitung?«
Die Suppe für den *dede*, der Imbiss für den Sohn, Strümpfe stopfen, Jacke flicken, Holz nachlegen, im Garten Wäsche abnehmen, die klammen Teile im Wohnzimmer ausbreiten, Mandarinensaft pressen, zum Kaufmann rennen, die *anne* unterhalten, ihr Kartoffeln zum Schälen herrichten (und diese hinterher praktisch noch einmal schälen), das Lammfleisch mit Zwiebeln und Tomaten zusetzen, ans Telefon, während das Fleisch anbrennt, Geschirr ... nein, das spült Ahmed später. So gesehen ist er der einzige Europäer in der Familie, weil er nicht die Rolle des türkischen Mannes, der sich bedienen lässt, spielt – während die Söhne spüren, dass sie es jetzt mit mir machen können.
Meine Angst, sie zu faulen Paschas zu »erziehen«, die im Leben immer eine Mamie oder *gelin* brauchen, die sich aufopfert, abhetzt. Daran wäre ich teilweise schuld aufgrund meines Ehrgeizes, die perfekte Hausfrau zu sein. Ich muss ja beweisen, dass die ausländische *gelin* gut, nein, besser ist als die anderen Schwiegertöchter. Und ich weiß, dass Ahmed diesen Beweis ebenfalls erbringen will/ muss.

Habe die *zeytin* von unserem eigenen, vor vier Jahren gepflanzten Olivenbaum geerntet und eingelegt. Es gab genau ein Zweiliterglas voll. »Wann werden diese *zeytin* essbar sein?« fragt Mutter.
»In drei Monaten frühestens.«
»Schade, dann sind wir nicht mehr da.«
Also rechnet sie doch damit, wieder einmal aufzubrechen. Ahmed hat seinen Eltern gegenüber mehrmals geäußert, sie könnten »für immer« hier wohnen bleiben, das beunruhigt mich sehr. Es wäre mir unerträglich! Aber möglicherweise drückt der Satz bloß aus, was sich für einen Sohn schickt.
Die Formel »Mein Haus sei dein Haus« einem Gast gegenüber ist ja auch nicht wörtlich zu verstehen.

Aman, yahu, bıktım! (Verdammt, ich hab's satt!)
Wie ich ihre Schwindeleien hasse! Mir fiel schon des längeren auf, dass der Stapel frischer Handtücher im unteren Bad, das die Alten benutzen, immer klamm war. Offensichtlich trockneten sie sich mit

dem obersten Handtuch ab, falteten es wieder zusammen und legten es auf die übrigen, die allmählich durchfeuchteten. Ich mochte aber nicht nachforschen. Heute bringt nun die *anne* selbst das große Badetuch, das ich erst gestern frisch aufgelegt habe, hängt es über den Ofen und sagt: »Es ist noch nass.«

Ich: »Gestern war es aber ganz trocken. Ihr dürft es natürlich gerne benutzen.«

Sie: »Wir haben es nicht benutzt. *Du* hast es benutzt.«

Ich war in dem Moment so schockiert, dass ich rot wurde und schwieg, als hätte sie *mich* bei einer Lüge ertappt. Was habe ich falsch gemacht? Hat sie Angst vor mir? Habe ich sie beschuldigt? Ich überlege den ganzen Nachmittag, ob ich nicht mit ihr darüber reden könnte. Aber vielleicht ist es demütigend für sie, wenn ich sie auf ihren Fehler aufmerksam mache und umzuerziehen versuche. Von einer *gelin* dürfte sie sich das wohl schwerlich gefallenlassen.

Mal tadelt Ahmed mich, dass ich türkische Eigenart nicht nachvollziehen und mich nicht anpassen könne, mal schimpft er seine Eltern (oder mich), dass wir nicht europäisch denken /handeln.

O Ahmed, mir will scheinen, dass vieles, was du für »typisch türkisch« erklärst, eigentlich bloß typisch Familie Bulut ist.

Ahmed übersieht oder verdrängt, dass seine Mutter wirklich von starken Schmerzen geplagt wird. Vermutlich könnte unser tüchtiger Orthopäde ihr etwas Linderung verschaffen. Sie selbst traut sich offenbar nicht, ihrem Sohn deutlich zu sagen, dass sie zum Arzt gebracht werden möchte.

Dauernd rufen Ahmeds Brüder an, ob es den Eltern auch gut gehe. Ich versuche dem älteren Schwager das Problem mit dem Arzt zu erklären und äußere die Befürchtung, dass, wenn sie eine Behandlung brauchte, diese so teuer würde, dass wir sie nicht bezahlen könnten.

»Dann soll sie hierher kommen«, sagt er.

Osman *ağabey* hat wieder angerufen und seine Mutter an den Apparat kommen lassen. Aus ihren einsilbigen Antworten, die sie in einem klagenden Ton vorbringt, schließen Ahmed und ich auf die Fragen: Wie es ihr gehe. »*Oturuyoruz işte*« (Wir sitzen halt da). Wahrscheinlich fragt er nach den Knien, denn sie antwortet: »*Ağrıyor*« (Es tut weh). Dann, ob sie hier schon beim Arzt war, denn sie sagt: »*Götürmediler*« (Sie haben mich nicht hingebracht). Daraufhin reagiert er nun sicher – wie es sich für den guten Sohn gehört – mit

»Komm hierher, dann bringe ich dich ins Krankenhaus«, worauf sie »*istemem*« (Ich will nicht) mehrmals wiederholt und dann zum Abschluss: »*Kimseyi rahatsız etmek istemiyorum*« (Ich will niemanden stören).

Als sie in ihre Sofaecke zurückkehrt, stehen ihr die Tränen in den Augen. Tut es ihr leid, nicht in Istanbul zu sein? »Nein, was soll ich denn da?«

Ich weiß, sie liebt ihren ältesten Sohn über alles, hat sich aber mit der *gelin*, die zugleich ihre Nichte ist, von Anfang an nicht verstanden.

Ahmed hingegen ist wütend über die Antworten seiner Mutter, was mir wiederum nicht eingeht. Er meint, ich hätte die Feinheiten des Gesprächs nicht kapiert, lässt sich aber während des Geschirrspülens herbei, mich aufzuklären: »Warum sagt sie: ›*Oturuyoruz*?‹ Sie könnte doch sagen: ›Uns geht es gut hier, wir werden prima versorgt, sie tun alles für uns‹.«

»Vielleicht war es Zartgefühl, damit dein Bruder nicht denkt, es geht ihnen hier viel besser als bei ihm. Um ihn nicht traurig oder eifersüchtig zu machen.«

»Aber ihre letzte Bemerkung ›Ich will niemanden stören‹ ist es ja, die meinen Bruder traurig macht. Sie sagt damit, dass sie sich in seinem Haus störend vorkommt. Dafür kann er aber nichts. Sie hätte auch sagen können: ›Danke mein guter Sohn, ich bin zufrieden mit dir.‹«

»Das sind doch alles Formeln. Warum könnt ihr nicht einfach konkret sagen, was ihr denkt. So gibt es doch nur noch mehr Missverständnisse.«

»Ja, darüber muss ich mal mit ihr reden. Dieser ganze Unfriede seit unserer Kindheit kommt nur daher, dass wir uns nicht wirklich aussprechen.«

Als Ahmed sich gestern abend mit »Mach's gut, Schatz« ins Teehaus verabschiedete, war ich richtig schockiert über das lange nicht gehörte Kosewort. Wieso bin ich plötzlich wieder sein Schatz, nachdem ich wochenlang bloß als fleißiges Haustier angesprochen und behandelt wurde? Ich war unfähig, spontan »nett« zu reagieren.

Telefongespräch mit Margrit.
Als ich ihr sagte, dass es mit A. wieder besser ginge, meinte sie: »Mir gefällt an dir besonders, dass alles im Fluss bleibt, dass du auch mich nicht festnagelst auf das, was ich einmal in einer bestimmten Situation gesagt habe. Die meisten Leute nehmen einen derart beim Wort, dass zum Beispiel die Wut über den Ehemann nicht verrau-

chen darf. Er ist dann für immer auf die Rolle des Bösewichts festgelegt.«

Ayhan hustet stark und hat Halsweh. Seit Tagen schon möchte ich ihn ins Bett stecken, aber er wollte einige wichtige Klassenarbeiten nicht versäumen. Heute endlich ist er zu Hause geblieben. Jetzt erfahre ich, dass in der Schule die Heizung kaputt ist und die ganze Zeit über die Klassenräume nicht geheizt waren.

»Warum sagst du mir das nicht, Kind, ich wäre gleich zum Direktor gegangen und hätte mich beschwert.«

»Genau deswegen habe ich nichts gesagt, Mamie. Man kann doch nichts machen, und du bringst mich bloß in Verruf mit deiner Meckerei.«

»Und warum ist die Heizung nicht repariert worden, wenn sie schon länger kaputt ist?«

»Wahrscheinlich aus politischen Gründen. (?) Das Geld, das die alte Regierung bewilligt hatte, wurde von der neuen Regierung noch nicht freigegeben.«

»Und darüber reden die Schüler ganz offen?«

»Unsere Klassenlehrerin hat es uns gesagt.«

Ahmed beschuldigt mich, dass Ayhan krank ist, und weil ich dies sofort zurückweise, bin ich eben schuld am späten Zubettgehen der Söhne, das mal wieder eingerissen ist. Und der Fernsehapparat, den Ahmed höchstpersönlich ins Kinderzimmer hinaufgetragen hat, damit sie unbeeinträchtigt von den Großeltern gucken können, soll »in den Müll geworfen« werden.

Warum ich sie nicht besser erziehe.

Die Großmutter kocht für den Enkel einen guten Tee mit Lindenblüten und Minze.

Gelin (wörtlich »die kommt«, Braut, Schwiegertochter), die Fremde in der Familie. Eine Projektionsfigur, die man für alles, was im Zusammenleben nicht klappt, verantwortlich machen kann. Lässt sich, wie im Märchen die »Schwarze Braut«, widerspruchslos die Schuld aufladen und wird am Ende noch wirklich schuldig: insofern als die Insider der Familie sich mit ihren Problemen nicht selbst auseinandersetzen.

Mesut nimmt sich jetzt doch manchmal Zeit für seinen *dede* und animiert ihn zu Sprüchen, die dem Jungen offenbar gefallen, wie: »Ich bin als Mann geboren und lasse mich auch von hundert Frauen nicht einschüchtern.« – »Ich werde nach Amerika fahren und mir von dort eine Braut holen.« (Die Großmutter lacht höhnisch.) »Ich war Soldat und habe meine Pflicht erfüllt, sogar im Zweiten Weltkrieg bin ich eingezogen worden.«

»Kleiner Soldat, haben sie dich genannt«, unterbricht ihn die *anne*. »Und nicht mal Kartoffeln und Zwiebeln konntest du selbst schälen. Du wärst ja verhungert, wenn der Krieg länger gedauert hätte.« Die ganze Familie kennt die Geschichte von Großvaters viertägiger mannhafter Bewachung eines Munitionsdepots. »Gegen wen denn eigentlich, *dede?*« fragt Mesut. Er hat im Geschichtsunterricht gelernt, dass die Türkei erst kurz vor dem Ende des Zweiten Weltkriegs ihre Neutralität aufgegeben hat.
»Gegen die Ungläubigen habe ich auf Posten gestanden.«
Er zielt mit dem Finger, und Mesut »schießt« zurück.

Mich beunruhigt, dass die Söhne jetzt dauernd *Kürt* (Kurde) als Schimpfwort im Munde führen. Ist es unter den Schülern nicht mehr Mode, links (Marxist/Leninist) zu sein? Das galt bisher als besonders spannend, weil man dafür verhaftet und eingesperrt werden konnte. Jetzt scheint es interessanter, liberale Eltern oder Lehrer mit faschistischen Parolen zu ärgern. Oder schlägt sich in dem neuen Reizwort das Bewusstsein des Kurdenproblems nieder?
Ayhan fragt, ob mir nicht aufgefallen sei, dass es »überall« von Kurden nur so wimmele, auf dem Bau, im Basar, im Bus, und wie »herausfordernd« sie sich benähmen. »Sie betonen selbst: ›Wir sind keine Türken, sondern Kurden.‹ Warum sollen wir sie darin nicht so nennen?«
»Du schimpfst aber deinen Bruder dauernd einen Kurden.«
»Und du, Mamie, ergreifst wie alle Deutschen die Partei der Kurden.«
»Darüber sollten wir uns ausführlicher unterhalten.« Aber die jungen Leute haben wieder mal keine Zeit/Geduld, sobald ich moralisch werde.
Die Zeitung berichtet, dass in Mersin sechs Gymnasiasten durchgebrannt seien; man vermutet, sie hätten sich der PKK angeschlossen.

»Oh, die einsamen Straßen von Adana …«
»Was gibt es denn da, *dede?*«
»Da gehen die Frauenhelden spazieren… «
Ahmed lacht. Entweder kennt er das Lied oder die Situation. Seine Gymnasialzeit hat er in Adana verbracht.

»Mit Nelken geschmückt …
Mein Schatz hat eine Figur wie eine Zypresse.«

Wenn der *dede* abends Laune bekommt, Verschen zu rezitieren oder

zu singen, hat er meistens schon das Gebiss rausgenommen, so dass sein Genuschel nur schwer zu verstehen ist.
»Ich komme aus Niğde, wo gehe ich hin?
    In die weite Ferne steht mir der Sinn ...«

»Das denkt er sich jetzt selbst aus«, sagt Mutter. Er blinzelt verschmitzt: »*Aşığım.*« (Ich bin ein wandernder Volkssänger. Das Wort *aşık* hat aber ursprünglich die Bedeutung von »Verliebter«.
Mesut bemerkt, dass sein Vater, also Ahmed, sich über den *dede* entweder lustig macht oder ihn kritisiert.
»Er zahlt ihm das Frühere heim«, sagt er – und wiederholt den Satz auf türkisch, weil ich glaube, nicht richtig verstanden zu haben.
»Der *dede* hat ihn als Kind kein einziges Mal geküsst.«
»Und das hat der *baba* dir erzählt?«
Heute gemeinsame Abendmahlzeit, weil die Kinder zu hungrig waren, um noch zu warten. Als die Großmutter sich mit den Fingern ihre Fleischstückchen aus der Pfanne und die Salatblätter aus der Schüssel holte, schauten die Enkel perplex. Sollten, durften sie es nachmachen? Ich verteilte schnell alles auf die einzelnen Teller. Ayhan meinte hinterher, die Tischsitten der Großeltern seien »echt unerträglich«.
War mit dem Fahrrad auf dem Wochenmarkt, um Gemüse (Lauch, Kohl, patlıcan, Kräuter) einzukaufen, auch Strümpfe für die *anne* und einen Plastikeimer. Da hörte ich hinter mir eine Bubenstimme: »*Mesut'un annesi!*« (Mesuts Mutter). Ich schaute mich um. Ein Gemüseverkäufer in Mesuts Alter, ärmlich angezogen, Kleidung und Hände schmutzig. »Bist du früher mit Mesut in eine Klasse gegangen?« Ja, vor vier Jahren, in der Volksschule. Und jetzt arbeitet er also den ganzen Tag in der Kälte. Das schwere Leben hat sein Gesicht gezeichnet. Er fragte nach Mesuts »Kolleg«. Das liegt weit weg, in einer anderen Welt.

Nach dem Frühstück setzen sich die Alten stets aufs Sofa am Fenster, jedes in eine Ecke gelehnt. Sie ziehen die Beine hoch und strecken sie seitlich aus, so dass sich ihre Fußsohlen in der Mitte unter der gemeinsamen Wolldecke berühren. Im Garten bieten die Pfefferbäume, die kleine Palme, der riesige Eukalyptus, die Mimose das immer gleiche Bild. Aber die *anne* kann durchs Tor hinaus auf den Weg spähen, und wann immer jemand vorbeikommt, kommentiert sie das für ihren Gefährten. Der räuspert sich und seufzt, während sie nur stöhnt, sobald sie ihre Stellung verändern muss. Wenn es ihr allzu langweilig wird, strickt sie ein wenig an blauen Wollsocken für Ahmed.
Sonntag. Die Kinder schlafen noch; sind gestern abend sehr spät

heimgekommen. Als ich um Mitternacht das Licht ausknipste, waren sie jedenfalls nicht da. Ich verbiete mir, besorgt zu sein. Sie sind bei oder mit Freunden beim Bier, das haben sie mir gesagt. Es ist eher unwahrscheinlich, dass sie zu viel saufen, weil Ayhan sich übergibt, sobald er ein gewisses Maß überschreitet und Mesut als »Sportler« und ehrgeiziger Schüler sowieso vorsichtig ist. Meine eigentliche Angst (die ich aber nicht zulassen darf, sonst kann ich hier nicht mehr leben) ist, dass sie eines Tages, aus welchem Grund auch immer, verhaftet werden und in Polizeigewahrsam geraten, wie das schon einigen jungen Menschen widerfahren ist.

anne: »Wo waren die Kinder denn gestern so lange? Ich hab sie heimkommen gehört, weil ich noch wach lag vor lauter Schmerzen. Sobald ich mich hinlege, ausstrecken will, wird es schlimmer. Lieber Gott, was ist das bloß für ein Zustand? Aber alles Reden hilft nicht. Ich beiße die Zähne zusammen, und wenn's sein muß, halte ich auch das aus. Du kannst dir nicht vorstellen, wie das brennt in den Knien, wie Feuer. Eine heidnische Krankheit. ›Allah, gib mir Gesundheit‹, sagte ich, aber es nützt nichts.«

Bin außer Haus immer in Hetze, damit die Alten nicht zu lange allein sind, und um fünf Uhr muss ich zurück sein zum Abendbrot. Gestern setzte nach meinem Besuch bei Margrit ein starker Regen ein, durch den der Verkehr ins Stocken geriet. Als ich gegen sechs schließlich heimkam, saßen sie, in ihre Decken gehüllt, im Dunkeln auf dem Sofa (der Ofen war ausgekühlt) und warteten. Keine Vorwürfe.

Wenn es in Izmir richtig regnet (gestern 45 Liter pro Quadratmeter), verwandeln sich Straßen in Flüsse und die Plätze in Seen. Von den bergwärts gelegenen Stadtteilen stürzen die Wasser durch die steilen Gassen und reißen Abfall, Geröll und Erde mit sich. Später, wenn das Regenwasser abgelaufen ist, bleiben Moränen liegen. An Regentagen geht keiner aus dem Haus, den nicht die Pflicht ruft. Die Schule, den Arbeitsplatz zu erreichen grenzt an ein Abenteuer. Manchmal geben Autos und Sammeltaxis den Geist auf und blockieren die Fahrbahn. Am sichersten durchpflügen noch die städtischen Busse mit ihrem starken Motor die Wassermassen. Wie Dampfer. »Im Winter muss Izmir mindestens fünfmal untergehen, sonst reicht das Wasser nicht für die sommerliche Trockenzeit«, behaupten die Einheimischen.

Den *dede* hält es nicht mehr in der Stube. Er schaut an der Haustür, was der Regen macht. Hat er nicht aufgehört? Plötzlich zieht er sich die Überschuhe an und langt nach seinem Mantel. Er will wahrhaftig gehen, obwohl es noch kräftig in die Pfützen pitscht. »Schau doch, *baba*, wie es regnet, du *kannst* jetzt da nicht raus, dein Mantel ist sofort durchgeweicht (einen Schirm hat er sein Leben lang nicht benutzt), und wenn du dich irgendwo hinsetzt, erkältest du dich fürchterlich.«

Hasta olacaksın (du wirst krank) wirkt wie die Drohung mit dem Tode, und tatsächlich hört er auf seine *gelin* und gibt den Mantel her.

Drinnen werden wir mit lautem Gelächter empfangen. »Du hast ihn angeschrien wie die Großmutter«, sagen die anderen.

26. Dezember 1991

»Komm schnell, Mesut, was Tolles im Fernsehen!«

Das Tolle ist die Life-Übertragung der Parlamentsdebatte über die Lage in der Osttürkei, das Kurdenproblem. Zwei Abgeordnete geraten sich in die Haare, es wird geschrien, mit Fäusten gedroht. Tumult, plötzlich ist der Bildschirm leer. Später geht es weiter mit heftigen Kontroversen über das, was angesichts der Eskalation von Gewalt in den letzten Tagen zu tun sei. Als ein großer Trauerzug (6000 Menschen) drei bei einem Gefecht mit dem Militär in den Bergen erschossene PKK-Kämpfer (der Kurdischen Kommunistischen Arbeiterpartei) in ihr Heimatdorf begleitete, hatten einzelne Soldaten (auf wessen Befehl?) in die Menge geschossen, obwohl der SHP-Abgeordnete des Bezirks mit dem *vali* freies Geleit ausgehandelt hatte. Sechs tote Zivilisten – so die offizielle Angabe, wahrscheinlich sind es mehr. Am Tag darauf (gestern) hat eine Gruppe Jugendlicher (PKK-Anhänger?) in Istanbul Revanche geübt und Molotowcocktails in ein Kaufhaus geworfen, dabei kamen elf Kunden, vorwiegend Frauen und Kinder, in den Flammen um.

Ayhan und Mesut hängen gebannt am Bildschirm, den jetzt ganz der Riesenkopf Demirels einnimmt. Weil er früher schon deutlich gesagt hat, was Sache ist, nimmt man ihm auch Sprüche ab wie den, dass Demokratie zu erlernen nicht leicht sei. Und: Die ganze Türkei gehöre allen Staatsbürgern.

Ob es für solche Gesten, solche Appelle nicht längst zu spät ist? Warum steigert sich der Terror gerade jetzt, da die neue Regierung die Probleme erkennt und mit rechtsstaatlichen Mitteln angehen will? (Die Kommentare in den großen Tageszeitungen *Hürriyet* und *Cumhuriyet* betonen die Schwierigkeit, das seit Jahrzehnten verleugnete und mit Gewalt unterdrückte Kurdenproblem jetzt mit gutem Willen und politischen Mitteln lösen zu wollen. Daran seien offensichtlich weder die PKK noch die Armee interessiert.)

Ayhan heftet sich das Januar-Programm des Goethe-Instituts an die Zimmertür. Bin gespannt, ob er zu einem der Filme über Ausländerfeindlichkeit in Deutschland mitkommen wird.

Ayhan bat mich auch um meine Abo-Karte fürs Konzert, weil er meint, dass Mozart, Strauß und Suppé doch »was Schönes« sein müssten. Soll er nur gehen, mir ist sowieso alles zuviel. Habe schon wieder Magenschmerzen, Durchfall. Muss sehr vorsichtig essen, weil mir alles gleich auf den Magen schlägt.

Etwas lang, ansonsten kinderleicht erschien mir der Artikel auf den ersten Blick. Die Sätze weisen wirklich keinerlei Schwierigkeiten auf. Eine endlose Aufzählung von Sehenswürdigkeiten und Naturschönheiten: Höhlen, Berge, Wasserläufe, Ruinen – ein noch weitgehend ungenutztes Potential für alle möglichen Formen von »Erlebnisurlaub«.

Seit der Umstellung auf Computersatz bekomme ich den türkischen Text nicht mehr im Originalmanuskript, sondern als Ausdruck von der Diskette. Leider strotzt er vor Übertragungsfehlern, denn die Computermädchen schreiben rasend schnell, quasi ins Unreine. Emin *bey* will nicht auf die korrigierte Form warten, er meint, dadurch ginge wertvolle Zeit verloren. Welche Schwierigkeiten das beim Übersetzen aufwirft, macht er sich nicht klar.

Könnte ich nicht Ayhan fragen, wäre ich in vielen Fällen ratlos. Der Sohn verlangt jetzt Bezahlung, 12 000 TL (Türkische Lira) die Stunde, das heißt einen Tausender für fünf Minuten. Das ist es mir wert.

Heißt es *duruk* (aber was ist das?) oder doch *doruk* (Gipfel)? Was sind *kayak tesileri* (Ski …)? Natürlich *tesisleri* (Sportanlagen). Und erst die Eigennamen. *Aya Tekya* ist wohl die Heilige Thekla. Bei *Narlı uyu* (Granatapfel schlaf!) scheint laut Ayhan ein Buchstabe zu fehlen, denn *Narlıkuyu* (Granatapfelbrunnen) ergäbe einen besseren Sinn. *Fazelis* ist Phaselis, *Aizonoi* ist Aizanoi oder Aisanoi, *Apemea* Apameia. Grundsätzlich schreiben die Türken die Namen altgriechischer Stätten etwas anders, als deutsche Leser es gewöhnt sind, leider aber nicht konsequent phonetisch, sondern, wie mir scheint, nach Gefühl und Wellenschlag. Möchte allerdings die deutsche Schreibweise nicht als »richtig« bezeichnen.

Zuletzt eine Lächerlichkeit: Die Karawanserei in Kuşadası ist von *Öküz* Mehmed Pascha erbaut worden, wie anscheinend jedes Kind weiß – bloß ich nicht, denn ich plagte mich einen ganzen Vormittag mit der Frage, ob dies nicht wieder ein Druckfehler sei und *öksüz* (Waise) heißen müsste statt schlechtweg und richtig *öküz* (Ochse). Wie der Pascha wohl zu diesem Beinamen gekommen ist?

Ahmed hilft viel mit, aber er ist absolut unpünktlich. *Nie* (ja, ich übertreibe) hält er sich an eine Verabredung, weil er das nicht »kann«, nicht will. Seine Uhr geht immer falsch. Beruflich nicht gebunden, steht er nach Laune auf, völlig unregelmäßig. Wann er abends heimkommt, wann er eine Arbeit erledigen wird, weiß er selbst nicht im voraus. Deshalb ist es müßig, ihn zu bitten, zum Abendbrot seine Eltern zu versorgen.

Als er heute früh um halb zehn noch schlief und die Alten fröstelnd im Wohnzimmer saßen, wechselte ich den Ofeneimer, was Ahmed sonst erledigt, weil der Eimer so schwer ist. Kurz danach kam er runter und machte mir (aus Sorge um meine Gesundheit!) einen Riesenkrach: »Du verhebst dich und wirst steif wie meine Mutter, und dann muss ich einen Haufen Geld für dich ausgeben.«

»Sehr nett von dir, aber wenn ich mal alt und krank bin, ziehe ich es vor, in Deutschland zu leben, wo ich versichert bin.« Das ist mir so rausgerutscht.

»*Milletini sikerim!*« (Ich ficke deine Nation.)

Daran bin ich nun selbst schuld. Wenn der Türke wütend ist, »fickt« er alles mögliche. Mit gleicher Münze heimzahlen kann ich nicht, sonst wird es komisch. Penisneid.

Sätze, die mir im Kopf rumgehen. Sätze, die mich/ihn (?) ins Herz getroffen haben. (Kein Dialog.)

Er: Wenn ich gewusst hätte, dass du mal so wirst, hätte ich dich nicht geheiratet. Du hast dich sehr verändert.

Ich: Eine Türkin hätte es nie so lange ausgehalten, die wäre längst in ihr Elternhaus zurückgekehrt. Wir dummen Ausländerinnen setzen auf Partnerschaft und wollen die Ehe retten.

Er: Mit dir kann man nicht glücklich sein.

Ich: Ich fühle mich ausgenutzt, wenn du einerseits ständig sagst, du hättest mich satt, und andererseits mir deine Eltern aufhalst.

Er: Meine Brüder lassen mich seit zwei Monaten allein mit der Last. Dabei war vorher abgesprochen, dass sie uns finanziell unterstützen.

Nach dem Streit fuhr ich in die Stadt, um eine Behördensache zu erledigen, schaute dann bei Barbara rein. Wir kamen ins Plaudern und dabei auf die Idee, ins Kino (*No Way Out*) zu gehen. Aber dann wäre ich nicht rechtzeitig zurück. Ich überlegte: Das Essen war ja vorbereitet. Gefüllte Weinblätter standen fertig da, es müsste bloß noch eine Suppe gekocht werden. Ich rufe zu Hause an. Ahmed am Telefon, einsilbig. Ich teile ihm mit, dass ich heute später komme (frage nicht um Erlaubnis, gebe keinen Grund an). Er ist ganz erschrocken. Ich sage, was fürs Essen zu tun ist, und er antwortet: »Mach dir keine Sorgen, es geht alles in Ordnung« – wie in besten Zeiten.

Ich habe das Kino genossen und kam heim, als die Familie gegessen hatte.

Jahresende

So viel Schnee wie in diesem Winter gab es noch nie in Izmir (laut Zeitung seit 35 Jahren nicht). Schneebedeckte Palmen, welch ein Anblick! Wir schauen durchs Fenster den schwebenden Flocken zu, und die *anne* sagt: »Wie bei uns in Niğde.«
Wie bei uns in München.
Das Kabinett hat zu Neujahr Preiserhöhungen für die Produkte der Staatsbetriebe genehmigt. Tee, Zucker, Zigaretten und *rakı* werden »nur« um zwanzig Prozent teurer. Bei Energie, also Benzin, elektrischem Strom, Heizöl, ziehen die Preise dagegen kräftig an. Die Kochgasflaschen zum Beispiel, die jeder Haushalt braucht, sollen 48 Prozent mehr kosten. Ebenso erhebliche Steigerungen bei Holz, Koks, Eisen, den Tickets für Bahnfahrten und Inlandsflügen. Das Inflationskarussell dreht sich wieder schneller. Demirels hilfloser Kommentar: »*Üzgünüm*« (Es tut mir leid)! Es ist wohl realistisch, auch von der neuen Regierung keine Wunder zu erwarten.

Januar 1992

Täglich geht ein Glas oder eine Tasse kaputt, verschmort die *anne* einen Plastiklöffel in der Pfanne, wird einem Messer die Spitze abgebrochen. Gerade hat Ahmed auf meiner Muskatreibe Knoblauch gerieben. Die feinen Poren sind verstopft. Ich schreie ihn an – gibt es keine Knoblauchpresse? – und schmeiße die Reibe weg, obwohl ich keine ähnliche hier nachkaufen kann. Keine Achtsamkeit im Umgang mit all den »kostbaren« Küchengeräten aus Deutschland. Wenn Ahmed seine Gartengeräte draußen rumliegen lässt, so dass sie verrosten, geht mich das nichts an, während es mich wahnsinnig macht, wenn er und seine Mutter in der Küche werkeln. Dabei muss ich ja dankbar sein, dass sie mich mit all der Arbeit nicht alleine lassen.

Das Gummi von Ahmeds neu gekaufter Trainingshose platzt. Er schimpft: »*Türk işi*« (türkische Arbeit, typisch türkisch). Aber ich darf um Himmels willen nicht dasselbe sagen, wenn wir, wie heute, plötzlich ohne einen Tropfen Wasser dastehen. Rätselhaft, dass unser randvoller Reservetank die Versorgung nicht übernimmt. Ahmed überprüft alle Zuleitungen und kann – von außen – keinen Fehler entdecken. Ich äußere die Vermutung, dass sich irgendwo ein Eispfropf gebildet hat, was er als »Quatsch« abtut.

Ahmed sagt zu seiner Mutter, so, dass ich es hören soll: »*Kader* (Schicksal) heißt es zwar, aber jeder Mensch ist an seiner Lage auch ein bisschen selbst schuld (*suçlu*).«

Ich hielte »verantwortlich« für den angemesseneren Ausdruck. Ist das nun wieder ein Kulturunterschied?

Ayhan hat tagelang Mathe gebüffelt, weil er mit der kommenden Klassenarbeit die Halbjahresnote retten will. Habe erfolglos versucht, ihn zum gemeinsamen Hausaufgabenmachen und Üben mit einem Mitschüler zu überreden. Jeder ein einsamer Rambo, so scheint's, in dieser berühmten Schule, aus der die meisten Absolventen mit Spitzenergebnissen hervorgehen.

Mesut will nicht, dass ich über ihn Notizen ins Tagebuch schreibe.

Lasse bei den Eintragungen das Datum weg. Bin oft in Eile, so dass ich erst später dazu komme, Ereignisse zu notieren, die ich dann keinem bestimmten Tag zuordnen kann.

Die Alten planen für den Sommer im Dorf.

anne: »... und dann machst du mir einen neuen *tandır* (Lehmbackofen). Er muss nicht so groß sein wie der alte (der abgerissen wurde); die Öffnung soll gerade weit genug sein, dass ein Topf reinpasst. Ich will ja kein Brot backen, aber kochen.«

dede: »Das ist doch viel zu anstrengend.«

anne: »Du machst mir aus Lehm auch einen Sitz, und ich lege mir ein Kissen drauf, dann ist es ganz bequem.«

Ahmed sitzt stunden- und tagelang mit seinen Eltern im Zimmer. Sie reden über das Dorf und seine Leute. Ahmed war als Kind in seiner Familie ein Außenseiter, auffallend begabt, so dass er aufs Gymnasium nach Adana geschickt wurde. Der *dede*, der seit seinem zwölften Lebensjahr als Wanderarbeiter auf dem Bau schuften musste, ist stolz darauf, dass er alle seine Söhne hat lernen lassen, das heißt über die fünf Pflichtvolksschulklassen hinaus, aber nur Ahmed hat studiert.

Den verächtlichen Satz: »Außer Buchwissen hast du nichts im Kopf, und im praktischen Leben taugst du rein gar nichts«, den A. mir oder den Kindern in der Wut manchmal entgegenschleudert, hat er wohl in dieser »bildungsfreundlichen« Dorfwelt eingebrannt bekommen.

Dede zu Mesut: »Du musst die Frauen erschrecken/ ihnen Angst machen, damit sie alle Arbeiten für dich tun: Kochen, Waschen, die Kinder aufziehen, im Weinberg hacken ...«

Wie ich es hasse, wenn am Vormittag schon Nachbarinnen auf einen Ratsch zur Schwiegermutter kommen, sich ins Wohnzimmer setzen und ich Mokka oder Tee servieren muss. Zumal mich auch das Gerede anödet, bleibt mir einzig das Ventil, lautstark (!) in der Küche herumzuwirtschaften. In mein Zimmer wage ich mich nicht zurückzuziehen, die *anne* könnte ihre *gelin* (Dienerin) ja brauchen.

Meinen Zustand beschreibt am treffendsten der türkische Ausdruck *canım sıkılıyor*. Wörtlich: »Mein Herz ist beklommen, meine Seele bedrückt«, umfasst er Bedeutungen wie: ich fühle mich ungemütlich, deprimiert, mir ist langweilig, ich bin verärgert, habe schlechte Laune, null Bock, keine Lust, mir stinkt's, mir reicht's, ihr fallt mir alle auf die Nerven, gleich raste ich aus.

Wenn eine Frau *canım sıkılıyor* äußert, dann muss etwas unternommen werden, sonst passiert in der Familie ein größeres Unglück. *Canım sıkılıyor* seufzt meine Schwägerin Melek, und ihr Mann lässt sie zum Einkaufen nach Istanbul fahren oder schickt sie für ein paar Wochen zu ihrer Mutter.

Wer sich aufwändige Dinge nicht leisten kann, sobald die Seele bedrückt ist, geht zur Nachbarin rüber oder dreht die Tanzmusik laut auf. Meine Schwiegermutter wäre ratlos und unglücklich, wenn ich sie mit meinen Seelenblähungen belasten wollte. Ich weiß, mir hilft am besten Bewegung, ein Spaziergang im Olivenhain hinterm Haus.

Beim Laufen wird mir klar, was meine Seele zusätzlich belastet: Die Übersetzung, die wieder einmal fürchterlich eilig war, wurde termingerecht fertig, aber Emin ist weder im Büro noch zu Hause erreichbar, und niemand weiß Bescheid. Auch Lisa ist weg. Vermute, sie machen sich zusammen ein paar schöne Tage. Und ich Idiot habe mich abgehetzt, um pünktlich abzuliefern. Manchmal möchte ich bei solchen Arbeitsbedingungen alles hinwerfen. Dann wieder komme ich mir arrogant vor mit meiner Genauigkeit und dem Pochen auf die Einhaltung von Absprachen.

Es geht auch ums Geld. Seit Monaten sind noch Rechnungen offen. Wenn nun Emin *bey* mich plötzlich nicht mehr haben will? Ahmed redet auf mich ein, ich solle Manuskripte nur noch gegen Bares oder Scheck abliefern. Er sieht mich schon »reingelegt«. Und das bestätigt ihn in seiner (Wahn-)Vorstellung, dass alle seine Landsleute Gauner seien.

Ein Übriges tat das Telefongespräch mit Gertrud, die mir jetzt sagte, Emin hätte sie voriges Jahr um Mitarbeit angegangen, aber sie hätte, als sie die Namen einzelner Verfasser hörte, »nichts damit zu tun haben« wollen. Deutlicher wollte sie sich nicht äußern. Mir wurde klar, dass sie unser Unternehmen verachtet. Sie hat freilich gut reden mit ihrem Posten an der Uni.

Schwager Hasan rief an, als Ahmed nicht zu Hause war. Verlangte seine Mutter zu sprechen. Ich hörte die *anne* nach den üblichen Formeln ein paarmal »*bilmiyorum*« (ich weiß nicht) sagen. Hinterher zu mir: »Wir sollen kommen. Er will, dass wir nach S. kommen.« Sie fängt an zu weinen. »Aber es gefällt uns doch hier am besten. Ich möchte nicht irgendwo anders hin.«

Große Ehre für mich. Doch habe ich eigentlich die Nase voll. Sie könnten ruhig abreisen.

Andererseits sind sie mir auch lieb geworden. Ich habe in dieser ganzen angespannten Situation irgendwie ein Gefühl von Richtigkeit und dass ich etwas lerne. Nicht allein, dass ich Ahmed jetzt besser verstehe. Es zeichnet sich da eine Spur ab, ein Muster: so ist das Leben.

Freiwillig hätte ich mich wohl nicht monatelang von zwei türkischen Greisen stören, verunsichern, in Trab halten, lieben, belehren, reizen, anekeln, ausnutzen, anschreien, loben, präsentieren, streicheln lassen.

Ahmeds Kommentar zu dem Telefonanruf: »Hasan erträgt es nicht, dass sie sich woanders wohlfühlen. Es hat noch keinen Winter gegeben, in dem sie nicht die längste Zeit bei ihm waren.«

Ich: »Sollten wir die Alten nicht einfach in den Bus nach S. setzen?«

Er: »Da wollen sie aber nicht hin. Wir können sie nicht zwingen.«

Anne sagt immer *avrat* (Weib) anstelle von *kadın* (Frau), gebraucht das Wort jedoch nicht abwertend, sondern urtümlich neutral (wie etwa: gebenedeit unter den Weibern). Nach Margrits kurzem Besuch bemerkte sie sogar bewundernd zum *dede*: »*O avrat öğretmenmiş*« (Das Weib war eine Lehrerin).

Den Brauch, von persönlichen Tellern zu essen, so dass Berge von Abwasch entstehen, nennt Ahmed »heidnische Qual«. Fluchend spült er ab.

Und dann passiert es. Er sieht Mesut übers Spinatbeet latschen. *Amına koyduǧumun ibne c̦ocuǧu.* (...) Manchmal möchte ich seine Sprache weniger gut verstehen. Ein Vater sollte seinen Sohn keinen »Lustknaben« schimpfen, halte ich ihm vor. Draufhin gerate ich unter Beschuss: Ich hätte die Kinder zu Bücherwürmern ohne praktischen Verstand erzogen. (Aha!) Sie könnten sich ja nicht mal eine Mandarine vom Baum pflücken.

Ich frage, wann *er* denn versucht hätte, sie zu Gartenarbeiten und Ähnlichem heranzuziehen …

Eigentlich nicht sehr originell, dieses Vater-Mutter-Streitgespräch. Zu guter Letzt nimmt es eine binationale Wendung, nämlich, dass an allem meine deutschen (= falschen) Ansichten und Methoden schuld seien, und: er kenne *keine* Ehe zwischen einem Türken und einer Deutschen, die wirklich glücklich sei.

»Wenn man viel Geld verdient, wie R., der seiner Frau alles bieten kann, dann mag das manches übertünchen.«

»Ich habe dich aber nicht wegen des Geldes geheiratet und verlange auch jetzt nicht …«

»Wenn ich dir ein Auto kaufen könnte, so dass du jeden Tag zu deinen Damenkränzchen fahren könntest …«

»Das ist doch Quatsch, das will ich gar nicht.«

»Ich habe zwanzig Jahre meines Lebens damit zugebracht, für euch zu arbeiten, und was hat mir das eingetragen?«

»Siehst du, das frage ich gar nicht. Ich arbeite gerne und bin glücklich dabei.«

»Du hast mein Leben zerstört, wie kann ich da glücklich sein?« (Das soll mich wohl richtig treffen.)

»Nun nenne mir mal ein einziges Beispiel einer rein türkischen glücklichen Ehe. Sind denn deine Brüder glücklich?«

»Das ist was anderes. Sie sind wenigstens nicht so unglücklich wie ich.«

»Weil sie von der Ehe nicht so viel erwarten.«

Ich behalte zwar das letzte Wort, muss aber plötzlich heulen. Renne rauf ins Schlafzimmer, werfe mich aufs Bett. Warum ist es denn meine Schuld, dass er nicht glücklich ist? Und was hat das damit zu tun, dass ich Ausländerin bin?

Die Schwiegereltern haben unseren Streit, der recht laut und teilweise in türkischer Sprache geführt wurde, bestimmt mitgekriegt. Wie werden sie reagieren? Als ich mit noch immer leicht geschwollenen Augen runterkomme, fragt mich die *anne*, ob wir jetzt Kohlrollen machen wollen und nennt mich mehrmals *yavrum* (mein Kleines). Wir sind alleine in der Küche. Sie unterbricht die Arbeit und schaut mich an. »Das ist immer so. Wenn die Kinder was anstellen, sind die Mütter schuld. Was glaubst du, was ich von dem da *(dede,* der im Wohnzimmer sitzt) hören musste. Erst kümmert er sich nicht um die Erziehung, dann beschuldigt er mich. Meine vier Söhne habe ich praktisch alleine großgezogen. Er war ja nie da. Das geht an die Leber, wenn du dann obendrein beschuldigt wirst. Aber so sind die Männer. Sie brauchen einen Sündenbock. Man muss sie reden las-

sen. Es sich nicht zu Herzen nehmen. Er schlägt dich ja nicht, geht nicht zu anderen Frauen, trinkt und spielt nicht. Meinst du, er hätte eine bessere Frau als dich finden können. Und nun zieh kein Gesicht. Sowas ist doch eine alltägliche Sache, die in jeder Ehe vorkommt.«
Na gut, sie hat das Ausmaß unseres Streites nicht erfasst. Wozu sie aufklären und damit betrüben. Ahmed ist ständig bemüht, den Alten Harmonie vorzuspiegeln. Möglicherweise nicht aus Rücksicht, sondern weil die glückliche Ehe mit mir ein Erfolg für ihn wäre.

Hat der Mensch Anspruch auf Glück? Kann ein Mensch von einem anderen erwarten/fordern, glücklich »gemacht« zu werden?

Übrigens bin ich, was die Verwöhntheit, Unselbständigkeit der Söhne betrifft, sowieso mit Ahmed einer Meinung.

Bikulturell:

Wäre ja so einfach, wenn hier der Vater (türkisch), dort die Mutter (deutsch) jeden den Kindern gegenüber die eigene Kultur verträte. Bei uns klappt das aber nicht mal in der Sprache. Der türkische Vater spricht auch Deutsch (mit vielen Fehlern und einem etwas ungebräuchlichen, das heißt literarischen Wortschatz, den die Kinder immer wieder zu modernisieren versuchen). Die Mutter spricht Türkisch (mit vielen Fehlern …).

Der Vater gebärdet sich mal als Supertürke, mal weiß er besser als die Mutter, was deutsche/europäische Sitte ist.

Und umgekehrt.

Die Kinder scheinen trotzdem nicht sonderlich verwirrt zu sein. Durch Schule, Fernsehen, Freundeskreis, Umwelt werden sie stärker in die türkische Richtung gezogen. Schämen sich aber auch ihrer ausländischen Mutter nicht, weil das in dieser Gesellschaft kein Stigma bedeutet.

Und dann ist Ahmed ganz spät in der Nacht zu mir ins Zimmer gekommen, in mein Bett. Hat sich an mich gedrängt und mich gestreichelt, nicht um mit mir zu schlafen, sondern – um zu reden: dass er nicht hätte mit mir streiten wollen, doch der Stress, das heißt unsere beengende wirtschaftliche Lage, dazu der Druck, es sowohl seinen Eltern als auch mir recht zu machen, erfüllten ihn mit Versagensgefühlen und demütigten ihn.

Wir nahmen uns beide vor, mehr miteinander zu sprechen und dabei die Probleme exakt zu benennen, statt uns gegenseitig mit »typisch deutsch« oder »typisch türkisch« zu beleidigen.

Schwiegermutter klagt, sie könne sich nicht hinlegen, ohne dass die Schmerzen (das Kribbeln?) in den Knien unerträglich würden. Besonders nachts. Sie sagt, sobald die Schmerzen zunähmen, verspüre sie Harndrang, aber auf der Toilette kämen bloß ein paar Tropfen. Ich frage, ob sie Schmerzen beim Wasserlassen habe. Nein. Ahmed: »Erzähl bloß dem Arzt nichts von solchen Sachen, du bringst ihn nur durcheinander. Es geht doch um dein Knie, oder?«

Ob das ein guter Rat ist? Ich habe den Verdacht, es könnte eine weitere Krankheit im Spiel sein. Sie sieht fürchterlich blass und verfallen aus.

Das Beste wäre, ein Arzt käme ins Haus. Aber das ist hier ganz und gar ungewöhnlich, es sei denn, der Kranke liegt schon im Sterben. Ahmed verbietet mir geradezu, einen Arzt aus dem Gesundheitszentrum zu rufen. Das könnte »Unsummen« kosten, und der Arzt hätte »seine Geräte« nicht dabei. »Sie hat ein Leben lang über Schmerzen geklagt, also eilt es jetzt auch nicht.«

Der gute Sohn rechnet seiner Mutter vor, was Untersuchung und Behandlung kosten könnten. Dennoch würde er ohne zu zögern sogar sein »Haus verkaufen«, um ihr zu helfen. Sie kommt nicht auf die Idee, von dem Geld auf dem Konto, über das sie ja jetzt verfügen kann, etwas für sich zu verwenden. Wofür spart sie es denn? Ahmed: »Wir dürfen ihr nicht vorschlagen, Geld abzuheben, sonst denkt sie, wir wollten nicht für sie sorgen.«

Hier herrscht wohl allgemein die Angst vor, einer ernsten Krankheit ins Auge zu sehen. Leichte Sachen macht der Mensch im Stehen ab, bei schweren ist das Krankenhaus zuständig, und da kalkuliert man gleich den Tod mit ein.

Endlich erlaubt Ahmed auf mein Drängen, dass wir zum Orthopäden nach Alsancak fahren. Dr. O. untersucht die Patientin gründlich und erklärt uns dann am Holzmodell, bei beiden Beinen stünden die Knochen schief aufeinander, so dass die Last jeweils auf eine Kante drücke. Da gebe es nur eine Möglichkeit, Operation. Um die endgültige Entscheidung zu treffen, müsse geröntgt werden, auch das Becken. Der Röntgenologe hat seine Praxis an der nächsten Ecke. Natürlich ist unser Taxi schon weg. Wir müssen zu Fuß gehen, obwohl jeder Schritt für die arme Frau eine Qual ist. Unebene Bürgersteige, hohe Bordkanten, einzelne Stufen, aber dann glücklicherweise ein Lift. Sie verhält sich beim Röntgen vernünftig und tapfer. Wir können uns wieder nach Hause begeben. Das Ergebnis soll ich in ein paar Tagen bei Dr. O. erfahren.

Im Taxi heimwärts ist meine Schwiegermutter abwechselnd aufgeregt und deprimiert. »Muss ich operiert werden?«

»Das weiß der Arzt erst, wenn die Röntgenbilder fertig sind.«

»Nun ist alles aus. Am besten springe ich gleich ins Meer, wie der

Mann gestern.« (Laut Zeitungsmeldung sprang der Arbeiter Sıtkı vor den Augen entsetzter Passanten an der Uferpromenade ins Wasser, weil er die Raten für sein Häuschen nicht bezahlen konnte. Er hatte sich ein Gewicht ans Bein gebunden. Hinterließ Frau und Kinder.)
»Bloß nicht, *anne*, das Wasser ist kalt, und die Fische beißen dich.« Sie muss ein bisschen lachen. Ich versuche sie mit dem Hinweis auf das neue Medikament von Dr. O. zu trösten, das ihr sicher gleich Erleichterung verschafft. Aber sie lässt sich nicht ablenken: »Mein Zustand ist besiegelt. Bis jetzt hatte ich noch Hoffnung.«
Hatte sie nicht selbst zum Arzt gedrängt?
Zu Hause erwartet uns Ahmed gespannt. Er nimmt sich stundenlang Zeit, mit seiner Mutter zu reden, wodurch sie sich schließlich beruhigt.
Das Medikament, das laut Beipackzettel ziemlich schwere Nebenwirkungen haben kann, wirkt sofort schmerzlindernd, so dass die Arme endlich eine Nacht ruhig schläft.

Noch immer kein Honorar von Emin *bey* bekommen, obwohl er es versprochen hatte. Spekuliert wohl darauf, dass ich nicht gleich wieder ein großes Theater mache. Er weiß genau, wie sehr mich neulich seine Bemerkung, eine deutsche »Intellektuelle« dürfe die Pinke nicht sooo wichtig nehmen, getroffen hat.
Vermute, es hat nach dem Regierungswechsel in der Spitzenbürokratie ebenfalls ein Revirement gegeben, und Emins »Freunde« haben ihre Posten verloren. Aber das sagt er nicht, erwähnt nur, er müsse in die Hauptstadt fahren und dann …
Ahmed ermahnt mich ständig, mehr Härte zu zeigen (was ihm bei seinen eigenen Geschäften nie gelingt) und die Übersetzungen »einfach« nicht abzuliefern. Wie stellt er sich das vor? Die neue Nummer muss jeweils zu Monatsanfang raus. Außerdem würde Emin sicher Lisa die Arbeit aufpacken, die »aus Liebe« Überstunden macht und nach Bezahlung nicht fragt. Na, ich bin ja selbst daran interessiert, dass unser Magazin gut wird. Fühle mich mit verantwortlich und bin nach wie vor von der Idee überzeugt: Türken sollen ihr Land dem Ausland gegenüber selbst darstellen. Dafür aber braucht mich Emin, wie er sagt. Wahrscheinlich als Aushängeschild (ehemalige Lehrerin) und um seinen Autoren versichern zu können, dass ihre Texte exakt wiedergegeben werden.
Auch hält er mich nun schon seit einem Jahr mit dem Versprechen hin, mir die Arbeitserlaubnis zu besorgen. Er kann mich erpressen. Ich arbeite ja immer noch »schwarz«. Aber ich könnte ihn ebenfalls erpressen, denn er beschäftigt eine Kohorte von Schwarzarbeitern.

Nur für die Sekretärinnen werden Steuern und Sozialabgaben entrichtet.

Jetzt sitze ich hier mit einem Scheißartikel über die anatolischen Göttinnen. Lieblos zusammengeschrieben, oberflächlich und selbstgefällig. Eine Feststellung wie »Attis wurde als ein der Muttergottheit würdiger Mann angesehen« ist mehr als dürftig. Ich weigere mich, das einfach runter zu übersetzen. Entweder sind mir in diesem Fall vertiefende Korrekturen erlaubt, oder ich werfe die Sache hin.

»Meistens wurde die Göttin in hockender Stellung als Gebärende dargestellt; die Statuen und Statuetten weisen stereotyp ausladende Hüften, einen gewölbten Bauch und große Brüste auf. Man findet sie oft in einer Nische, auf zwei Berggipfeln oder auf zwei Löwen gestützt, auch mit einem männlichen Wesen auf dem Schoß abgebildet. Die Berge betonen ihre Herrschaft über Erde und Himmel. Der Mann in ihrem Schoß war ihr Sohn beziehungsweise ihr Geliebter. Die Löwen verkörpern die Kraft der Göttin; denn sie war nicht nur die Mutter der Menschen, sondern zugleich *potnia theron*, Königin der Tiere.

Die Menschheit dachte sich die Muttergöttin anfangs als Single – weil die Rolle des Mannes bei der Fortpflanzung nicht bekannt war –, später gab sie ihr dann einen Mann bei, etwa einen wie Attis, den Heros der Kybele.

In Phrygien gibt es eine Reihe von Felsenreliefs, die die Muttergöttin Kybele zeigen. Das majestätischste und zugleich am weitesten westlich gelegene befindet sich am Fuße des Sipylos-Berges bei Manisa. Die Leute in der Gegend nennen das Riesenrelief, das sich in 250 Metern Höhe über der Ebene erhebt, »Steingesicht« *(taş surat)* oder »Hethitermutter« *(Eti ana).*«

War mit Ahmed beim Arzt, der uns die Röntgenbilder erklärte. Arthrose in Knien und Hüftgelenken. Es sind drei Operationen nötig, die etwa 60 Millionen Lira (18 bis 20 000 Mark) kosten. Der Preis ist so hoch, weil die künstlichen Hüftgelenke aus dem Ausland kommen. Für Ahmeds reiche Brüder wäre die Summe kein Problem. Die Erfolgsaussichten sind laut Dr. O. »sehr gut«. Andernfalls könne die *anne* wahrscheinlich nach zwei Jahren überhaupt nicht mehr laufen und werde bettlägerig. Da sie ein gesundes Herz habe, könne sie noch lange leben.

Mit A. im Café in Alsancak. Er ist total erschüttert, dass hier die Preise so hoch »wie in Deutschland« sind. Wir beraten. Ahmed ist für die Operation. Ich bin im Grunde dagegen, dass sich die alte Frau in ihren letzten Lebenstagen quälen muss und man nicht weiß, ob sie wirklich noch etwas davon hat. Dabei merke ich aber, dass ich unterschwellig vor allem fürchte, sie dann pflegen zu müssen, was über meine Kräfte ginge.

Umsonst hatte ich Ahmed beschworen, sie nicht mit der Auskunft zu erschrecken, dass es nur die Wahl zwischen den drei Operationen und der Gehunfähigkeit gebe. Kaum sind wir zu Hause, platzt er gleich heraus und sagt seiner Mutter die harte Wahrheit, weil er findet, das könnte sie vertragen. Sie ist verstört, mag nicht essen, stöhnt und seufzt. »*Benim işim bitti*« (Für mich ist die Sache gelaufen), sagt sie immer wieder. Sie will weder operiert werden noch überhaupt weiterleben mit der sicheren Aussicht auf Bettlägerigkeit. Verflixt Ahmed, das hast du nun angerichtet mit deiner »neuen Ehrlichkeit«.

anne: Ich will in mein Dorf zurückkehren und dort sterben.

dede: Wenn du schon sterben willst, dann gleich hier, sofort. Was redest du denn?

Ahmed meint, sie brauche jetzt alte Frauen, am besten die Nachbarinnen aus dem Dorf, als Gesprächspartnerinnen.

Seit zehn Jahren wurde sie auf »Rheuma« behandelt mit Tabletten, Heilbädern und »Bewegung tut gut«. War alles falsch, zumindest nutzlos und eine Qual.

Habe mit Lisa telefoniert (Emin *bey* ist noch in Ankara) und sie darauf vorbereitet, dass ich den Attis-Satz und eine Reihe weiterer Stellen ändern werde. Die Verfasserin des Artikels ist nicht zu erreichen. Sie halte sich im Ausland auf und habe eher widerwillig und in Eile den Beitrag verfasst. Merkt man!

Ich stelle die Geburtsgeschichte von Artemis und Apollo richtig und die Story zwischen Omphale und Herakles.

Die neueste Forschung kennt und zitiert die Verfasserin, mit Meriç und Bammer scheint sie sogar per du zu sein, denn sie erspart sich jeden Hinweis darauf, wer diese Leute sind. In Izmir sind die Herren Professoren und Grabungsleiter von Metropolis bei Torbalı und vom Artemision in Ephesos natürlich bekannt – nicht jedoch den Lesern in Europa! Aus deren Veröffentlichungen schöpfte die Autorin ihr Wissen über die Kulthöhle der Mater Gallesia und die Kimmerer-Amazonen-Connection. Ich werde die Literatur nennen und anmerken, dass die Theorien gar nicht so gesichert sind, wie die Verfasserin angibt. Ach Scheiße, ich benehme mich wie eine deutsche Oberlehrerin. Womöglich eifersüchtig, weil ich den Artikel selbst hätte (besser) schreiben können?

Mutter hat sich etwas beruhigt, was ihre Krankheit betrifft. Sie erzählt dem Besuch stolz, dass sie eigentlich dreimal operiert werden müsste, was aber natürlich nicht in Frage käme. Und die Nachbarin gibt ihr recht: Wie oft hat man nicht schon gehört, dass Leute nach der Operation völlig gelähmt waren ...

Schwiegermutter geht sehr vernünftig mit dem Medikament um. Wir haben ihr die Nebenwirkungen erklärt. Da nach drei Tagen die schlimmsten Schmerzen weg sind, setzt sie die Tabletten ab und verkündet, das leichte Ziehen könne sie aushalten.

»Vielleicht noch interessanter ist der Höhlentempel der Muttergöttin nahe Torbalı, fünfzig Kilometer südwestlich von Izmir. Am Berghang, 75 Meter über dem Flussbett, öffnet sich die sechs Meter tiefe Höhle, deren Grundfläche 7,5 mal 7,5 Meter misst. Nach Meriç handelt es sich um eine Kulthöhle der Mater Gallesia. Diese wurde hier vom 8. Jahrhundert bis ins 2. Jahrhundert v. Chr. verehrt, das heißt zu einer Zeit, in der sich schon das Patriarchat mit seinen Göttern durchgesetzt hatte.

Ein weiteres Beispiel für die Verbindung von Kimmerern und Amazonen findet sich im Artemision von Ephesos in einer archäologischen Schicht unterhalb des Kroisos-Baues. Diese Funde haben eine direkte Beziehung zur Kunst der Steppenvölker. Die Beziehung ist nicht nur stilistischer Art, sondern schließt auch die Bedeutungsebene ein. Die Weihegaben aus Gold und Elfenbein veranlassen Bammer zu der Frage, ob diese wohl zum ›Schatz der Amazonen‹ gehört haben könnten. Eine andere Besonderheit der Gaben von Ephesos ist, dass sie das weibliche Element stark betonen. Das könnte ein Hinweis auf die Art des Kultes sein. Die Statuetten stellen weibliche Figuren dar, und auch die der Göttin geopferten Ziegen waren weibliche Tiere – ein Hinweis, dass die Frau aufgrund ihrer Gebärfähigkeit als Quelle der Fruchtbarkeit angesehen wurde und dass zu jener Zeit matriarchalische Vorstellungen die soziale Struktur in Anatolien beeinflussten.«

Mutter schont ihre Gelenke. Seit dem Arztbesuch ist sie nicht mehr aus dem Haus gegangen, und sie will auch nicht mehr ins Thermalbad, obwohl sie dürfte.

Ahmed regt sich ständig über seinen Vater auf, der am Waschbecken so rumspritzt, dass der ganze Fußboden schwimmt. Deshalb kontrolliert er ihn im Bad. Mir waren schon seit einiger Zeit die braunen Flecken an den Handtüchern aufgefallen, doch wollte ich der Sache nicht nachgehen. Heute nun überraschte Ahmed seinen Vater, als der sich mit einem Handtuch den Hintern abputzte.

Klopapier wird in der traditionellen türkischen Toilettenhygiene nicht benutzt. Man wäscht sich den After mit Wasser und trocknet mit einem Läppchen nach. Meine Schwiegermutter hatte solche Läppchen mitgebracht und ausgelegt. Aber der *dede* fand offensichtlich unsere Handtücher angenehmer.

Ahmed ist auf dem Siedepunkt. Trotzdem wartet er, bis sich seine Erregung etwas gelegt hat, ehe er zu seinen Eltern reingeht. Er will es seiner Mutter sagen (den Vater direkt anzusprechen verbietet die Ehrfurcht). Nachher höre ich, wie die *anne* wütend auf den *dede* einredet – und dann sitzt sie den ganzen Nachmittag beleidigt auf dem Sofa.

Ich hatte mich bewusst zurückgehalten, damit sie sich vor mir nicht schämen müssen; schließlich sage ich, um ihr Schweigen zu brechen: »Was nimmst du es dir zu Herzen, er ist ein alter Mann.«

»Alt oder nicht, ein Kind von zwei Jahren hat mehr Verstand. Soll er verrecken! Nächstes Jahr bleiben wir im Dorf. Ich habe seinetwegen überall nichts als Ärger.«

Den Alten schreit sie an, aber Ahmed, ihren Sohn, wagt sie nicht mal zu kritisieren. »*Sus*«, schweig, flüsterte sie mir zu, sobald ich ihm widerspreche. Ich erkläre ihr, dass ich nicht schweige, wenn ich anderer Meinung bin.

»Puduhepa ist ein weiteres Beispiel dafür, welche Bedeutung den Frauen in Anatolien zukam. Die Tochter Kummanis, Iştar-Priesterin und Königin des Hethiterreiches, Havannah Puduhepa, hat im 13. Jahrhundert v. Chr. gelebt. Nach göttlicher Vorherbestimmung heiratete Puduhepa den großen Hethiterkönig Hattusili III., und lange Zeit regierte sie mit ihrem Gatten zusammen das Reich. Puduhepa unterschrieb gemeinsam mit dem König den Friedensvertrag von Kadeş, der den Krieg zwischen Ägypten und dem Hethiterreich beendete. Das Original des Vertrages befindet sich im Museum für Altorientalische Kulturen in Istanbul. Eine Bronzekopie schmückt die Fassade des UN-Gebäudes in New York.«

Margrit fragte mich heute, wie lange die Schwiegereltern noch bei uns blieben. Dass ich dies nicht genau weiß und wir auch keine Möglichkeit haben, die Dauer ihres Aufenthaltes bei uns zu begrenzen, fand sie doch sehr bedenklich. »Das darfst du nicht mit dir machen lassen. Es geht über deine Kräfte. Du bist zu nachgiebig.«

»Ja, was soll ich denn tun?«

Ahmed: »Wenn ich mich mal scheiden lasse von dir, werde ich nie wieder heiraten.«

Ich auch nicht. Wenigstens in dem Punkt sind wir uns einig. Er unterstellt mir, gesagt zu haben, ich hätte ihn aus »Mitleid« geheiratet. Das habe ich *nie* gesagt. Fühlt(e) er sich so bemitleidenswert? Oder handelt es sich um ein sprachliches Missverständnis?

Osman *ağabey* hat endlich (nach zweieinhalb Monaten) etwas Geld geschickt. Es deckt bei weitem nicht die Mehrausgaben – allein die letzte Stromrechnung betrug wegen der Elektroöfen 500 000 Lira –, geschweige denn die Arztkosten. Trotzdem nett von ihm.

Mesut schrieb einen Hausaufsatz: »Inwiefern ist Atatürk ein echter Türke?« – und mittendrin erkundigte er sich bei seinem Bruder, wie lange eine Frau »durchschnittlich« bis zum Orgasmus brauche.

Übrigens hat Mesuts Schulmannschaft beim Basketball-Ausscheidungsspiel gewonnen. Der Sportlehrer verteilte an die Kinder ein großes Kuchenblech voll *baklava*. Mesut: »Ich habe reingehauen, bis mir schlecht wurde.«

Ayhan sieht elend aus (nicht auskurierte Erkältung? Zu wenig Schlaf?), aber er will sich nicht bemuttern lassen. Vielleicht erwartet ein »Kind« von 17 Jahren von seiner Mutter ja etwas anderes, als Wärmflasche und Tee ans Bett. Er ist ungeheuer verschlossen, auch seinen Kameraden gegenüber, soweit ich das mitbekomme. Die Freunde sind ähnlich schweigsame Typen. Jeden Nachmittag versammeln sie sich für eine Stunde am Billardtisch.

Weil Ahmed gar keine Anstalten macht, mir von dem Geld, das sein Bruder geschickt hat, etwas zu geben, bemerke ich, dass ich einen Anspruch, ein Recht darauf hätte, weil ich schon reichlich zum Unterhalt der Alten beigesteuert, dafür sogar mein Konto überzogen hätte. Ahmed findet, meine Art des Forderns (Anspruch, Recht) wieder mal »typisch deutsch«. (Darüber wollten wir doch hinaus sein.) Ich hätte »bitten« können, wenn ich Haushaltsgeld brauchte, aber das Vergangene aufzurechnen, sei in einer guten Ehe nicht üblich.

Verstehe einer diesen Mann, der laufend seiner Mutter und seinen Brüdern vorrechnet, was er alles für die Eltern ausgegeben habe, wobei er meinen nicht unerheblichen Beitrag, der in dieser Summe enthalten ist, nie erwähnt. Sollte ich dies als »typisch türkisch« oder einfach als männlich unfair bewerten?

O Gott, wenn es so weitergeht ... In dem Stil haben sich meine Eltern oft gestritten. Ich fand das so primitiv – und auch unnötig. Warum nicht auseinandergehen, wenn man sich nicht verträgt? Warum sich gegenseitig zerfleischen?

Gülay lacht mich am Telefon aus, dass ich mich »im Namen der Liebe« ausbeuten lasse. »Darum sind ja die deutschen Frauen bei unseren Männern so begehrt. Eine Türkin (sie meint: der Mittelschicht) würde sich das nicht gefallen lassen. Die treibt den Mann in die Enge, die kennt ihre Tricks.«
    Gut, Gülay, dann verrrate mir mal diese Tricks. Sie haben dir ganz offensichtlich in deiner Ehe nichts geholfen.

Mit Schüttelfrost und Kopfweh sitze ich neben dem Ofen im Wohnzimmer. »Werde nur nicht krank; wer soll sonst für uns sorgen«, sagen die Alten. Solange ich nicht bewusstlos in der Ecke liege, gelte ich nicht als »krank«. Bis dahin heißt es, Zähne zusammenbeißen.
    Für meine Schwiegermutter ist der Fall klar: »Du hast dich erkältet, weil du immer duschst.« In ihrem Kopf sind Duschen und Sex eine unlösbare Verbindung eingegangen. Ich kann sie nicht überzeugen, dass Duschen zur täglichen Hygiene gehört und keineswegs bedeutet, dass ich schon wieder mit Ahmed geschlafen habe.
    Ayhan war heute – erstmals – so mutig, nicht hinter Vaters Rücken zu motzen, sondern ihm frei ins Gesicht zu sagen: »*Baba*, wenn du uns kritisieren willst, rede direkt mit uns, und meckere nicht an die Mamie hin.« Alle Achtung, Junge.
    Aufgestanden mit 38,5 Fieber. Doch, sie nehmen schon Rücksicht auf meine Grippe. Nachdem die Morgenarbeit getan ist, darf /soll ich mich wieder ins Bett legen. Mutter will *mantı* machen, und das kann sie allein, wenn ich ihr alle Zutaten bereitstelle.
    Als ich nachmittags zufällig – weil ich mir ein Glas Wasser holen will – in die Küche komme, kann ich gerade noch eine Katastrophe verhindern. Aus dem überkochenden Topf quillt die *mantı*-Suppe über den Herd, hat die Gasflamme gelöscht, Gas strömt aus, auf dem Fußboden eine Lache …
    Mein Aufschrei alarmiert die *anne*, die sehr verlegen ist. Sie habe nicht so lange stehen können und sei »nur kurz« ins Zimmer aufs Sofa zurück.
    Na ja, das ist noch mal gutgegangen.
    »Ich falle euch zur Last«, jammert meine Schwiegermutter. Mir scheint, sie will meine Reaktion testen. Schön, dann spiele ich mit und sage scherzend: »Wir sorgen hier gerne für euch, aber spätestens in einem Monat packen wir eure Koffer.«
    dede: Ich habe noch drei andere *gelin*, und jede nimmt mich mit Freuden auf. Sie erwarten mich.
    Er streckt die Arme aus.
    anne: Sei bloß still. Es ist auch schon vorgekommen, dass wir von

der Schwelle verwiesen wurden. Eine von deinen *gelin* ist sehr ungezogen.
dede: Wann soll denn das gewesen sein? Sind meine Söhne nicht Manns genug, ihren Frauen zu gebieten?
anne: Was kann ein Mann unternehmen, wenn die Frau nicht will?
Der *dede* weicht aus ins Singen und intoniert »Ich zog in die Schlacht von Gelibolu«.

Ahmed ist auf Geschäftsreise. Kann möglicherweise fünf Kilometer von dem Dorf entfernt, wo der Weinberg ist, am Hafen ein Teehaus pachten. Na, wenn das klappt, können wir uns ja aus dem Weg gehen. Jetzt, da ich mit den Alten allein lebe, merke ich, wieviel Arbeit A. mir abnimmt (Einkaufen, Geschirr spülen). Aber die ganze Atmosphäre ist wesentlich ruhiger, entspannter. Doch langweilen sich die Alten offensichtlich, ihnen fehlt ein Unterhalter, der sich gerne zu ihnen ins Zimmer setzt.
Die jungen Leute ahnen wahrscheinlich wirklich nicht, dass die Großeltern seit Stunden gespannt auf ihr Heimkommen warten. »Ihr *müsst* euch etwas Zeit für sie nehmen«, ermahne ich sie.
Der *dede* dreht gleich voll auf, spielt den Clown, läßt Sprüche los und singt seine Liedchen. Die Enkel lachen, teils höflich, teils wirklich amüsiert.
»Hast du Atatürk mal zu Gesicht bekommen?« fragt Mesut. »Leider nie. Atatürk ist zu früh gestorben. Wäre Atatürk nicht gewesen, dann würden wir heute von den Heiden regiert.« Er meint den nationalen Befreiungskrieg (1919–22), in dem Atatürk den Widerstand gegen die Alliierten und Griechenland anführte. Damals war der *dede* noch ein Kind.
»Den zweiten Krieg gegen die Heiden hast du ja gewonnen«, wirft die Großmutter spöttisch ein, was den *dede* veranlasst, seine Heldentat, die Verteidigung des Munitionsdepots im Jahre 1945, wieder aufzuwärmen. »Ich bin ein Mann!«
»Mein Gott, wer behauptet denn, dass du eine Frau bist? Deine Männlichkeit soll untergehen *(erkekliğin batsın)!*«
Diese grobe Replik bringt den *dede* zur Besinnung. »Jetzt haben die Enkel doch mal gelacht, und mehr wollte ich nicht.«

»Was für ein schönes Essen, diese Pellkartoffeln mit Zwiebeln und Petersilie! Er *(dede)* mag die Petersilie nicht, aber du, *gelin*, magst sie. Wie ich. Wir beide denken in vielem gleich. Wir passen zueinander.« Dieser Ausspruch meiner Schwiegermutter freut mich – und erfüllt mich mit Sorge. Je lieber sie mich gewinnt, um so tiefer wird sie enttäuscht sein, wenn sie merkt, dass wir in sehr vielen Dingen völlig verschieden sind.

Nuriye – mit meinem türkischen Vornamen, ruft mich Mutter neuerdings öfter. Darin erkenne ich einen Fortschritt, weil sie mich als Person wahrnimmt, statt nur in der Funktion der *gelin*.

Die Koseform Irmchen, wie mich meine eigenen Verwandten und die deutschen Freundinnen nennen, kann ein Türke kaum aussprechen. Selbst in Ahmeds Mund klingt das nach all den Jahren immer noch komisch. Die Kinder finden, es erinnere sie an *irmik* (Grieß), Irmgard natürlich ebenso, und ich sollte diesen Vornamen für die Ämter vorbehalten, wenn ich den Pass vorlegen muss. Bin ich ein anderer Mensch, wenn man mich Nuriye ruft?

Ahmed ist von seiner Reise zurückgekehrt. Das Teehaus hat sich als Reinfall erwiesen. Hohe Monatsmiete, obwohl über die Hälfte des Jahres keine Touristen kommen. Die Einheimischen des kleinen Ortes sind dagegen Stammgäste im anderen Teehaus. Auch leer stehende Läden hat sich Ahmed angesehen und erwogen, dort einen Souvenirshop einzurichten. Genauso touristenabhängig. »Oder soll ich ein Ersatzteillager für Mopeds aufmachen? Sowas fehlt dort nämlich.« Ich frage mich (wage aber nicht, die Frage an ihn zu richten), wie viele Mopeds es überhaupt in der gottverlassenen Gegend gibt. Und ob die oft kaputtgehen, damit es sich rentiert.

Seit einer Woche schönes, sonniges Wetter. *Dede* geht jeden Mittag in die Moschee zum Gebet, und vorher oder nachher setzt er sich ins Männer-Café, was er früher nie getan hat.

Sonntag

Ein Handwerker, ein Bekannter von A. ist gekommen, der unser kompliziertes Wasserversorgungssystem im Haus zu verstehen versucht. Heute repariert er die Toilettenspülung im oberen Bad und einen tropfenden Wasserhahn. Ihm ist schleierhaft, weshalb wir neulich, als das Wasser abgesperrt war, unser Ersatzdepot nicht benutzen konnten, obwohl es ja randvoll war und noch ist. Da wiederhole ich meine Vermutung, die Zuleitung könnte an jenem kalten Tag eingefroren gewesen sein. Dies findet der *usta* sehr wahrscheinlich, was Ahmed zu der groben Bemerkung veranlasst: »Frauen verstehen nichts davon. Misch dich nicht ein.«

»Was hat das denn mit Mann und Frau zu tun?« reagiere ich automatisch. Es fällt mir schwer, den Humor zu bewahren. So frauenfeindlich kenne ich Ahmed gar nicht. Hinterher erklärt er mir, ich hätte durch meine »Quasselei« dem *usta* einen Vorwand geliefert, sich nicht weiter um die wahre Ursache zu kümmern.

»*Büyütme, anne* (Mach keine große Sache draus, Mamie). Der *baba* liebt dich doch, auch wenn er dich anbrüllt und beleidigt. In Wirklichkeit ärgert er sich bloß über sich selbst.« Gut beobachtet, mein Sohn. Aber mir will scheinen, seit zwanzig Jahren versuche ich »keine große Sache draus« zu machen. Neuerdings frage ich mich, ob das richtig war/ist.

Das Klavier ist verstimmt. Das passiert jeden Winter wegen der Temperaturunterschiede. Ich bilde mir ein, es sei »verstimmt«, weil ich es nicht wichtig genug nehme. Habe sogar vom Klavier geträumt, genaugenommen von einem genialen Pianisten, der aber verrückt war, so dass er nur noch im Hotelfoyer zur Unterhaltung der Gäste auftreten konnte. Diese foppten ihn: »Wolfgang, du solltest mal bei Herrn Steinway vorspielen.«
Wolfgang übte, langsam zu werden. Er hatte es aber noch nicht auf »einen Ton pro Minute« gebracht.
Die *anne* und ihr Sohn reden seit Stunden über das Verhalten der anderen Söhne und Schwiegertöchter in den letzten Jahren, seit die Alten auf sie angewiesen sind.
»… und dann hat die *gelin* auf einmal überhaupt nicht mehr mit mir gesprochen. Ganz plötzlich war sie mir böse. Ich habe gewartet. Am nächsten Morgen, beim Frühstück, wieder kein Wort. Später hat sie mir ein Tablett mit Weinblättern hingeschoben, die ich wickeln sollte. Ich habe gesagt, ich wickele nichts, ich reise ab.«
Was mir an Ahmed gefällt: dass er seine Schwägerin nicht gleich verurteilt, sondern herauszufinden versucht, was seine Mutter falsch gemacht haben könnte. Diese ist sich keiner Schuld bewusst. Warum hat sie die dunkle Geschichte, die vor etwa zwei Jahren passiert sein muss, nicht inzwischen aufklären können: Warum hat die *gelin* von sich aus keine Aussprache herbeigeführt? Wahrscheinlich, weil beiden an einer persönlichen Beziehung, über das klischeehafte Schwiegerverhältnis hinaus, nicht gelegen ist. Es gibt keine Sitte, die Ehrlichkeit und Herzlichkeit gebietet.
Ahmed geht jeden Abend, nachdem er das Geschirr gespült hat, ins Teehaus, wo er ungestört rauchen oder fernsehen kann und Leute findet, die ihm zuhören.

Als der *dede* gestern nachmittag um vier noch nicht zu Hause war, machte ich mir keinerlei Gedanken. Bleibt er doch jetzt oft stundenlang weg, um sich irgendwo in die Sonne zu setzen, sei es vor einem Laden, sei es einfach am Straßenrand. Aber dann kam ein Telefonanruf, man habe an der Endstation der Buslinie in Güzelbahçe einen alten Mann gefunden, der bei seinem Sohn Ahmed Bulut wohne und nicht mehr nach Hause fände.

Mesut, der den Anruf entgegennahm, glaubte, einer seiner Freunde wollte ihn verkohlen. Die *anne* und ich hatten Derartiges längst kommen sehen.

Ahmed war auswärts, und Ayhan und Mesut lehnten es ab, ihren Großvater zu suchen. »Er ist ja so eigensinnig. Vielleicht weigert er sich, mit heimzukommen.« Also fuhr ich los. An der Endstation saß der *dede*, zusammengesunken in seinem Mantel, auf einem Blechkanister. Er strahlte, als er mich erblickte. »Ich war in der Moschee, und hinterher wusste ich nicht mehr, wo ich war«, erklärte er mir.

Lieber Gott, dann stand es schlimm, wenn er schon von der Moschee, zu der er doch jeden Tag hinging, nicht mehr heimfand. Ich beschloss, ihn nicht weiter durch Fragen zu verwirren und erst mal nach Hause zu bringen.

Abends erzählte er von einer großen, strahlenden Moschee auf einem Berg, in die Allah ihn geführt habe. Da wird er wohl schon im Vorhof des Paradieses gewesen sein, sagten wir uns. Im Laufe des heutigen Vormittags stellte sich jedoch heraus, dass er nicht in die nahe Dorfmoschee, sondern tatsächlich durch die Gärten immer weiter bis zu dem Hügel gewandert war, auf dem sich ein prächtiger Neubau mit zwei Minaretten erhebt.

»So eine schöne Moschee habe ich in meinem Leben noch nicht gesehen«, meinte der *dede*. »Allah hat mich dorthin geführt, und nachher bin ich mit dem Bus gefahren, weil die Leute das gesagt haben, aber dann habe ich mich nicht mehr ausgekannt.«

Große Überraschung. Emin *beys* Mitbringsel aus der Hauptstadt ist – kein Geld (wieder nur das Versprechen darauf), sondern ein Artikel über das »Bild des Türken im Ausland«. Er selbst hat ihn auf der Rückreise während der Wartezeiten auf den Bus und so weiter verfasst. Zum Stoff aber hätten seine Freunde in Ankara beigetragen. Allesamt sind sie weit gereist und bestens vertraut mit den Vorurteilen, die nicht allein der Mann auf der Straße, sondern auch viele Gebildete in Deutschland, Frankreich, England, Amerika »dem Türken« generell entgegenbringen.

Mir fällt die Anekdote ein, die Margrits Mann Ömer gerne erzählt: Auf dem Ausländeramt in Frankfurt wollte man ihm nicht glauben, dass er Türke sei, »weil Sie überhaupt nicht türkisch aussehen«. In europäischen Schulbüchern werden Türken als »Bergmenschen, Sklaven der Araber, rauhe Krieger, Barbaren, kriegerische Rasse« bezeichnet (darüber gibt es eine Doktorarbeit).

Woher rührt diese Mischung aus Unwissen, Angst und Vorurteilen? Kann es wirklich daran liegen, dass die Türken fast ein Jahrtausend lang der »Erzfeind der Christenheit« waren? Ist es möglich, dass wir in Europa zwar kaum mehr ein Wissen und eine Vorstellung von den Kreuzzügen, der Einnahme Konstantinopels, den Türken vor Wien, den Schlachten von Lepanto und Belgrad haben (wer über wen siegte, das haben wir vergessen, das ist uns heute egal), aber sich Sätze wie der Luthers: »Das türkische Heer ist das Heer des Teufels!« eingebrannt haben?

Oder wirkt Shakespeares *Richard III.* weiter, darin von den Türken als »Ungläubigen, Sündern, Leugnern, schwarzen Seelen, Wilden …« die Rede ist? Während es in *King Lear* heißt, die Türken hätten ein »loses Hosenbändel«. Kann mich an solche Stellen nicht erinnern, die Emin *bey* aus dem Kopf zitiert.

Der Hinweis auf Hobbes, der im Osmanischen Reich den »Idealtypus der patrimonialen Monarchie« verwirklicht sah, stammt übrigens von Professor Bostan. Das übernehme ich hier ungeprüft.

»Hobbes hatte diese Monarchien mit dem Symbol des ›Leviathan‹, eines Meeresungeheuers aus dem Alten Testament gekennzeichnet. Es ist eine Regierungsform, die dem einzelnen Mitglied der Gesellschaft keinerlei Rechte zugesteht, während der Monarch alles Recht, alle Befugnisse in seiner Hand vereinigt, so dass dem einzelnen nichts als die Pflicht zum Gehorsam bleibt.

Die Denker des 18. Jahrhunderts fanden, als sich im Westen der Absolutismus herausbildete, dessen reinste Ausprägung im Osten verwirklicht, insbesondere in der Osmanenherrschaft, die sie als ›Despotismus‹ qualifizierten. So wurde das Osmanische und Türkische zum Prügelknaben des westlichen Denkens.

Als der Westen universelle Wertvorstellungen entwickelte, die – selbstverständlich – seiner eigenen Kultur entsprachen, da schuf er im Grunde auch den ›Osten‹, indem er das eigene Dasein und Sosein gegen den Osten abgrenzte (die Türken und das Türkische als Antithese benutzend). Der Westen gewann höchste Bedeutung, während ›östlich‹ zum abwertenden Beiwort wurde.«

Eine sehr wichtige Bemerkung, die zeigt, wie das Selbstbild (hier des Westens) mit dem Bild zusammenhängt, das man sich vom jeweils anderen macht.

Am Schluss wird Emin *bey* ein bisschen zu sarkastisch, finde ich.

»Die kemalistische (nationale und säkularisierte) Türkische Republik, die sich aus den Trümmern des Imperiums erhob, verwirrte den Westen aufs neue. Der Bürger dieser neuen Republik, das war der im Westen nicht bekannte, dem Bild des Türken nicht entsprechende Türke. Der ›neue Türke‹ glich aber ebensowenig den Menschen aus den türkischen Dörfern, die unter der Bezeichnung ›Gastarbeiter‹ in die Länder des Westens geschickt wurden.

Da die ›Gastarbeiter‹ genannten Türken mit den westlichen Gesellschaften nicht in kulturellen Austausch traten beziehungsweise sich nicht akkulturierten, warfen sie in diesen Gesellschaften unerwartete Schwierigkeiten und harte Probleme auf. Sie irritierten den Westen, verärgerten ihn und lösten sogar Ängste aus. Jener starke Westen, der geglaubt hatte, billige Arbeitskräfte importiert zu haben, sah sich mit einer harten, stabilen, widerstandsfähigen Sorte Menschen konfrontiert, die man nicht aussaugen konnte.«

Angesichts dieses endlich einmal humorvollen Artikels frage ich mich allerdings, ob deutsche Leser daran etwas zu schmunzeln finden werden. Der »Witz« des Ganzen speist sich ja aus der Konfrontation des für uns (Emin *bey*, mich) grotesken Fremdbildes mit dem Selbstbild eines türkischen Intellektuellen. Was aber, wenn man im Ausland diese Diskrepanz gar nicht wahrnimmt? Wenn man den teuflischen Türken dort weiterhin für Realität hält, weil man dieses Bild so sehr verinnerlicht hat? Woher soll der deutsche Leser wissen, wie der Türke *ist*? Wie soll ihm der Türke das klarmachen? Wohlweislich hat sich Emin darauf beschränkt zu sagen, was der »neue« Türke *nicht* ist. Ihn positiv zu bewerten, liefe nämlich darauf hinaus, eine Liste von Eigenschaften zu benennen, die wohl kein konkreter Türke auf sich vereint, nicht mal das große Vorbild Atatürk. Dieser war hochintelligent, bildungshungrig, liebte sein Volk, aber auch die europäische Kultur, speziell die Oper und den Gesellschaftstanz; er war überzeugter Demokrat, konnte jedoch keine Opposition ertragen; er gab den Frauen die verfassungsmäßige Gleichberechtigung, kam indes mit der eigenen Ehefrau nicht klar …

Bei anderen »neuen Türken«, wie Emin, Ömer, Ahmed, wird es noch prekärer. Nein, sie sind keine Machos, sie hinterfragen Sitte und Tradition, sie sind nicht fanatisch religiös, aber … immer doch noch Männer. Ohje! Ich sehe schon, ich habe ein gehöriges Fremd-Bild, nicht weil ich Ausländerin, sondern weil ich Frau bin.

»Also Mamie, seit vier Jahren ziehe ich denselben Parka an. Im Schlussverkauf gibt es ganz prima Jeansjacken …«

»Mamie, du hast mir fürs Frühjahr Sportschuhe versprochen, wollte dich bloß mal daran erinnern.«

Zum Vater kommen sie mit solchen Anliegen nie. Eine Mutter hat immer irgendwo noch stille Reserven, meinen sie. Im Moment nicht, Kinder.

Konnte die Schwiegereltern mit meinem Kaiserschmarrn kein bisschen überraschen. Die Sorte Eierkuchen heißt bei ihnen im Dorf *akıtma*. Ist ja auch nichts Höfisches, sondern ein Bauernessen.

Mir wird klar, dass ich, in diesem Lande zu Gast, ständig alles zensiere, begutachte, an meinen Standards messe, mit meinen Etiketten versehe. Vieles, was Ahmed mir, jetzt »antut« an Ablehnung, Ironie, verletzenden Bemerkungen, Nationalismus sogar, ist sicher – auch – die Reaktion auf mein vorheriges Verhalten, ein »doch gar nicht so böse gemeintes« Besserwissen, Herabsetzen, Ausnutzen. Wenn ich nun alles aufschreibe (»Was Irmchen unter den *Wilden* erlebt«) und unsere Familie quasi als bikulturelle Versuchsanordnung betrachte, dürfte dies allerdings der Gipfel der Überheblichkeit sein.

Am Telefon erzählt mir Chris den neuesten Klatsch: Susanne, die Arztfrau, ist mit ihren drei kleinen Kindern für immer nach Deutschland zurückgekehrt. Ich kapiere nicht gleich. Wollte die Familie nicht nach Istanbul umziehen?

»*Sie* nicht. Ihr Mann wollte seiner verwitweten Mutter nahe sein. Susi hat ihm mehrmals deutlich erklärt, dass er wählen müsse. Für sie komme die dunkle Istanbuler Stadtwohnung zusammen mit der Schwiegermutter nicht in Frage. Er hat sich dafür entschieden, ein guter Sohn zu sein. Da hat sie ebenfalls ihren Entschluss gefasst.«

Ich hatte Susanne bei Chris kennen gelernt. Eine zarte, mädchenhafte Erscheinung. Sie hatte ihren Beruf (Medizinstudium) und ihre Heimat dem türkischen Ehemann zuliebe aufgegeben. Jetzt war eine Grenze erreicht.

Mutter ist schrecklich neugierig. »Mit wem hast du telefoniert? Hast *du* angerufen oder bist du angerufen worden? Wirst du sie nachher treffen? Kommt sie her?« Neugier als Zeichen von wacher Intelligenz, der die Nahrung fehlt.

Meine Grippe habe ich schnell überwunden. Jetzt sitzt der *dede* mit hochroten Wangen und Schniefnase in seiner Sofaecke. Selbst Aspirin (in der Türkei das Allheilmittel) lehnt er ab. »Er hat Angst, sich durch ein Medikament zu vergiften«, sagt *anne*.

»Die Morgendämmerung wird durch die Sonne dahingerafft, Das kranke Herz wird von Heimweh dahingerafft ...«

Das Fieber scheint den Alten zu inspirieren. Ihm fallen immer neue Lieder ein:

»Auf der Straße nach Adana
ging ich in Handschellen dahin ...«

Abends im Dunkeln ein Zwiegespräch:
dede: Letzte Nacht lag ich stundenlang wach.
anne: Heute wirst du aber gut schlafen.
dede: Werde ich sterben?
anne: Wir sterben alle mal.
dede: Du wartest schon auf meinen Tod.
anne: Um Gottes willen, was redest du da.
dede: Bist du froh, wenn ich sterbe?
anne: (fasst seine Hände) Lieber Mann, hast du solche Angst? Wir sitzen doch so schön hier beisammen. Was täte ich denn ohne dich? Du wirst wieder gesund.

Ayhan hat vor dem Zwischenzeugnis noch eine mündliche Prüfung in Religion. Die Siebzehnjährigen müssen dabei arabische Gebetstexte auswendig aufsagen. Das ist der Stoff der Prüfung! Wer diese Note nicht einbringt, wird nicht versetzt, heißt es. Ich bin empört. Das verletzt eines der Grundprinzipien Atatürks: Säkularität. Ayhan winkt ab. Es hat keinen Zweck, sich aufzulehnen. In Mathe hat er wieder nur 42 Punkte (von 100) erreicht. Erst mit 45 gibt es ein »Ausreichend«. Plötzlich wirft er sich aufs Bett. »Was soll der ganzes Krampf. Lernen, lernen! Ich gehe von der Schule ab. Wenn ich studiere, den Facharzt mache, hinterher noch das Militär und die Pflichtjahre im staatlichen Gesundheitsdienst absolviere, dann bin ich 36. Wann beginnt denn das Leben?«

Ich hatte mich mit Gülay zur Mittagsvorstellung von *Gizli Yüz* (»Das verborgene Gesicht«) im Künstlerzentrum von Yenişehir verabredet. Zum Auftakt ein Schock, das Kino war ungeheizt. Die Innentemperatur lag knapp über dem Gefrierpunkt. Acht Zuschauer, von denen die Hälfte in der ersten Stunde wieder ging, entweder aus Sorge um ihre Gesundheit, oder weil sie den Film nicht kapierten. Hatte mir extra eine belesene Türkin mitgenommen, um mich eventuell aufklären zu lassen, denn das Drehbuch von Orkan Pamuk versprach eine komplizierte Geschichte.

Und so war es auch. Ein junger Fotograf hat sich in das Gesicht von Zuhal Olcay (in Deutschland bekannt durch den Film »Abschied vom falschen Paradies«, Regie: Tevfik Başer) verliebt. Nun sucht er diese Frau, erst in Istanbul, dann in irgend welchen schönen und rätselhaften Kleinstädten der Türkei. Schließlich findet er sie mit Hilfe eines Uhrmachers wieder. Die Uhren und die Gesichter der Menschen sind die beiden Leitsymbole. Jeder Mensch hat seine individuelle Uhr; die muss er finden, und damit sich selbst.

Aber Zuhal Olcay ist nicht für unseren jungen Mann bestimmt. Das macht sie ihm im Inneren eines Uhrturms klar. Seine Wanderung ist deshalb noch nicht zu Ende, wohl aber – endlich – der Film. Ein heißer Kaffee kann uns nicht aufwärmen. Gülay hat Magenweh, weil sie der Film so ärgert.

Für meinen Geschmack überladen; zu viel Symbolik, zu viele Motive, zu viel bedeutungsvolles Gerede. Ein guter Schriftsteller ist noch lange kein guter Drehbuchautor. Er müsste sich dafür selbst verleugnen, zugunsten der Bilder auf Worte verzichten. Die Bilderwelt als solche war geheimnisvoll, traumhaft, beredt, wie ich das von dem Regisseur Ömer Kavur aus *Anayurt Oteli* (»Hotel Mutterland«) kenne.

Als ich Ayhan von dem Film erzähle, sagt er: »Du hast ihn nicht verstanden, deshalb hör auf mit dem Kritisieren.« Auf seinen Lieblingsschriftsteller Orhan Pamuk lässt er nichts kommen. Der Film gewann letzten Sommer in Antalya die »Goldene Apfelsine« und auf dem Festival von Montreal ebenfalls einen Preis.

Hat sich mein Rang als Übersetzerin rumgesprochen? Bekomme das Angebot, einen Fünfhundert-Seiten-Wälzer türkischer Sprichwörter ins Deutsche zu übersetzen. »Wir suchen jemanden, der beide Sprachen gut beherrscht und literarisch gebildet ist.« Als ich nach dem Honorar frage, nennt der Auftraggeber stolz drei Millionen, davon die Hälfte als Vorschuss.

»Ağabey, drei Millionen sind unsere laufenden Hauhaltskosten in einem Monat. Ich werde an dem Text aber wahrscheinlich ein halbes Jahr sitzen.« Der Mann hat nicht das Gefühl, dass die Summe lachhaft ist. Er bietet das normale Honorar an, zu dem andere Zuverdiener (Hausfrauen, Studenten) arbeiten. Seitenpreis umgerechnet 1,80 Mark. Kommt gar nicht in Frage. Emin *bey* zahlt, *wenn* er zahlt, das Zehnfache.

Unangemeldet taucht heute Osman aus Istanbul auf! Sitzt plötzlich im Wohnzimmer, als ich mich von der *anne* zu einer Einkaufsfahrt in die Stadt abmelden will. Ich darf trotzdem los, natürlich. Die Familie hat sich so viel zu erzählen.

Im Bus überlege ich fieberhaft, was ich abends kochen soll, denn Ahmeds Bruder ist eine reiche Tafel gewohnt. Besorge schnell eine Lammkeule. Glücklicherweise sind im Kühlschrank noch Reste vom gestrigen Lauchgemüse, fertige weiße Bohnen, Reis-*pilav*. Eine Suppe und Salat mache ich sowieso jeden Tag.

Der Schwager will offenbar nach dem Rechten schauen. Sich überzeugen, dass es den Eltern gut geht. Vielleicht holt er sie aber auch ab. Das wäre toll.

Ayhan und Mesut drehen aus Respekt (Angst) vor dem Onkel den ganzen Nachmittag und Abend ihre Heavy-Metal-Musik nicht auf. Machen stundenlang konzentriert Hausaufgaben, wie sich das für ihren Ruf als gute Schüler gehört. Onkel Osman schenkt jedem 50 000 Lira, ein halbes Monatstaschengeld.

Der *dede* ist über den Besuch vor Freude aus dem Häuschen. »Wolltest du nicht gestern noch sterben?« erinnert ihn seine Frau.

»Der Frühling kommt,
die Knospen öffnen sich.
Ich pflücke eine Rose,
da ist es schon Herbst.
So schnell ist mein Leben vergangen.«

»Wer ist im Dorf der größte Pantoffelheld?«, stellt Osman die offenbar altbekannte Scherzfrage. Worauf der *dede* wie aus der Pistole geschossen mit seinem »Ich bin als Mann geboren« reagiert. Durch den ältesten Sohn angefeuert, bekommt er Mut zu einem frechen Spruch über die Schwiegermütter, die in einen kochenden Kessel geworfen werden; im Türkischen ein Wortspiel (*kaynana* = Schwiegermutter, *kaynayan* = kochend). Dabei wird er ganz rot, lacht verlegen und schaut ängstlich zu seiner Frau hin, die ein Gesicht macht wie: Dir werd ich's heimzahlen.

Der Schwager fragt mich halb im Spaß, ob seine Mutter eine gute Schwiegermutter sei. Noch ehe ich antworten kann, sagt sie, dass wir uns prima verstünden. Ich stimme zu. »Vorhin hast du allerdings plötzlich im Schwiegermutterton befohlen, dass ich Kaffee kochen soll. Wenn Besuch da ist, kriegst du manchmal Anwandlungen.«

»Ist das wahr, Mädchen?«

Osman macht den Vorschlag, das Elternhaus im Dorf so umzubauen – mit Toilette und Bad im Obergeschoss –, dass es für die Alten bequem wäre. Die *anne* findet das eine gute Idee, aber der *dede* wehrt ab. *Sein* Haus wird nicht verändert. Wenn jemand da Hand anglegte, würde er alles verkaufen, noch vor seinem Tod. Der Schwager, der das Thema wohl schon öfter angeschnitten hat, gibt resigniert auf.

Osman hat sich eine Matratze ins Elternschlafzimmer bringen lassen. Bei uns oben findet er es »viel zu kalt zum Schlafen«. Dass er heute morgen »gemütlich« im Pyjama frühstückt, ekelt mich an. Laufe ich denn im Nachthemd rum?

Anekeln ist vielleicht nicht der richtige Ausdruck. Für mich ist Nachtkleidung etwas Intimes. Türken empfinden das anders. Im Sommer gehen die Nachbarn ja morgens zum Brot- und Zeitungholen im Nachtgewand über die Straße. Selbst beim Picknicken machen es sich einzelne, allerdings ältere Männer im Schlafanzug bequem. Die Jugend, männlich und weiblich, trägt in der Freizeit dagegen legere Jogginganzüge.

Nun ist Osman *ağabey* wieder fort – ohne die Alten mitgenommen zu haben. Der Zweck seines Besuches war offensichtlich, Ahmed zu überreden, dass wir die Eltern noch bis zum Ende des Winters hierbehalten, denn: erstens fühlten sie sich bei uns wohl; zweitens solle Hasan sich bloß nicht einbilden, er könnte am besten für die Alten sorgen und daraus möglicherweise Ansprüche ableiten; drittens sei die Familie mit Mahmut sowieso verkracht; viertens komme bei ihm, Osman, ein längerer Aufenthalt nicht in Frage, weil seine Frau da nicht mitspiele.

Und ich? Ob ich mitspiele, hat niemand gefragt. Ahmed: »Er hat mich ebensowenig gefragt, sondern das nach reiflicher Überlegung so angeordnet. Er will uns auch noch mal etwas Geld schicken.« (Scheiß ich drauf!) Ahmed versichert, er hätte sich unmöglich wehren können (!!!) »Auch wenn es mir deinetwegen leid tut, aber das müssen wir auf uns nehmen.«

Mein guter Mann will mir »helfen«, insbesondere im kommenden Ramazan vor Sonnenaufgang das Frühstück richten. Ein schwacher Trost. Aber nett von ihm, dass er sich überhaupt Gedanken macht.

Also den Fastenmonat (der in diesem Jahr am 5. März beginnt) sollen sie noch hier verbringen, danach will Osman sie für eine Weile aufnehmen und dann mit ihnen ins Dorf fahren – falls sie dazu überhaupt in der Lage sind.

Der *ağabey* hat sich die Röntgenaufnahmen zeigen lassen und seine Mutter gefragt, ob sie operiert werden wolle. Sie ist entschieden dagegen.

Noch mindestens zweieinhalb Monate! Ob ich das aushalte? Seit der Grippe ist meine Nervosität in Apathie umgeschlagen. Ich schleppe mich dahin. Die Kinder tun kleine Handreichungen, ohne dass ich sie auffordere.

Wie Mutter jetzt darauf wartet, dass ich Zeit habe, mich zu ihr zu setzen. Oder wie sie sich freut, dass ich ihr bunte Wolle bringe, etwas ausgefallenere Farben für die immer gleichen Socken. So warte ich in zwanzig, dreißig Jahren vielleicht mal auf meine *gelin*. Nein, die Frauen, die meine Söhne heiraten werden, sollen nicht verpflichtet sein, mich zu versorgen. Aber irgend ein jüngerer Mensch wird das tun müssen, und sei es eine Pflegerin oder Schwester im Altenheim. Mit Geld nicht zu erkaufen wird dann die Minute Zuwendung sein.

Ich fasse ihre Hand und halte sie fest, damit sie sich nicht einsam fühlt, nicht bloß geduldet und mit Unwillen ertragen. Sie ist ja eine Mutter; was sie für ihre Söhne getan hat, kann ich ermessen. Und wonach sie sich jetzt sehnt, ist, dass die Liebe zurückkommen möge … oh, ich weiß, wie bitter es ist, wenn dies nur spärlich geschieht, wenn die Söhne immer »gehen«, immer Wichtiges vorhaben und die Mutter zurückbleibt.

Beim Frühstück ist Mesut immer schon voll da. Er probiert die Register seiner überschnappenden Pubertätsstimme aus (leise Kind, der *baba* wacht auf!), macht in Gestik und Gesichtsausdruck auf Tunte (das Vorbild kann nur aus dem Fernsehen stammen), imitiert einen Mönch beim Chorgesang: »Gin Tonic Whisky, amen.« Ayhan erklärt mir grinsennd, das sei die Verballhornung von »In nomine Christi, amen«. Warum suchen sie sich für ihre Blasphemie das Christentum aus?

»*Biz müslüman piskopatız*« (Wir sind islamische Psychopathen). Sie lachen wie die Wahnsinnigen. »Schsch, lasst das nicht eure Großeltern hören. Und übrigens spricht man das Wort psycho- und nicht pisko-.«

Ayhan hat aus eigenem Antrieb drei Eintrittskarten für ein Konzert von Igor Oistrach besorgt. Interessiert ihn die Musik? Oder gilt es unter den Mitschülern als chic, toll, *in*, da hinzugehen, beziehungsweise im Vorverkauf die raren Karten ergattert zu haben, um eine davon mit horrendem Aufpreis wieder zu verkaufen?

Der *dede* nimmt einen heißen Ziegelstein mit ins Bett. Er fühlt sich krank, hat Schüttelfrost und Husten. Heute mittag wollte er trotzdem unbedingt raus, nicht im Zimmer bleiben. Ich fürchte, ihn eines morgens tot im Bett zu finden.

Das neue Gesundheitslexikon, Weihnachtsgeschenk meiner Schwester, sagt: In Deutschland leben (nur) zehn Prozent aller alten Menschen in Heimen. Das bedeutet doch, die Mehrzahl ist auf sich gestellt oder wird irgendwie von Angehörigen versorgt.

Auf der Suche nach Gesprächsstoff mit der *anne* frischen wir Erinnerungen an ihren Deutschlandbesuch vor 17 Jahren wieder auf. Jetzt kann ich es ihr ja sagen, wie sehr mir damals ihre Art, mit dem Baby (Ayhan) umzugehen, gegen den Strich gegangen ist: dass sie ihn zu fest einwickelte, dass er immer schlafen sollte (tagsüber), dass sie ihm Essen in den Mund stopfte. Sie dagegen denkt mit Schaudern an das tägliche Bad (das musste dem Kind ja schaden) und an die Ausfahrten im kalten Winter. Heute können wir beide lachen. Damals kriegte ich fast eine Nervenkrise. Sie übrigens auch, aber nicht wegen des Babys, sondern aus Einsamkeit und Heimweh.

Wie wichtig müssen meine Geschwister und meine längst verstorbenen Eltern für meine Schwiegereltern sein, dass sie mich immer wieder über sie ausfragen, ihre Lebensverhältnisse so genau wie möglich kennen möchten. Wahrscheinlich war es ein Fehler, dass ich bisher nie meine Verwandten ins Spiel gebracht habe. Es hätte meine Position gestärkt. Eine Frau ohne Familienrückhalt wirkt in türkischen Augen ein bisschen wie ein herrenloser Hund, wie eine Dahergelaufene.

Ich hatte das nie auf mich bezogen, weil Ahmed bisher immer das (europäische?) Ideal des emanzipierten Individuums, der eigenständigen Persönlichkeit vertreten hat. In letzter Zeit allerdings beobachte ich an ihm, wenn auch nicht gerade die Rückkehr in den Schoß der Familie, so doch eine Korrektur seiner extremen Isolierung. Was bedeutet das für mich?

Gott sei Dank habe ich mich aufgerafft, am Treffen deutscher Frauen bei Renate teilzunehmen. Thema war die zweisprachige Erziehung der Kinder. Durchweg bevorzugen alle unsere Kinder im Alltag spontan das Türkische, ganz gleich, ob die Mütter sich nun bemühen, mehr oder weniger konsequent Deutsch mit ihnen zu sprechen, oder ob sie es aufgegeben haben und selbst zu der als »einfacher« empfundenen Landessprache übergegangen sind.

Die große Frage, was wir tun können, um die Mutter-Sprache zu erhalten. Ich behaupte, Lektüre (bei kleinen Kindern Vorlesen) hilft viel. Dafür habe ich jahrelang allabendlich eine Stunde, »geopfert«. Trotzdem lesen meine beiden abends im Bett keine deutschen, sondern türkische Romane.

»Wenn sie nur überhaupt lesen.«

»Das ist aber nicht die angestrebte Zweisprachigkeit. Deutsch fällt halt doch schwerer.«
Wir finden es allgemein nicht gut, ein Kind zu zwingen. Hingegen müsste die Mutter ihre deutsche Kultur (Bücher, Musik, Bräuche ...) auch attraktiv vertreten, »vorleben«. Wir stellen fest, dass wir allesamt nicht darauf aus sind, das reine Deutschtum (was immer das sei) zu pflegen, vielmehr aus Liebe zum Land und seiner Kultur schon ein Gutteil der Sitten assimiliert haben. Beispiele: *sünnet* (Beschneidung) der Söhne, Mitfeiern von *Ramazan* und *Kurban Bayramı*, Handküsse bei älteren Verwandten des Mannes und vieles mehr. Es kommt heraus, dass die meisten von uns sich für ihre binationale Familie eine geglückte Synthese beider Kulturen wünschen, wobei die Verwirklichung individuell verschieden aussieht.

Anruf von Martha. Sie hat seit fast drei Monaten nichts von mir gehört. Wahrhaftig, seit die Alten hier sind. Ich versuche ihr in fünf Minuten meine Erfahrungen mitzuteilen. Es kommt wohl hauptsächlich als Klage über die Belastungen bei ihr an. Denn sie versteht nicht, warum ich das alles ertrage, mitmache. Warum ich nicht nein sage. Ich sollte mich doch prinzipiell mal fragen, weshalb ich immer wieder unmögliche Situationen akzeptiere, vielleicht sogar suche. Wofür?
Gut, das frage ich mich auch jetzt hier im stillen Kämmerlein und finde keine Antwort. Weiß aber, dass dies in irgend einer Weise für mich »richtig« ist.
»Warum schreibst du mir nicht, wenn es dir schlecht geht?«
»Ich schreibe Tagebuch.«
»O je!«
Andererseits habe ich wohl ebensowenig kapiert, was sie mir sagen wollte mit der Andeutung, sie sei schon des längeren krank. Sie wich aus, als ich nach medizinischen Einzelheiten fragte und fand das »nicht wesentlich«.
Wir wissen zu wenig voneinander. Signale werden nicht verstanden oder falsch interpretiert, weil seit langem der Kontext fehlt. Vielleicht ist es vernünftiger, wir legen unsere Freundschaft auf Eis, als jetzt Vertrautheit zu provozieren, die nur zu schmerzlicher Enttäuschung führt.

Grippeferien. Nachdem einige junge Leute ganz plötzlich an Grippe gestorben sind und immer mehr Eltern ihre Kinder nicht mehr in die Schule schickten, gibt es vier Tage früher schulfrei. Am nächsten Wochenende beginnt sowieso die vierzehntägige Halbjahrspause mit Zeugnisverteilung.

Mesut kauft sich vom ersparten Geld »Klamotten«: enge Markenjeans, einen grauen Rollkragenpullover, einen schwarzen Ledergürtel mit Silberschnalle, einen dunkelblauen Blazer. Diese Kombination ist der letzte Modeschrei unter der Schülerschaft.

Mir tut es leid, dass die Schwiegereltern oft stundenlang allein und schweigsam dasitzen. Das ist für sie nicht das Normale, erst recht nicht das Erwünschte. Wie sie sich freuen, wenn jemand reinkommt. Wie sie versuchen, die Enkel zum Bleiben zu bewegen. »Ayhan, hier ist es doch schön warm. Wieso kannst du die Zeitung nicht hier lesen statt oben?«

Endlich mal etwas Geld von Emin *bey* bekommen und einen neuen Auftrag. Lisa war so nett, mir den, wie sie findet, interessanteren der beiden historischen Aufsätze von Dr. Y. zu überlassen. Darin beschreibt er die Einnahme Konstantinopels durch Sultan Mehmet II. (1453). Es eilt nicht. Der Artikel soll erst in einer späteren Nummer erscheinen, während Lisas Teil über die Landnahme der seldschukischen Türken in Anatolien logischerweise vorausgehen muss. Wie sie sagt (und wir uns denken können), seien die Seldschukenherrscher bei der Eroberung höchst menschlich vorgegangen und von den Ureinwohnern herzlich begrüßt worden.

Über Mehmet II. Fatih (= den Eroberer) habe ich eine Darstellung im Regal stehen, sogar ein geschichtswissenschaftliches Werk. Da könnte ich inzwischen mal reinschauen.

»Mädchen, warum stehst du denn auch in den Ferien so früh auf? Du kannst doch ausschlafen.« An ihrer Frage merke ich, dass sie, obwohl sie seit Monaten bei uns lebt, noch nicht realisiert hat, was ich eigentlich tue. Dass meine Übersetzertätigkeit kein Hobby ist, sondern Notwendigkeit. Ich habe, um Ahmed vor seinen Eltern nicht zu blamieren, nie ganz deutlich gemacht, dass ich wesentlich zum Lebensunterhalt beitrage.

»*Anne*, du hast doch ›nebenbei‹ Teppiche geknüpft. War das etwa zum Spaß?«

»Nein, Mädchen, ich wollte eigenes Geld haben, um nicht zu knapp zu sein. Was er (der *dede*) verdiente, hat er großenteils in Land, in unsere Weinberge investiert. Da blieb zum Leben nicht viel übrig.«

Ja kapiert sie denn nicht, dass es bei uns genauso ist? Ja kapiere ich denn nicht, welchem Schema Ahmed folgt?

Unerschöpfliches Thema: Kochen. Unser beider Lieblingsgemüse ist *patlıcan*. Wir werfen uns Stichwörter für das berühmte Gericht *Imam bayıldı* (Der Geistliche fiel in Ohnmacht) zu. »Kennst du auch die Variante ohne Hackfleisch, nur mit Zwiebeln und Tomaten?«

Der *dede* ruft dazwischen, er hätte am liebsten jeden Tag Hühnchen. »Halt bloß den Mund, jetzt reden wir, du verstehst ja gar nichts!«, herrscht ihn die Alte an. Schließlich erzähle ich ihr, dass meine Freundin Martha mich einmal sogar – während des Kochens – aus Deutschland angerufen hätte, weil sie nicht mehr weiterwusste mit einem *patlıcan*-Rezept.

Wenn ich in Deutschland auf Besuch bin, soll ich immer türkisch kochen. Das ist nicht so einfach, denn oft hapert es an den Zutaten. »Gibt es in Deutschland auch Moscheen?« greift der *dede* in den für ihn langweiligen Dialog ein – was für die *anne* wieder ein Anlass ist, ihn niederzuschreien.

26. Januar 1992

In den letzten Tagen häufen sich mal wieder die Gewaltakte. Unter anderem ist im Gewölbe des Großen Basars in Istanbul eine Zeitbombe explodiert (ein Toter, zwölf Verletzte), obwohl seit drei Wochen die Polizei sämtliche Eingänge kontrolliert, weil PKK-Führer »Apo« solche Attacken angedroht hatte. Hinterher bekannte sich die PKK in anonymen Anrufen bei der Presse zu dem Anschlag: »Solange der Druck auf das kurdische Volk anhält, werden wir weiter demonstrieren. Notfalls werden wir Istanbul in einen See von Blut verwandeln.«

Angeblich plant die PKK für das Frühjahr eine größere Operation im Südosten. Von dort werden täglich Zusammenstöße zwischen kurdischen Rebellen und Militär gemeldet.

Die Zeitung *Cumhuriyet* äußert starke Zweifel, ob es bei dem gestrigen Polizeieinsatz in einer Istanbuler Studentenwohnung, bei dem drei junge Leute erschossen wurden, rechtens zugegangen sei. Es ist nicht erwiesen, dass die Studenten mit dem vorhergehenden Überfall auf ein Juweliergeschäft zu tun hatten. Die später eingetroffene Polizei verfolgte die »Täter« nämlich lediglich aufgrund von Hinweisen aus der Bevölkerung. Dazu wurde das ganze Viertel abgesperrt, einzelne Wohnungen durchsucht.

Der Juwelier konnte die drei Toten nicht zweifelsfrei identifizieren (an dem Überfall waren überhaupt nur zwei Personen beteiligt gewesen). Warum mussten sie sterben? Hätte man sie, die sich nicht wehrten, nicht erst mal festnehmen und eine Untersuchung einleiten können? Dieses Vorgehen der Polizei passt ganz und gar nicht zum neuen rechtsstaatlichen Kurs der Regierung Demirel. Wird sich die Staatsanwaltschaft einschalten und den Fall untersuchen? *Cumhuriyet* stellt ausführliche Überlegungen an, wie diese jüngste

Menschenrechtsverletzung (wieder mal) auf das europäische Ausland wirken wird.
Die Inflationsrate beträgt im Monat Januar 9,4 Prozent!!!

Februar.

»Wo bleiben denn die Kinder?« fragt die Großmutter. Ihr kommt es komisch vor, dass bei Anbruch der Dunkelheit (etwa 17.45 Uhr) die Familie nicht vollzählig daheim ist.
Ahmed sagt, er sei mit Vierzehn längst aus dem Haus gewesen, ebenso seine Brüder. Die *anne* hat also ihre Söhne nicht als Pubertierende erlebt – die sich von vorne bis hinten bedienen lassen, weil sie sich einer so wertvollen Aufgabe widmen wie dem Besuch einer höheren Schule.
In der Nachbarschaft beobachte ich eine Reihe von *drop outs*, Schüler, die an dem strengen Auslesesystem gescheitert sind. Etwa die Söhne des Nachtwächters, die schon in der Mittelschule wegen bodenlos schlechter Noten aufgegeben haben und die nun ohne Schulabschluss, aber ebenso ohne Berufsausbildung dastehen. Oder Mübeccels Sohn Erdal, der zwar bis zum Ende des Gymnasiums ein guter Schüler war, dann aber ohne *dershane* die Aufnahmeprüfung an die Uni zu bestehen versuchte und glatt durchfiel. (Es bestehen allenfalls zehn Prozent der Prüflinge.) Nun hat er in der Sommersaison gejobbt, Lederjacken an Touristen verkauft, wobei ihm seine Fremdsprachenkenntnisse zugute kamen. Den Plan, ein zweites Mal zur Prüfung anzutreten und doch Betriebswirtschaft zu studieren, hat er inzwischen aufgegeben. Das leichte Geldverdienen erscheint ihm attraktiver, als sich durch ein Studium zu quälen.
Oder Naciye. Sie wäre gerne Ärztin geworden, erreichte aber nicht die erforderliche hohe Punktzahl bei der Aufnahmeprüfung. Jetzt sitzt sie resigniert daheim und näht an ihrer Aussteuer.
Es gibt auch Gegenbeispiele: Die Tochter der Lehrerin Nebiye *hanım*, die von ihrer Mutter jahrelang als billige Haushaltshilfe ausgenutzt worden ist, hat sich endlich durchgesetzt und darf die Hotelfachschule besuchen.
Es fehlen Alternativen zu höherer Schule und Studium oder besser gesagt: diese sind wenig attraktiv. Das deutsche Modell der Lehrlingsausbildung ist kürzlich übernommen worden. Es ist aber weder verbreitet, noch vermittelt die Ausbildung Sozialprestige.

Schwiegermutter bindet vor dem Schlafengehen ihr weißes Kopftuch fester. Ich frage, ob sie es nicht abnimmt während der Nacht. »Das ist

Sünde«, entfährt es ihr. Schau an, wie die einfachen Frauen, die den Koran nicht selbst lesen können, mit Sündendrohungen eingeschüchtert werden. Ein falsch verstandener Islam setzt die Menschen unter Druck.
»Aber die Frauen des Propheten Muhammed trugen nachts im Bett kein Kopftuch«, argumentiere ich. Sie kapiert rasch. Ich merke ihr die Erleichterung an, dass nun allein »weltliche« Gründe angeführt werden müssen, wie zum Beispiel, dass sie am Kopf friere, weil sie an das Tuch gewöhnt ist.

Nachrichten: Bei Lawinenunglücken in der Osttürkei über 200 Tote. Es hat in diesem Jahr ausnehmend viel geschneit. Und: Man scheint Sicherungsmaßnahmen gegen Lawinen nicht zu kennen. Die Häuser des Dorfes standen unmittelbar am Fuß des Steilhangs. Es sind auch zwei Militärstationen begraben worden. Ob die PKK wohl die Lawinen geschickt hat?

Wie gut, dass ich mir das Sultan-Mehmet-Buch angesehen habe, sonst wüsste ich die Namen nicht einzuordnen. Ali Kuşçu, der »Falkner«, war tatsächlich ein bedeutender Astronom, nämlich Alâ ed-din Ali aus Samarkand. Und Georgios Amirokis ein Gesprächspartner des Herrschers.
»Sultan Mehmet II., der mit 21 Jahren zum dritten Mal den osmanischen Thron bestieg (1451) und der mit der Eroberung Istanbuls dem 1100jährigen Oströmischen Reich ein Ende setzte, was ihm den Namen ›Fatih‹, Eroberer, einbrachte, war ein überaus begabter, ja genialer, von Freund und Feind in seiner Macht anerkannter, großer türkischer Herrscher. Er regierte dreißig Jahre lang und nahm persönlich an 25 Feldzügen teil. Nicht nur die christlichen Staaten in Anatolien beseitigte er, sondern er eroberte auch den ganzen Balkan. Sultan Mehmet war 23 Jahre alt, als er Istanbul einnahm. Er war gebildet, sprach mehrere Sprachen und verfasste Gedichte. Der Freund des freien Gedankens war alles andere als konservativ. Er lud Wissenschaftler zu Disputationen ins Saray. Manchmal hieß er sie, zu einem schwierigen Problem eine Abhandlung zu verfassen, die er studierte. Im Jahre 1466 wurde auf seinen Wunsch die ›Geographie‹ des Ptolemäus neu übersetzt und die Namen auf der Landkarte mit arabischen Buchstaben eingetragen. Den Weisen und Philosophen Georgios Amirokis, der angeblich aus dem Gefolge Davids, des Herrschers von Trabzon, stammte und der ein Verwandter des Großwesirs Mahmut Pascha gewesen sein soll, erkor sich der Sultan zum Gesprächspartner,

oft ließ er ihn zu sich rufen, um von ihm zu lernen. Sobald er hörte, dass es in irgend einem Land einen großen Gelehrten gab, lud er ihn nach Istanbul ein, zum Beispiel den Astronomen Ali Kuşçu (›Falkner‹) und auch den Molla Cami. Ebenso rief er den berühmten Maler Bellini nach Istanbul, ließ sich von ihm porträtieren und belohnte ihn reich.«

Um wen es sich bei dem Gelehrten Cami handelt, bleibt das Geheimnis des Autors. Gentile Bellini in Istanbul böte Stoff genug für einen eigenen Essay. Hätte der Verfasser sich doch auf Sultan Mehmet als Freund der Künste und Wissenschaften beschränkt und diesen Aspekt etwas ausführlicher dargestellt, dann blieben weniger Fragen offen: Warum ist Bellini so überstürzt im Januar 1481 aus Istanbul abgereist? Fühlte er sich bedroht in der Umgebung eines Herrschers, der sich einerseits freigeistig gab und »ihm nachdrücklich freistellte, seine Ansichten unverhohlen zu äußern« (Babinger, 418), andererseits aus einer plötzlichen Laune heraus Menschen köpfen ließ? Letzteres ist belegt, selbst wenn die Anekdote um das Gemälde Johannes des Täufers von Bellini nicht stimmen sollte. Mehmet hatte angeblich schnell mal am Beispiel eines Sklaven zeigen wollen, dass der Hals (Rumpf) eines frisch Geköpften einschrumpfe und nicht – wie auf dem Bild dargestellt – hervorrage.

Allerdings ist Bellini ja nicht geflohen, sondern mit Ehrenurkunde und goldener Halskette entlassen worden. Das führt zu der anderen Vermutung: Er habe mächtige Neider gehabt, die sogar auf den Sultan Druck ausüben konnten. Wer sollte das gewesen sein? Vielleicht die streng islamische Opposition am Hof, die es als schwere Sünde ansah, dass der Maler den Palast mit Wandgemälden ausschmückte, auf denen Liebesszenen zu sehen waren. Von der Malerei ist nichts mehr geblieben, zum einen hatte Mehmets frommer Sohn Bayezid sie übertünchen lassen, zum anderen wurden sie durch den Abriss der Wohnräume der damaligen Zeit endgültig vernichtet.

Alles Vermutungen. In denen sich zu ergehen gleichwohl ein Bild der Zeit ergeben würde. Mehmet als eine schillernde Gestalt. Genial und abgründig. Das Abgründige allerdings will der Autor nicht gelten lassen. Warum nicht?

Unsere Nachbarin Havva *hanım* ist aus dem Krankenhaus zurück (Gebärmutter-Totaloperation). Natürlich muss ich sie besuchen. Die *anne* will auch mit. Dabei setzt sie doch seit Wochen keinen Fuß mehr vor die Tür. Es freut mich, dass sie wieder Mut fasst. Sie holt ihr schönstes Kopftuch aus dem Koffer. Der Weg ist zum Glück kurz.

Mutter stöhnt bei jedem Schritt und stützt sich auf mich, besonders bei den paar Treppenstufen zum Lift. Havva wohnt nämlich im sechsten Stock der uns gegenüber gelegenen Hochhäuser.

Sie liegt im Wohnzimmer auf dem Sofa, noch recht blass. Die Entlassung wenige Tage nach der Operation ist hierzulande üblich.

Einige Nachbarinnen sitzen in den Sesseln. Kranke haben in der Türkei ständig Besuch. Wer allein sein will, darf seinen Zustand nicht publik machen. So gesehen ist das Buch, das ich Havva mitgebracht habe, gar nicht recht passend, denn man lässt ihr keine Zeit zum Lesen.

Das Gespräch dreht sich weithin um Krankheiten. Meine Schwiegermutter nutzt die Gelegenheit, wieder einmal ihre Lage zu schildern, wobei ihr die Augen feucht werden.

Ich rühme, dass sie trotz allem heute Weinblätter gewickelt hat (auf dem Boden hockend, denn anders kann sie nicht arbeiten). Sie rühmt, dass ich alles äße, was sie kocht. Da sie dies zum wiederholten Mal betont, kann es nicht das Normale sein. Vielleicht ist das Essen – Liebe, die durch den Magen geht – ein Indikator für das Verhältnis von Schwiegermutter und *gelin*. »Sie mag, was ich koche, und wir mögen, was sie kocht. Es ist wie bei Mutter und Tochter.«

Beifälliges Nicken der Nachbarinnen. Ich spüre, die *anne* demonstriert hier nicht allein »unsere heile Familie«, sondern gibt ihrer Sehnsucht nach einer Tochter Ausdruck. Brauche ich denn eine Mutter?

Ahmed und ich leben seit Tagen wortlos nebeneinander her, wir tauschen höchstens technische Informationen aus wie Kollegen am Arbeitsplatz:

- Ich mache jetzt den Kohleneimer fertig. Bereite du den Eltern das Frühstück.

- Kaufst du heute Tomaten? Und auch das Olivenöl ist alle.

Über Nichtigkeiten kann plötzlich wieder Streit ausbrechen, wie etwa wegen der Nachhilfe in Mathematik, die Ayhan braucht – sofort. Ich weiß, dass eine beurlaubte Gymnasiallehrerin in der Nachbarschaft solchen Unterricht erteilt, aber Ahmed meint, wir könnten es viel billiger haben (der normale Satz für eine Doppelstunde liegt mit 120 000 Lira wirklich erschreckend hoch), weil der Freund eines Freundes einen Lehrer vom Paukstudio XY kennt. Natürlich weiß Ahmed nicht, ob dieser Lehrer überhaupt willens ist und jetzt Zeit hat, noch dazu für ein geringeres Honorar. Ich äußere meine Zweifel und verberge kaum meine Abneigung gegen dieses Freundschafts- und Beziehungssystem. Warum nicht einfach eine klare Abmachung treffen zum allgemein üblichen Preis? Und schon sind wir mitten im schönsten Streit.

Die Darstellung der Einnahme von Konstantinopel/Istanbul ist im höchsten Grade apologetisch. Da der Verfasser diese Eroberung beim besten Willen nicht als nationale Notwendigkeit hinstellen kann (was er im Falle der Besetzung Anatoliens durch die Seldschuken nämlich getan hat: ein »Volk ohne Raum« auf der Suche nach einer neuen Heimat), begründet er sie mit der »Leidenschaft« des Sultans.

»Wenn er sich zurückzöge, hatten die Abgesandten des byzantinischen Kaisers damals gesagt, könne der Sultan soviel an Steuern verlangen, wie er wolle, der Kaiser würde über seine Möglichkeiten hinaus alles geben und noch andere Entschädigungen dazu. Die Antwort Mehmets soll gelautet haben: ›Es ist mir unmöglich, von hier wegzugehen. Entweder ich bezwinge die Stadt, oder die Stadt bezwingt mich, tot oder lebendig.‹

Wir können die Leidenschaft des Sultans für dieses Kleinod, das seine Faszination bis heute bewahrt hat, verstehen.«

Angesichts von soviel Verständnis und Faszination muss ich schon schwer an mich halten.

Wohlgemerkt rechtfertigt der Verfasser die Eroberung nicht, dafür betont er die humane Machtübernahme:

»Die Einnahme Istanbuls bildet die Krönung der Eroberung Anatoliens durch die Türken. Als es nach hartem Kampf endlich fiel, teilte es das Schicksal anderer eroberter Städte nicht. Weder gebrandschatzt noch zerstört, wurde es hinübergerettet als Kleinod eines wachsenden Weltreichs. Die ansässige Bevölkerung erhielt Leben und Freiheit zugesichert, und sogar den neu Zugezogenen wurde die Glaubensfreiheit gewährt. Die Bauwerke blieben unangetastet, erhielten lediglich eine andere Funktion. Dieser in der Weltgeschichte seltene Verlauf einer Eroberung war das Verdienst eines ungewöhnlichen Eroberers.«

Während die türkische Geschichtsschreibung die osmanischen Herrscher im allgemeinen durchaus kritisch betrachtet, verleiht sie Fatih Sultan Mehmet einen Heiligenschein. Die zeitgenössischen Darstellungen sind alles andere als objektiv, sondern lassen deutlich den Standort des Schreibers erkennen. »Dem Abendland erscheint er als der Länderverwüster, Blutvergießer ...« (Babinger, 449). Entsprechend wird die »wohl größte Gestalt unter allen Sultanen« und »überragendste, untadeligste Erscheinung der türkischen Geschichte« von der anderen Seite verklärt. Gleichwohl könnte man heutzutage auch in der Türkei die Quellen sichten und kritisch betrachten. Die komplizierte Quellenlage müsste den Fall für den Historiker gerade interessant machen.

Warum verschweigt Dr. Y. in seinem Artikel oder versucht zu beschönigen, dass bei der Eroberung Konstantinopels das Blut in Strömen floss und unsagbare Greuel verübt wurden (Plündern war erlaubt), bis endlich nach drei Tagen der Sultan persönlich in die Stadt einzog und für Ruhe sorgte; dass auf seinen Feldzügen etwa eine Million Menschen umkamen; dass Mehmet zur Vermeidung von Thronstreitigkeiten den Brudermord gesetzlich sanktionierte (in noch früherer Zeit pflegte man rivalisierende Prinzen in entlegene Provinzen zu schicken); dass er keiner Frau treu war, sondern viele Frauen und Lustknaben hatte; dass er in der entvölkerten Hauptstadt Menschen aus allen Landesteilen zwangsweise ansiedelte; dass unter den christlichen Untertanen zwangsweise Knaben ausgehoben und zu Janitscharen erzogen wurden; dass er sowohl mit der sunnitischen Orthodoxie als auch dem Derwischorden in Konya in Konflikt stand, während er gegenüber Juden und Christen äußerst tolerant war – ein Verhalten, das zu einer grausamen Juden- und Christenverfolgung nach seinem Tod führte.

Wie so vieles im Leben dieses Herrschers ist auch sein Tod rätselhaft. Er starb, 49 Jahre alt, auf einem Feldzug nach Anatolien. Hatte der Arzt ihm gegen eine starke Kolik die falschen Medikamente gegeben oder etwa Gift? Dass der Sohn Bayezid ein Interesse am Tod des Vaters gerade zu dieser Zeit haben konnte, lässt sich belegen. Der verantwortliche Arzt, Hamid ed-din al-Lari, wurde später auf Geheiß Bayezids mit einer Überdosis Opium ins Jenseits befördert. Eine Bestrafung hätte anders ausgesehen. Vielleicht sollte so ein Mitwisser beseitigt werden?

Wie gesagt, der Autor erwähnt nichts von alledem. Wer solche Zusammenhänge und Tatsachen anspricht, stempelt damit noch lange nicht Mehmet II. (und seinen Sohn) zum Finsterling ab. Vieles war in damaliger Zeit auch im Western gang und gäbe. Ein Herrscher, der sich an der Macht halten wollte, musste skrupellos sein (man betrachte die italienischen Stadtstaaten). Aber wahrscheinlich fühlte der Herr Dozent sich verpflichtet, bei Fatih diejenigen Eigenschaften zu betonen, die ihn nach heutiger und »westlicher« Einschätzung zu einem Großen der Geschichte machen.

Ayhan hat mir bei dem Text mit den vielen alten Wörtern sehr geholfen. Der Tonfall erinnert ihn an seine Schulbücher. »Lernt ihr so Geschichte?«

»Nö, Mamie, unsere Lehrer erzählen uns auch Sachen, die nicht im

Buch stehen. Dass sich die Soldaten bei der Eroberung Konstantinopels abscheulich benahmen. Zum Beipsiel, dass einer den Marmorfußboden der Hagia Sophia mit dem Beil aufhackte und dafür von Sultan Mehmet mit demselben Beil zerhackt wurde ...«

Ich muss Emin *bey* zu überzeugen versuchen, dass ein Artikel wie der vorliegende im Ausland keinen Ruhm einbringt, sondern im Gegenteil schadet. Was da betrieben wird, ist Byzantinismus! Auch sehe ich weder Sinn noch Zweck des Unterfangens, denn der besagte Herrscher ist seit Jahrhunderten tot. Ja, wenn es sich um Atatürk handelte, dessen Alkoholmissbrauch man noch immer pietätvoll zu verschweigen bemüht ist, obwohl die Gymnasiasten es heute von ihren Lehrern erfahren. Menschliche Züge schmälern das Verdienst eines großen Mannes nicht.

Generalstaatsanwalt Yaşar Günaydın vom Staatssicherheitsgericht (DGM) ist am 6. Februar vor seinem Haus in Istanbul erschossen worden, als er ins Auto steigen wollte. Mit ihm starben sein Leibwächter und sein Chauffeur. In Anrufen an die Presse offenbarten sich zwei linke Organisationen als Attentäter.
Schon drei Tage zuvor waren in Istanbul und Adana Streifenwagen der Polizei beschossen worden. Grausige Bilanz: vier tote Beamte. Die Untergrundbewegung *Dev-Sol* (eine linke revolutionäre Gruppe) bekannte sich zu den Anschlägen.
Tourismusminister Ateş versichert jedoch, in der Türkei sei die »Sicherheit der Touristen gewährleistet«. Aus Rivalität verbreiteten andere Urlaubsländer das Gegenteil. Der Minister versteigt sich sogar zu der Behauptung: »Was in der Türkei innerhalb eines Jahres passiert, das erleben die Touristen in Italien, Griechenland und Spanien an einem einzigen Tag.«

Im Falle Güler Ileri fragt sich schon bald jede/r, ob sie wirklich etwas so Ungewöhnliches und Schlimmes getan hat, das ihren Rücktritt als Ministerin für Frauenfragen gebietet. Machen nicht andere ebenfalls »Spesen« (Urlaub auf Staatsrechnung)? Mir will scheinen, dass eine Frau daran gehindert werden soll, mehr für die Frauen zu tun. Warum kann/will SHP-Chef Inönü sie, die einzige weibliche SHP-Abgeordnete im Parlament, nicht halten? Seine Erklärung, sie habe »erkannt, dass für die von ihr begonnenen Reformen kein Umfeld vorhanden sei«, ist mehr als fadenscheinig.

Die gebratenen Hühner haben allen sehr gut geschmeckt. Wenn es nach dem *dede* ginge, könnte es jeden Tag Huhn geben. Ich frage ihn scherzhaft, ob er morgen wieder dasselbe essen möchte. Er schreckt auf und murmelt: »*Ahirette de tavuk satılır mı?*« (Werden im Jenseits auch Hühner verkauft?)

Mutter lässt sich gerne erzählen, wie angenehm meine Tante Hanni im Altenheim wohnt. Ich merke, dass ich das kleine Apartement zu idealisieren beginne, das Bewegungsbad und den Friseur im Haus, die Fußpflegerin, die aufs Zimmer kommt – für *anne* paradiesische Zustände. Aber dass meine Tante dafür Unsummen bezahlt hat und dass sich im reichen Deutschland nur eine Minderheit der Alten ein komfortables Heim leisten kann, erfasst sie nicht wirklich.

Ob sie denn keine Kinder habe? »Schon, aber Tante Hanni möchte …« Fast hätte ich gesagt: »ihnen nicht zur Last fallen«. Doch das will die *anne* ja auch nicht; gerade das bedrückt sie ja. Also fahre ich fort: »Sie möchte ein bisschen ihre Freiheit behalten.« Dies kann meine Schwiegermutter gut verstehen.

»Wir stehen auf, wenn du es sagst und legen uns hin, wenn du die Betten richtest, alles auf Befehl, wie bei den Soldaten. Im Alter hat man nichts mehr zu bestimmen, die Herrschaft ist auf die Jungen übergegangen«, sagt sie.

Sobald ich nicht mehr lächle und gelassen bin, sondern mir anmerken lasse, dass mir auch mal was zuviel wird (Mesut muss sogar an den Wochenenden früh aufstehen und zum Basketballtraining; deshalb kann ich weder ausschlafen noch ungestört an meiner Übersetzung arbeiten), reagiert Ahmed neurotisch eingeschnappt. Er redet nicht mehr mit mir, isst nicht … Wahrscheinlich äußert sich auf diese Art paradoxerweise sein schlechtes Gewissen. Schließlich weiß er, dass seine Eltern für mich eine Belastung sind. Solange ich mich nicht beklage, kann er es aushalten.

Mesut das Aufstehen zu überlassen, ist übrigens undenkbar. Er überhört, selig weiterschlafend, jeden Morgen zwei Rasselwecker.

Ahmed hat Depressionen, nachdem es nun mit dem Teehaus nichts wurde und sich der Eigentümer des angeblich zu vermietenden Ladens nicht wieder gemeldet hat.

Ganz offensichtlich muss sich in der heutigen Türkei jeder, der etwas auf die Beine stellen will, viel stärker einsetzen, dahinterklemmen. Ahmeds Vorstellung ist aber, dass man ihm nachlaufen und ihn bitten sollte. Es hat mit Ehre zu tun (so wie es eine Ehre ist, an den Festtagen besucht zu werden). Leider schert man sich im modernen Geschäftsleben um derartige Feinheiten nicht. Geachtet wird, wer Geld hat, ganz egal, woher es kommt. Ahmeds vergebliche

Hoffnung: die Leute würden zu schätzen wissen, dass er ein ehrlicher Mensch ist.

Jeden Abend wiederholt sich das Tauziehen, wann ich den Alten die Betten richten soll. Der *dede* möchte sich am liebsten um sieben schon schlafen legen, wohingegen Mutter um jedes Stündchen kämpft. Selbst wenn niemand kommt, um sich mit ihr zu unterhalten, sitzt sie noch gerne im Dunkeln am Fenster und schaut hinaus. Manchmal tut sich ja was: ein Auto fährt am Gartentor vorbei. In den Nachbarhäusern werden Lichter an- und ausgeknipst. Selten tritt in dieser kalten Zeit mal jemand auf den Balkon, etwa eine Frau, um die Wäsche abzunehmen, was groteske Schattenspiele auf der gegenüberliegenden Hauswand erzeugt.

- Ist Ahmed weggegangen?
- Wahrscheinlich schon, *anne*.
- Er raucht wieder.
- Ich weiß nicht, *anne*.
- Doch, ich rieche es ja.
- Lass ihn, *anne*, er ist ein erwachsener Mensch.
- *Ah, benim yavrum.*

Beim Gutenachtwünschen umarme ich sie spontan, und sie küsst mich auf beide Wangen.

Mehrmals bekam ich von Nachbarinnen zu hören und heute wieder von Nevvar *abla*, der Apothekerswitwe, dass ich zu den Schwiegereltern »sehr nett«, »zu gut« sei. Das war nicht als Lob gemeint, sondern wurde mit einem kritischen Unterton vorgetragen. Eine *gelin* beschränke sich normalerweise nur auf das Nötigste. Umsorgtwerden, Höflichkeit, ja Herzlichkeit wären die Alten nicht gewohnt und brauchten sie nicht. Ahmed äußert sich übrigens ähnlich.

Ich stelle mir vor, dass die in dieser Gesellschaft traditionell vorherrschende Pflicht, für die Schwiegereltern zu sorgen, bei der *gelin* eine Abwehr- und Trotzreaktion hervorruft. Man behandelt sie ja (im Regelfall) ebenfalls nicht freundlich.

Wenn ich mir die Söhne und ihre Freundinnen so anschaue, kann ich mir kaum vorstellen, dass sie sich in gleicher Weise noch verpflichtet fühlen werden, für die Alten (uns) zu sorgen.

Parallel dazu erfährt die Altersrente für immer mehr Leute, auch Freiberufler, in der Türkei eine Ausweitung. So jedenfalls in der Werbung der Versicherungsagenturen.

Der Hühnerschmaus neulich bekommt ein trübes Nachspiel. Ahmed, der wie üblich später zum Essen kam, ließ die für ihn aufgehobene Keule stehen und verlangte nur etwas Suppe. Heute nun weist er mich zurecht, es sei Verschwendung, den Alten Braten zu servieren, ein kleines Stückchen hätte ausgereicht: *ein* Huhn für sechs Personen! Im Dorf seien die Alten mit viel weniger zufrieden. Ich wolle mich nur Liebkind machen, indem ich sie verwöhnte. Er, Ahmed, warne mich jedoch, seine Mutter würde im Notfall nicht zu mir, sondern natürlich zu ihm halten.

Mit den Alten rede ich schon in ihrem Dorfdialekt, sage *üümek* statt *uyumak* (schlafen) und *ne örelim* statt *ne yapalım* (was soll man machen, was bleibt einem übrig). Ich verstehe, wenn sie *boin* statt *bugün* (heute) sagen und *pakla* statt *temizle* (säubere!).

Einmal ein ganzes Buch übersetzen! (Gegen adäquates Entgelt natürlich.) Nicht immer dieses Stückwerk, bei dem ich mich für sechs, zwölf Seiten wieder neu auf die jeweils anderen Mucken/ Macken eines Textes einstellen muss.

Glücklich I. I., die Übersetzerin der *Weißen Festung* von Orhan Pamuk. Dieser Roman über einen Venezianer des 17. Jahrhunderts, der in Istanbul auf einen türkischen Seelenverwandten trifft, hat es geschafft, auch ein deutsches Leserpublikum zu finden.

Anders ergeht es *Kara Kitap* (»Schwarzes Buch«) vom selben Autor, dem Kultbuch der jungen türkischen Intelligenz. Es sei sehr artifiziell, anspielungsreich, umfänglich und deshalb in Deutschland bei keinem Verlag unterzubringen, sagt sie. Trotzdem habe sie mit der Übersetzung angefangen.

Sie glaubt an den »brillanten Jungen« (Orhan P.). Mir ist er in seinem oben genannten Schwarzbuch zu brillant, ich verstehe zu vieles nicht. Darum müsse man eben kämpfen, sagt I. I., schließlich sei Orhan ein namhafter Vertreter der modernen türkischen Literatur.

Ayhan hat alle vier Romane des Autors gelesen: Mesut lässt sich anstecken, er will *in* sein, obwohl mir diese Lektüre für ihn verfrüht scheint. Neulich hörte ich ihn am Telefon eine Freundin fragen, gleichsam testen, ob sie *Sessiz Ev* (»Das stille Haus«) kenne. Dieses Buch liebe ich. Geschichte und Gegenwart, politische Entwicklung und private Schicksale durchdringen sich darin. Das gleiche Prinzip wird meiner Meinung nach in *Kara Kitap* auf die Spitze getrieben.

Ayhan weigert sich strikt, in den zwei Ferienwochen Nachhilfe in Mathematik zu nehmen. Er will die kurze Zeit frei von Pflichten genießen. Schläft bis elf, dann mit Freunden in irgendein geheimnisvolles »Zimmer«, wo sie Musik machen. Er hat seine Gitarre mitgenommen. Ob sie da richtig üben? Wer die anderen sind? Ich soll nicht fragen. Mir scheint, sie trinken auch. Natürlich mache ich mir Sorgen – für eine Mutter das Normale. Ich glaube, Ayhan ist neugierig auf Grenzen: zwischen Trunkenheit und Nüchternheit, dem Erlaubten und dem Verbotenen, zwischen Gewalt und Zärtlichkeit (wie er mit seinem Bruder rauft), Leben und Tod. Sein jüngster Lieblingsfilm war *Flatliners*, in dem Medizinstudenten über die »Grenze« hinausgreifen.

Er legt großen Wert darauf, dass ich »da« bin, wenn er heimkommt.

Anruf von meiner Schwester. Wir beratschlagen, wann und wie wir uns in diesem Jahr sehen können. In meiner jetzigen Situation hat schon die Aussicht darauf etwas von einem Strohhalm, an den ich mich klammere.

In der letzten Zeit sagt der *dede* viel weniger Verschen auf. Entweder fühlte er sich nicht danach, oder die Lust wird ihm ausgetrieben. »Steck dir deine Lieder in den Hintern«, hörte ich Schwiegermutter gestern sagen, weil sie sich über seine Pinkelei geärgert hatte. Immer auf die Brille oder nebenhin. Auf keinen Fall will er sich beim kleinen Geschäft setzen. »Das ist kalt«, sagt er.

Nachmittägliches Treffen bei Gabi

Die deutschen Frauen, die, wie ich, aus »Liebe« in die Heimat ihres Mannes übergesiedelt sind, begnügen sich beim Kaffeekränzchen neuerdings nicht mehr mit Heimwehtrost, Austausch von Partner- oder Kinderproblemen und Tips für den Alltag. Wir wollen mehr. Vor allem geht es darum, unsere Rechte als Ausländerin in der Türkei genau zu kennen und womöglich unsere Lage zu verbessern.

Wir wollen auch die Gesellschaft, in der wir leben, richtig verstehen. Es gibt Fachfrauen unter uns, wie Gabi/Zehra, die uns alle Fragen über den Islam beantworten kann, oder Margrit, die sich von Berufs wegen im türkischen Schulsystem auskennt. Wir ziehen auch Bücher zu Rate und laden türkische Experten ein, etwa einen Rechtsanwalt, der uns über das Ehe- und Scheidungsrecht informiert, und so weiter.

Und welchen Beitrag kann ich beisteuern, worin bin ich Expertin?

Mir fehlen die Worte.

Er hat mich *orospu* (Hure) genannt.

Dass es mir überhaupt wehtut, zumal es doch (uns beiden hoffentlich) sonnenklar ist, dass diese Bezeichnung völlig aus der Luft gegriffen ist. Anlass war einmal mehr das leidige Geld. Ich fragte

– inzwischen klug geworden – diesmal höflich, ob er mir nicht mit einem kleinen Betrag aushelfen könne, bis Emin *bey*, voraussichtlich nächste Woche, zahlt.

Er: Du hast schon kein Geld mehr?

Ich: Doch, aber nicht viel. Der Haushalt verschlingt jeden Tag etwa 100 000 Lira.

Er: Was, bist du verrückt? So eine Verschwendung! Man könnte viel sparsamer sein...

Ich musste an die gebratenen Hühnchen denken, und wahrhaftig, Ahmed brachte sie wieder zur Sprache. Ich ging ins Freie, weil ich diese Auseinandersetzung unwürdig fand. Als ich entspannt vom Spazierengehen zurückkam, warf er mir unsere Sparbücher hin und schrie: »Ich werde alles verkaufen, die Grundstücke, den Weinberg ... alles zum erstbesten Angebot. Dann kannst du das Geld innerhalb eines Jahres verschleudern. Das Haus hier werde ich auch verkaufen.«

»Wenn du das tust, nehme ich mir einen Rechtsanwalt.«

»Schau mal diese Hure an ...«

Es wäre wahrhaftig der Augenblick gewesen, die Koffer zu packen. Das muss ich mir nicht gefallen lassen.

Aber die Alten ... und die Kinder ...

Ich spüre einen Druck in der Brust, als wollte sie zerspringen. Ich darf nicht weinen, sonst fällt es den Schwiegereltern auf. Sie merken natürlich, dass etwas los ist: »Was hast du denn, Mädchen?« *Dede* rezitiert ein Verschen, »damit die *gelin* lacht«.

Ich verziehe bloß schmerzvoll das Gesicht und kauere mich an den Ofen hin, denn mir ist eiskalt und ich zittere.

»Werde nicht krank, um Gottes willen. Wer versorgt uns dann.«

»Ahmed kann euch versorgen.«

»Da wären wir schlimm dran.«

Jaja, ich versuche mich Liebkind zu machen! Bringe den Alten nach dem Abendessen noch Tee. Lege ein Stück Holz auf die Glut. Bleibe ein bisschen bei ihnen sitzen, in unserem »kostenlosen Kino«, wie es Mutter inzwischen nennt.

»*Anne*, war Ahmed früher ein aggressives Kind?«

»Nein, er war immer ruhig, brav. Ich musste ihn nie hauen. Seine Brüder habe ich oft geschlagen, ihn nie.«

Ahmed schweigt mich an. Er verschmäht das Essen, macht sich Kaffee und geht auf sein Zimmer, um zu rauchen. Irgendwie meine ich, sollten wir noch einmal miteinander reden. Auf die Gefahr hin, dass er mir was tut (»Ich werde noch zum Mörder, wenn das so weitergeht«, hat er gesagt – aber das traue ich ihm doch nicht zu), gehe ich zu ihm rein. Lasse ihn erst mal schimpfen und brüllen. Immer dieselben Vorwürfe und Zwangsvorstellungen. (Hoppla: ich sehe ihn wohl schon als Psychopathen. Stimmt.)

Dann aber kommt eine Klage, die mich rührt: »Du hättest mich einmal auch loben können, dass ich das Geld nicht verspiele und dass ich so klug war, das Teehaus nicht zu übernehmen. Du hättest mich trösten können, dass es mit dem Laden eines Tages noch wird. Du solltest mich unterstützen.«

Ahmed, das alles tue ich seit über zehn Jahren. Es hat zu nichts geführt. Ich geb's zu, ich habe es fast aufgegeben, auf deinen geschäftlichen Erfolg noch zu hoffen.

Den Kindern bleibt es nicht verborgen, wenn die Eltern streiten. Ayhan hat allerdings die Nase voll von diesen Geschichten; er will nicht Partei ergreifen, vor allem nicht mit Einzelheiten belastet werden. Mesut dagegen urteilt cool: »Der *baba* spinnt, und du, Mamie, bist immer noch so dämlich, ihn zu reizen. Dabei kennst du ihn doch länger als wir.«

Als Ahmed endlich aus dem Haus ist, kann ich Margrit anrufen. Nun nicht mehr als ein Häufchen Elend, sondern schon mit mehr Abstand. Aber am Telefon fange ich wieder an zu zittern. Sie glaubt, Ahmeds Drohungen seien bloß Bluff. »Und *orospu* sagen sie dauernd. Eine Leerformel, nichts weiter.« Der ganze Ausbruch sei eine Reaktion auf meine offen demonstrierte Stärke, Tüchtigkeit gegenüber seiner Erfolglosigkeit. »Wir bekommen alles zurück.« Er habe wahrscheinlich den Eindruck, ich wollte ihn nun auch bei seinen Eltern ausstechen.

Sie ermutigt mich, auf Ahmeds Einsicht zu hoffen. Da sie überzeugt ist, ihre eigene Ehe retten zu können, glaubt sie das auch für mich.

Bin überrascht, wie realistisch Mutter ihren Herzenssohn einschätzt und wie klug sie sich verhält. Beispiel: Sie möchte baden und flüstert mir zu: »Wir warten, bis er in der Stadt ist, damit ich zwei Kannen voll Wasser auf dem Gasherd richtig heißmachen kann.« (Von der Notwendigkeit müsste man A. ja erst wieder durch langes Palaver überzeugen.)

Seine Bemerkung: »Ich werde noch zum Mörder ...« geht mir nicht aus dem Kopf. Bin ich in Gefahr? Bisher ist Ahmed nie tätlich geworden, hat weder mich noch die Kinder je geschlagen. Kann es vorkommen, dass sich die lebenslang angestaute Aggression plötzlich so entlädt?

Bei einem Streit in der Küche packt mich allerdings auch immer der Impuls, nach einem scharfen Messer zu greifen, aber um es – mir selbst ins Herz zu stoßen. Diese Zwangsvorstellung verfolgt mich schon lange.

Seit Tagen beobachte ich amüsiert ein Tauziehen zwischen den beiden Alten um ein Paar graue Männersocken, die die *anne* gestrickt hat. Ursprünglich sollten sie wohl für die Aussteuerkiste der Urenkelin sein, als Geschenk für den Bräutigam. Jetzt will der *dede* sie haben, aber nicht, um sie anzuziehen, sondern um sie zu verkaufen. In früheren Jahren hatte Mutter nämlich auch für den Verkauf gestrickt. Und alljährlich gab es Reibereien um diese Strümpfe, weil es meinen Schwägern als angesehenen Geschäftsleuten missfiel, dass ihr Vater wie ein Mann vom Dorf die Strümpfe auf dem Wochenmarkt feilbot.

Dieses Jahr hatte Mutter gleich zu Anfang erklärt, sie werde nur noch für die Verwandtschaft stricken. Mit beharrlichem Drängen hat der *dede* ihr nun endlich dieses Paar graue Socken abgeluchst. Wo will er sie denn loswerden, wenn er doch gar nicht mehr bis zum Markt gehen kann? Im Teehaus vielleicht?

Als Ahmed davon erfährt, ist er entsetzt. »Du blamierst unsere Familie. Was denken die Leute. Jeder kennt uns. ›Hat Ahmeds Vater das nötig?‹ wird man sagen.« Außerdem wäre ein Händler mit einem einzigen Paar sowieso lächerlich.

Der *dede* gab jedoch nicht auf. Heute, am Freitag, zog es ihn schon eine Stunde früher zum Mittagsgebet in die Moschee. Ahmed entdeckte seinen Vater dann am Moschee-Eingang kauernd, die grauen Socken auf den Knien zum Verkauf anbietend. »Er hat mich zuerst gar nicht erkannt«, berichtet Ahmed. »Was denkt sich der Alte bloß, eine Stunde da in der Kälte zu hocken. Hoffentlich hat er sich einen ordentlichen Schnupfen geholt!«

Und prompt niest der *dede* ganz schrecklich. Mutter nimmt ihm jetzt die Socken weg und versteckt sie.

Nun ist es noch einen Monat bis zum Ramazan. Aber Schwiegermutter hat sich in den Kopf gesetzt, jetzt schon zu fasten. Sie will ihre Mahlzeiten auf das Abendbrot beschränken; denn »alte Menschen brauchen nicht so viel«. Ich versuche sie zu überzeugen, dass sie wenigstens trinken sollte wegen der Medikamente. Die will sie abends nach dem Essen schlucken. Damit sie »niemandem zur Last fällt«, lehnt sie auch ein frühes Frühstück (*sahur*) vor der Morgendämmerung, wie es im Ramazan üblich ist, ab.

Mir sieht das Ganze eher nach einem Hungerstreik aus, einer Protesthandlung gegen Ahmeds wiederholte Vorhaltungen seinen Eltern gegenüber, wie teuer sie uns zu stehen kämen und dass sie in ihrem

Alter beim Essen mehr Maß halten sollten. Der *dede* hört das alles nicht. Aber Mutter ist beleidigt. Sie äße bei uns schon viel weniger (als bei den anderen Söhnen, meint sie, wo sich die Tische biegen).
  Sinnvoll finde ich die Reduzierung aufs Abendbrot nicht, zumal sie dann richtig zuschlägt. Wer tagsüber fastet, hat quasi Anspruch auf ein Festmahl. Außerdem gerate ich dadurch unter Druck, jeden Abend etwas Besonderes zu kochen – nicht gerade eine Ersparnis. *Dies* darf ich aber nicht verlauten lassen.
  Sie verquickt ihr Gekränktsein mit gesundheitlichen Aspekten und gibt das Ganze als gottwohlgefälliges Verhalten aus.
  Fatal ist auch, dass ich tagsüber nicht mehr mit einer Tasse Kaffee oder ähnlichem für gute Laune und Abwechslung sorgen kann. Ahmed sagt, ich solle sie ruhig spinnen lassen.

Jetzt bemühe ich mich, die Samstagskonzerte möglichst nicht mehr zu verpassen. Auch wenn Bachs Aria (BWV 1068) heute nicht gerade eindrucksvoll gespielt wurde, löste sie trotzdem Tränen bei mir aus. Im zweiten Teil phantastisch belebend die Fünfte von Schostakowitsch. Dafür hatten sie wahrhaftig geübt, und diese Musik lag ihnen. Anschließend noch ein kleiner Einkaufsbummel, und es fiel mir wieder leichter, in unser Irrenhaus zurückzukehren.
Bücherpaket aus Deutschland. Barbara Pym, Richard Ford, Ludwig Fels. Ich möchte bloß noch lesen. Na, wenigstens kann ich mich abends früh ins Bett zurückziehen, und dann genehmige ich mir ein paar Stündchen, bis ich ganz besoffen bin von der Lektüre.

Da stehe ich nun um fünf Uhr auf, um den Artikel über Sultan Mehmet ins Reine zu tippen, plötzlich ist der Strom weg. Die elektrische Schreibmaschine fiel aus, die Lampe sowieso. Im Zimmer wurde es kalt, weil der Heizofen ebenfalls vom Strom abhängig ist. Ich saß also im Bett und überarbeitete im Schein der Taschenlampe den »Stil«. Dazu hatte ich nun Zeit.
  Seit den heftigen Schneefällen Mitte und Ende Dezember hat es keinen Niederschlag mehr gegeben. Die Temperaturen sind in diesem Jahr für Izmir ungewöhnlich streng, nachts meist nahe dem Gefrierpunkt. Es müsste regnen, unser Garten sieht trocken aus. Der Spinat ist immer noch nicht über die ersten vier Grundblättchen hinausgekommen.
  Mutter erzählt, dass man im Dorf bei Trockenheit den Kopf eines geschlachteten Pferdes begräbt, nachdem man vorher über diesem Sprüche »gelesen« *(okumak)*, also rezitiert, hat. »Und garantiert gibt es am nächsten Tag Regen.«

Ich frage sie, ob sie noch ähnliche Dinge wüsste, etwa, ob man einer Frau, die kein Kind bekommen könne, nicht Sprüche auf den Bauch schreibe und so weiter.

Sie verneint, aber vielleicht, weil sie merkt, dass ich nicht daran glaube. Ich habe dummerweise den Ausdruck *batıl* (Aberglaube/Unsinn) verwendet, wie die islamischen Gelehrten, wenn sie im Fernsehen gegen derartige Volkspraktiken wettern.

Ihre Mutter konnte Zähne ziehen, sagt sie. Richtig mit der Zange, die sie von ihrem gefallenen Mann geerbt hatte. Die Leute seien zu ihr mit ihren Wunden gekommen, und sie hätte Ratschläge zur Behandlung von Kranken gegeben. »Kannte sie auch Heilkräuter?«, frage ich. Nein, sie hatte nur das allgemeine Wissen über Lindenblüten- und Pfefferminztee.

Wir waren bei Emin eingeladen. Bis zuletzt hatte ich Angst, dass A. plötzlich »keine Lust« hätte und ich wieder einmal aufgefallen wäre als die einzige allein stehende Frau auf der Party. Ich gehe im Notfall natürlich auch ohne ihn. Was in Deutschland ganz normal ist, gibt hier Anlass zu verwunderten Fragen. Ein Ehepaar tritt gesellschaftlich immer gemeinsam auf.

A. war vorher sehr gereizt. Wir stritten sogar noch auf dem Weg über die richtige Stelle zum Umsteigen vom Bus ins Taxi. Aber im Kreis der netten, lustigen Leute blühte er auf. Witzigerweise fanden wir, trotz so vieler »Dolmetscher« (das Wort kommt vom alttürkischen *tilmaç*), keine gemeinsame Sprache. Denn von den anwesenden Deutschen konnten einige kaum Türkisch, von den Türken die meisten nicht Deutsch, und bei Englisch war Ahmed ausgeschlossen. Zweistein (aus der Hamburger *Zeit*) hätte daraus eine Denksportaufgabe gemacht.

Hauptthema des Abends war (natürlich) die Vermittlung der türkischen Kultur, Denkweise, Sprache an die übrige Welt. Nicht ohne Selbstironie.

Professor M. verwickelte mich (oder verwickelte ich ihn?) in ein Gespräch über die Hinwendung der studentischen Jugend zum Islam. Als Nichtmuslim, wie er betonte, sehe er darin keine Gefahr. Zahlenmäßig sei die Gruppe außerdem klein (ca. 10 Prozent). Er beobachtete an der Uni aber mit Schrecken die Zunahme von »Nihilismus«. Es gebe »sehr viele« Studenten, die keinerlei Werte mehr akzeptierten, nicht einmal moralische. Ihnen ginge es ausschließlich um ihr persönliches (materielles) Wohl, ansonsten könne die Welt untergehen. »Vor denen habe ich Angst«, sagte er.

Als ich morgens in die Küche runterkomme, hat die *anne* für den *dede* schon Tee gekocht und wärmt ihn gerade (in der falschen Kanne auf einer viel zu großen Gasflamme – aber das ist jetzt egal). Er habe die Nacht hindurch gehustet. »*Gider*« (er geht/ stirbt), sagt sie. Er jedoch liegt gerade nicht im Bett, sondern läuft auf nackten Füßen ins Bad zur Gebetswaschung. Wissen sie denn nicht, dass ein Kranker dazu nicht verpflichtet ist, dass er die rituelle Waschung auch symbolisch (trocken) vollziehen kann? »Sicher, aber ...«

So eine Sturheit! Nicht mal die im Koran vorgesehenen Erleichterungen können sie akzeptieren.

Heute habe ich zwei Stunden damit verbracht, die Hose des Alten kunstvoll zu flicken. Hätte ich in derselben Zeit an einer Übersetzung gearbeitet, dann hätte ich ihm für das Entgelt fast eine neue Hose kaufen können. Aber meine Rechnung ist wohl typisch deutsch. *Time is money* (mal abgesehen von mir: Die Arbeitszeit einer Hausfrau wird hier wie überall nie »berechnet«. Sie stricken, häkeln, nähen, pflegen, waschen, kochen ... alles kostenlos).

Was sollte man mit der alten Hose auch machen? Zum Wegwerfen ist sie noch viel zu schade. Also recycelt man alles. Aus einem verschlissenen Betttuch ließ mich Mutter Läppchen fürs Klo nähen. Das spart viele Rollen Klopapier. Allerdings müssen diese Läppchen separat gewaschen und mit einem wenig umweltfreundlichen Mittel desinfiziert werden.

Habe mal wieder Magendrücken und Durchfall. Manchmal fühle ich mich total am Ende meiner Kräfte. Besonders abends, wenn die Kinder nach dem Abendessen noch Obst, Milch und Kekse gebracht haben wollen, während sie gemütlich vor dem Fernseher hängen. Versuche sie zu überzeugen, dass sie mir helfen *müssen*.

Endlich etwas Regen. Gott sei Dank. Im Osten der Türkei haben die Schneemengen zu weiteren grauenhaften Lawinenunglücken geführt. Dieses Mal 45 Tote.

Wie ich vermutet hatte, ist das Fasten der *anne* eine Demonstration gegen A. und auch ein Mittel, sich selbst ruhig zu stellen, denn wer fastet, kann nicht viel reden. Trotzdem hatte sie heute einen Ausbruch, als ich im Scherz bemerkte, sie fürchte sich wohl vor ihrem Sohn, da sie jedesmal, wenn eine Tür klappt, das Gespräch unterbricht und fragt, ob Ahmed das sei.

»Er rechnet uns vor, was das Essen kostet, das Holz zum Heizen und der elektrische Strom. Das ist unerhört! Was verbrauchen wir denn? Das allermeiste essen doch die Kinder. Wir sind ja nicht unverschämt. Er sagt, wir sollten an unsere primitive Lebensweise auf dem Dorf denken. Aber wir sind alt, und er ist unser Sohn. Allah, wie schwer ist es, von jemandem abhängig zu sein.«

Ihre schrecklichste Drohung ist, Geld vom Sparbuch abzuheben, um es für ihren Unterhalt beizusteuern. Mesut meint, das wäre doch eigentlich ganz normal. Ich muss dem Kind erklären, dass dies aus ihrer Sicht bedeutete, wir liebten sie nicht und wir hätten versagt.

Als Ahmed am Abend den Parallelmonolog liefert, muss ich mir das Lachen verkneifen: »Meine Mutter will einfach nicht kapieren, dass das Leben heutzutage teuer ist, vor allem in der Stadt. Sie hat wahrscheinlich zu meinem *ağabey* gesagt: ›Wir beiden Alten verbrauchen ja hier fast nichts,‹ und deshalb unterstützt er uns nicht richtig. Wo ist denn das Geld, das er uns schicken wollte? Es macht mich wahnsinnig, dass ich für meine Eltern nun noch unsere wenigen Ersparnisse angreifen soll.«

Habe mich mit Margrit in der Stadt zum Mittagessen getroffen. Sie fragt mich bohrend, ob ich in meiner Ehe noch Hoffnung auf eine aufrichtige, gleichberechtigte Beziehung hätte. Irgendwie scheint sie zu resignieren. Ich meine: »Ömer ist doch so viel intellektueller, viel belesener als Ahmed.«

Sie zweifelt inzwischen an seiner Selbsteinsicht. Vor allem halte er sich ihr für weit überlegen und nehme von ihr keinerlei Kritik an.

Mit Verschwörermiene kommt Ahmed in mein Zimmer und erzählt mir eine richtige *story*. Er habe den *dede* beim »Bananenklauen« erwischt. Nachts um drei. A. war gerade vom Teehaus heimgekommen und saß ohne Licht bei offener Tür auf dem unteren Klo. Da hört er seinen Vater in die Küche tappen, die vom Schein der Straßenlaterne genügend erleuchtet wird. »Er wird mal müssen«, dachte Ahmed, und um ihn nicht zu erschrecken, wich er zur Wand neben die Waschmaschine aus.

Doch der *dede* kam nicht in die Toilette, sondern kruschtelte neben dem Kühlschrank rum. »Wozu sucht er eine Plastiktüte?« fragte sich A. Dann fiel etwas dumpf runter, und der *dede* hob es ächzend auf. Neuerliches Geraschel. Nun schlurfte der Alte zur Spüle und verharrte dort eine Weile. Schließlich tappte er doch noch ins Klo, schlug sein Wasser ab und wusch sich die Hände. Auch jetzt machte er kein Licht; da hatte A. Glück.

Da Ahmed nicht klar war, was sein Vater eigentlich gemacht hatte, schaute er, als dieser wieder im Zimmer war, in der Küche nach. Und siehe da: in der von Ahmed selbst kurz vorher ausgeleerten Abfallschüssel lagen die Schalen von zwei Bananen. Also war ihm das Bananenbündel, das neben dem Kühlschrank hängt, heruntergefallen und er hatte es unter Ächzen wieder befestigt und mit der Plastiktüte bedeckt. Diese Umhüllung war eine Idee von Schwiegermutter: »Damit der *dede* die Bananen nicht sieht und haben will.« Ich muss lachen, weil ich den *dede* gar nicht für so schlau gehalten hätte. Aber Ahmed ist wütend. »Wir haben ihm doch erklärt, dass die Bananen für die Kinder sind. Warum kann er sich nicht beherrschen! Heimlich hingehen und klauen. Wenn er unbedingt Bananen möchte, soll er welche kaufen. Ich erkenne meinen Vater nicht wieder. Er war immer ein Vorbild an Ehrlichkeit!«

Ich versuche zu beschwichtigen. Die paar Bananen. Erwähne, dass ich ihm am Nachmittag eine gegeben habe. Auf keinen Fall will ich zulassen, dass Ahmed seine Eltern zur Rede stellt, um sie zu »erziehen«.

»Du beschämst sie, und es führt zu nichts. Deine Mutter wird sich ärgern und grämen, während dein Vater sich deine Ermahnungen niemals zu Herzen nehmen wird.«

Obwohl Ahmed mir recht gibt, kann er sich wenig später doch nicht zurückhalten, seiner Mutter alles zu erzählen, nein, höchst erregt vorzuwerfen, sie hätte versäumt, den Vater entsprechend zu kontrollieren.

Ahmed, was kann deine Mutter dafür, dass dein Vaterbild zusammenbricht? Das hätte längst schon passieren müssen.

Nach dieser Szene ist A. erleichtert und fährt zum Einkaufen. Die *anne* schreit daraufhin den *dede* an, bis es diesem zu viel wird und er ihr einen Schlag ins Gesicht versetzt. Ich war nicht dabei, aber Mutter erzählt es mir später, weil ich sie frage, weshalb sie so verschwollen aussieht.

Nun kann ich das Ganze auch nicht mehr lustig finden. Ich ergreife Partei: »Schau mal, *dede*, ich bin auch eine Frau. Und wenn du deine Frau schlecht behandelst, dann tun wir Frauen uns zusammen …«

Er: »Du bist eine Ausnahme, eine Deutsche. Aber diese anatolischen Weiber …«

Sogar Mesut mischt sich ein. Er sieht den springenden Punkt in der Reaktion seines Vaters. Versucht seiner Großmutter zu erklären, dass sie nicht für den *dede* verantwortlich sei. Und dass sein *baba* ja bekanntlich immer jemand anderen haftbar macht. »Wenn wir Kinder etwas anstellen, wird die Mamie beschuldigt.«

Großmutter ist zu erregt, Mesuts Ausführungen zuzuhören. Oder sollen Kinder so tun, als gingen sie die Angelegenheiten der Erwachsenen nichts an?

Ahmed fragt später noch einmal nach dem Ausdruck »Er nimmt es sich nicht zu Herzen«, in bezug auf den Alten. Ganz im Gegensatz dazu habe sich ihm, Ahmed, die Sache aber »aufs Herz gelegt«. Oder wie könnte man das auf Deutsch zum Ausdruck bringen?

Das ständige *ne örelim*, das Mutter anstelle von *ne yapalım* (was soll man machen) benutzt, heißt wörtlich: »Was sollen wir flechten oder stricken.« Als sie wieder ihren Stoßseufzer loslässt, versuche ich es mal mit einer Antwort: »*Çorap örelim!*« (Lass uns Strümpfe stricken). Es kommt als Spaß an, und plötzlich packt sie mich, zieht mich fest zu sich und küsst mich auf die Wange.

Wie sich in ihrer Sprache doch die alten, gar nicht so lange vergangenen Zeiten spiegeln! Sie sagt: »*Çırayı söndür!*« (Lösch den Kienspan), wenn ich das Licht ausschalten soll.

Das Klavierspielen habe ich nun fürs erste aufgegeben. Die *anne* fastet und ist empfindlich, der *dede* ist krank. Ich spüre, wie ich sie mit jedem Ton quäle.

Mesut macht eine Jahresarbeit in Biologie über Vererbungslehre. Er sucht nach *kaynak* (Quellen), das heißt Büchern, aus denen er abschreiben kann. Es wird keine eigene Gedankenleistung verlangt. Meine Überlegungen zum Thema wehrt er als unnötige Komplizierung ab. Das Thema ist für einen Schüler der achten Klasse natürlich viel zu schwierig. Ich verstehe den Sinn einer solchen Aufgabe nicht. Mesut meint entwaffnend, dass der Sinn in der Möglichkeit der Notenverbesserung liege. Deswegen geht es ihm nicht ein, wieso ich seinen Lehrer kritisiere.

Die Schüler sollen zu selbständigem Denken erzogen werden, sagt der Lehrplan. Wie denn, wenn sie nur abschreiben oder auswendig lernen dürfen/sollen? Aber ich bemerke, dass Mesut trotz allem »denkt«; er ist so *clever*, das System zu seinen Gunsten zu benutzen. Der heimliche Lehrplan.

Ahmed hat den seit Jahren anhängigen Rechtsstreit mit Nazmi um einen Grundstücksanspruch gewonnen: besser gesagt, die gegnerischen Rechtsanwälte haben sich ohne Prozess geeinigt, und A. hat das Geld plus (geringer) Zinsen bekommen. Er gibt mir einen Anteil, kann's aber nicht lassen, wieder seine Ermahnungen zum sparsamen Gebrauch dranzuhängen – so dass ich am liebsten alles auf einmal verprassen würde!

Kaum zu glauben, dass selbst der Rechtsanwalt bei der Auszahlung des Geldes Ahmed reinlegen wollte, indem er ihm ein Bündel Scheine in die Hand drückte, dem genau zehn Prozent des Betrages fehlten. Als Ahmed gleich nachzählte, womit der *avukat* nicht gerechnet hatte, zog dieser die restlichen Fünfziger – ohne Erklärung oder Entschuldigung – aus der Hosentasche hervor. Er wollte sein Honorar, das er im voraus kassiert hatte, offensichtlich ein zweites Mal kassieren.

Für Ahmed ein Anlass, sich wieder einmal total bestätigt zu sehen in seiner pessimistischen Auffassung gegenüber seiner Umwelt.

Die *anne* sitzt brummig auf dem Sofa, während Ahmed wortlos den Ofen ausräumt. Ich: »Warum sagst du zu deiner Mutter nicht mal ›günaydın‹ (heller Tag/ guten Morgen)?«
Darauf bringt er die seltsame Ausrede vor: »*Günaydın ist* eine Erfindung von Atatürk. Auf dem Dorf sagt man ›*sabahın hayır olsun*‹ (dein Morgen sei gesegnet), aber das erscheint mir jetzt zu feierlich.«

Es wird wärmer. Beim Spinat tut sich was. Ich locke Mutter, obwohl sie über Schmerzen klagt, in den Garten. Sie freut sich, wie die Zwiebeln schießen. »Es wird wohl schon Frühling!«

Wenn es nicht feste regnet, sitzen wir im Sommer ohne Wasser da. Die Zeitung meldet: Bedrohliches Absinken des Grundwasserspiegels.

Mesut: Wann gehend denn diese Alten endlich wieder?
Ich: Sie stören euch doch gar nicht. Ihr lebt euer Leben wie immer.
Mesut: Mich stört es schon, wenn sie hier rumhumpeln.
Ich: Das ist aber eine einmalige Chance, die Großeltern richtig zu erleben und kennenzulernen.
Mesut: Du bist wohl nicht ganz dicht.

Ahmed kommt in mein Zimmer und will zärtlich sein; eigentlich will er sich bloß verabschieden, aber mit Küsschen. Ich kann das nicht so einfach mitvollziehen.
»Jetzt bist du plötzlich wieder nett. Aber vor kurzem hast du mich *orospu* genannt. Das steht zwischen uns.«
»Ich war nervös.«
»Selbst wenn ich noch so nervös bin, sage ich niemals *domuz* (»Schwein«, das Schimpfwort, bei dem der Muslim »rot« sieht) zu dir.«
»Es tut mir leid.«
Dass er diese Entschuldigung ausspricht, rechne ich ihm hoch an. Trotzdem kann ich seinen Ausbruch neulich nicht so einfach vergessen.

Im Fernsehen ein Kriegsfilm. Deutsche Landser. Plötzlich sagt Ayhan zu mir: »Nazi!« Ich zucke zusammen. Die Kinder *wissen*, wie ich zur deutschen Vergangenheit stehe und dass ich darunter leide, die Tochter eines ehemals Überzeugten zu sein. Ayhan genießt es, dass er mich wieder einmal getroffen hat. Genauso, wie er vor meinen Augen genüsslich mit dem scharfen Messer an Hals und Schläfen rumfuchtelt, als wollte er sich gleich die Kehle durchschneiden. Alles scharf an der Grenze.

Dede hustet und niest ständig in die Gegend. Die beiden Riesentaschentücher, die er in der Hosentasche hat, benutzt er trotz guten Zuredens und – Anschreiens nicht. Ein Taschentuch hat für den alten Dorftürken wohl eher die Funktion eines Handtuchs – zum Beispiel wenn er sich außer Haus zum Gebet am Moscheebrunnen wäscht. Sich hinein zu schneuzen, empfände er als ekelhaft/unhygienisch.

Beim Ordnen der alten Nummern unserer Zeitschrift *Merhaba* bin ich am Maiheft vom Vorjahr hängengeblieben. Über die größte Baustelle der Türkei: GAP.

»Das Südostanatolienprojekt (GAP) umfasst ein Gebiet von 74 000 Quadratkilometern. Von den dreizehn Einzelprojekten entfallen sieben auf den Euphrat und sechs auf den Tigris. Diese beiden Flüsse bilden das wichtigste oberirdische Wasserreservoir der Region. Beide Flüsse entspringen in Ostanatolien und münden gemeinsam in den Persischen Golf. Das Wasser des Euphrat mit einer Jahreskapazität von 35,4 Milliarden Kubikmetern stammt zu 89 Prozent aus der Türkei, zu 11 Prozent aus Syrien. Der Tigris hingegen hat eine Jahreskapazität von 49 Milliarden Kubikmetern, die zu 51 Prozent aus der Türkei, zu 39 Prozent aus dem Irak und zu 10 Prozent aus dem Iran entspringen.

Der Bewässerung des Gebiets dient der Tunnel von Şanlıurfa, der aus zwei parallel laufenden Röhren von 7,62 Meter Durchmesser und 26,4 Kilometer Länge besteht. Wenn die Anlage einmal fertig ist, kann damit ein Gebiet von 1,8 Millionen Hektar Land bewässert werden.

Ein anderes Ziel ist die Elektrizitätserzeugung. Sobald einmal alle geplanten Kraftwerke gebaut und in Betrieb gegangen sind, wird in der Türkei doppelt soviel Strom wie heute erzeugt werden.

Die positive Entwicklung betrifft nicht nur den landwirtschaftlichen Bereich. Auch in der Industrie und im Dienstleistungssektor wird man einen Aufschwung bemerken. Am meisten profitieren unsere Landsleute in den Provinzen der Südosttürkei, die im Bereich des GAP-Projekts liegen. Zweifellos wird der Aufschwung dieser Region die Türkei insgesamt beeinflussen. Die Bevölkerungszahl im GAP-Bereich beträgt heute 4,5 Millionen Menschen, davon leben 2,2 Millionen in den Dörfern. Nach Verwirklichung des Projektes können es leicht 20 Millionen sein.

Bekanntlich verlassen die Menschen das Gebiet heute noch wegen Übervölkerung, Arbeitslosigkeit und aus anderen Gründen. Nach Fertigstellung des GAP kann diese Abwanderung nicht nur gestoppt, sondern sogar umgekehrt werden.«

In den – nunmehr gezähmten – Artikel zum »Südostanatolienprojekt (GAP)« habe ich mir die ursprüngliche Fassung des Textes eingelegt. Zur ewigen Erinnerung und Mahnung! Rot umrandet und durchgestrichen sind alle die Stellen, die im Druck schließlich wegfielen. Im Schatten des Golfkriegs waren da der »fanatische arabische Imperialismus und eine gegen die Türkei gerichtete Ausdehnungspolitik« gegeißelt und die »sensationsgierigen ausländischen Pressevertreter« angeklagt worden. Während die Türkei als das Unschuldslamm der Region dargestellt war. Ich hatte sogar Sätze ins Deutsche übertragen wie:
»Trotz aller Widerstände und noch auftretender Hindernisse wird GAP als größtes Projekt des 21. Jahrhunderts nicht nur die Wirtschaft der Türkei, sondern auch die nationale Einheit stärken. Von Osten nach Westen innerhalb der Grenzen unseres Landes wird sich unsere Bevölkerung zu einer Schicksalsgemeinschaft in Freude und Leid vereinen. Die Verwirklichung des Projekts wird dem seit Jahren ausgebeuteten Türken im Osten und Südosten ein glücklicheres Los bescheren und wird dem Bemühen, ihn als Strohmann zu benutzen, ein Ende bereiten. Nach der Fertigstellung der GAP-Anlagen wird das Gebiet, das in der Frühzeit einmal die Wiege der Kultur war, den seiner würdigen Zustand wieder erreichen.«

Im Endeffekt hat das niemand lesen müssen. Ich schäme mich aber trotzdem, jetzt auch wegen des Stils, obwohl er genau der Vorlage entspricht. Damals war ich sogar stolz, diese verkrampften, pathetischen Formulierungen nuancengetreu rübergebracht zu haben.
 Emin *bey* bewies Mut gegenüber dem Verfasser, einem Nationalökonomen. Die Politiker jedoch waren beim Erscheinen des Heftes schon einen Schritt weiter, insofern hatte Emin *bey* wieder mal den richtigen Riecher gehabt, alle nationalistischen Töne, alle Drohgebärden, das Rechthaberische kurzerhand rauszustreichen. Der Text informiert nun lediglich über die Fakten von GAP.
 Was westliche Leser brennend interessierte, wären die ökologischen Folgen so eines Großprojekts. Aber wer kann die voraussehen? Und was wir alle nicht voraussehen konnten: Die Menschen der Region wollen nicht länger auf Strukturverbesserungen jenseits des Jahres 2000 warten. Vielleicht kommt GAP zu spät.

»… wird die Bedeutung der Türkei im Mittleren Osten weiter zunehmen. Eine starke Türkei ist aber zweifellos einer der größten Sicherheitsfaktoren der Region.
Wie man sieht, wird GAP auf die Dauer in der Region ein großes Wirtschaftspotential schaffen, das sich natürlich auch auf die nächsten Nachbarn auswirken wird. Dies bedeutet, wie die Ökonomen unterstreichen, die Entstehung eines autonomen ›Wirtschaftskraftfeldes‹.
Was die ökonomischen Vorteile betrifft, so rufen sie bei einzelnen befreundeten und feindlichen Ländern eine recht kühle Beurteilung des GAP-Projekts hervor. Das wiederum veranlasst einzelne Vertreter der ausländischen Presse, von Zeit zu Zeit mit hetzerischen Veröffentlichungen in der arabischen Welt, besonders bei den nächsten Nachbarn der Türkei für Unruhe zu sorgen. In diesen Nachrichten wird behauptet, dass es in Zukunft wahrscheinlich zu einem ›Krieg ums Wasser‹ kommen wird.
Die Türkische Republik hat sich seit ihrer Gründung stets bemüht, mit allen Nachbarn in freundlichem Einvernehmen zu bleiben. Aus diesem Geist heraus wurden Verträge abgeschlossen, die Syrien und Irak das benötigte Wasser längst schon garantieren. In weiteren Abkommen, die das Wohl aller Beteiligten berücksichtigen, werden nicht nur die Türkei, sondern alle südlichen Nachbarn dem Bedarf entsprechend ihren Anteil bekommen.«

Mit einer Handvoll pfenniggroßer Spinatblättchen die erste Frühlingssuppe dieses Jahres gekocht.
Am 13. Februar explodierten in Şanlıurfa in zwei Banken Bombenpakete. Ein Bankangestellter wurde getötet, eine Kundin verlor Hände und Füße. Am gleichen Tag wurden, ebenfalls in der Provinz Urfa, zwei Polizeistationen von Unbekannten überfallen.
Der Sprecher des militärischen Flügels der PKK, Akif Hasan, erklärte im schwedischen Rundfunk, dass 1992 der Terror sowohl im Südosten der Türkei als auch in den Städten gegen PKK- feindliche Einrichtungen und Persönlichkeiten zunehmen werde. Wir haben Demirel eine Chance gegeben. Er ist nach Diyarbakır gegangen. Unser Volk hat ihn freundlich empfangen – aber es gibt Kräfte, denen der weiche Kurs schon zu lange dauert, die das Einverständnis stören wollen… «

Mutter merkt, wenn ich erschöpft bin. Sie überredet mich zu zehn Minuten Entspannung auf dem zweiten Sofa im Wohnzimtner, wo ich mich mit einer Decke flach hinlegen muss. Die Alten sind ganz still, während ich die Augen schließe. Ich nicke tatsächlich kurz ein und bin danach wieder frisch.

»Du schläfst wie ein Vogel«, sagt sie liebevoll.

Ein großer Fortschritt: Erstmals streitet sie nicht ab, in der Küche hantiert, dem *dede* in der Nacht Tee gewärmt zu haben. Mein detektivischer Scharfblick hatte mich den nicht ganz auf Null zurückgedrehten Schaltknopf der größten Gasflamme am Herd entdecken lassen. Um einem möglichen Unglück vorzubeugen, versuche ich vorsichtig herauszubekommen, welche Flamme sie bevorzugt. Natürlich die kleine. Ich klebe ein weißes Zeichen auf den Schalter. Sie meint, das könnte sie sehen.

Da wird mir bewusst, dass ich mich ebenfalls in Notlügen flüchte. Etwa, als sie mich fragte, ob ich das bunte Tuch neu erstanden hätte. Ich kann schlecht in Geldnöten stecken, wenn ich mir »überflüssige« Sachen anschaffe.

Ahmed will nicht, dass sie vom glücklichen Ausgang des Rechtsstreits mit Nazmi erfährt. »Sie stellt sich sonst vor, wir schwimmen in Geld.«

Damit der *dede* im Bett weniger hustet, bauen wir ihm vier Kissen in den Rücken, so dass er fast sitzt. »Wie fühlst du dich jetzt?« frage ich.

»*Idam cezası*« (Hinrichtung, Todesstrafe), ist seine lakonische Antwort.

In aller Morgenfrühe ruft jemand an, der, wie hier üblich, seinen Namen nicht nennt und sofort, ohne Begrüßung, seine Mutter zu sprechen verlangt. Ich murmele schlaftrunken: »Junge, ich bin nicht deine Mutter, du hast dich wohl verwählt«, und will wieder auflegen. Da gibt sich mein jüngster Schwager Mahmut zu erkennen. Nachher reden die Schwiegereltern noch lange über den Anruf, aber jedesmal, wenn ich reinkomme, verstummt das Gespräch. Ahmed jedoch darf sich einmischen. Gemeinsam schimpfen sie über den missratenen Jüngsten.

Ahmed bringt die Rede wieder mal auf die Erbschaft. Es wäre vernünftig, wenn der *dede* das Haus und die Weinberge schon zu Lebzeiten auf seine Söhne überschriebe. Lange Debatte darüber, welches der Kinder das Dorf wirklich liebt und dort das Land bestellen würde. Ahmed meint, er sei doch der einzige. Er könnte sich vorstellen, für immer dort zu wohnen.

Mir wird klar, dass er eine Zukunft ohne mich plant. Oder ist das alles bloß Gerede und Hirngespinst?

Nein, ich habe mich nicht daran gewöhnt, es stört, ärgert und ekelt mich immer noch, dass Schwiegermutter die ungewaschenen Hände am Geschirrtuch abwischt, dass der *dede* überall Brotkrumen verstreut, dass sie schmatzen und das Klo verdrecken. (Ich weiß, sie sind alt und können nichts dafür.) Was schlimmer ist, dass ich keine Sache durchgehend zu Ende bringen kann, ihretwegen ständig unterbrechen muss. Das macht mir Magenweh.

Ich zähle die Wochen. Noch sechs, sieben, wenn alles nach Plan geht.
Mit Ahmed zum Geburtstagskaffee bei Nevvar *abla* eingeladen. Ahmed ist mit ihrem Bruder Raşid, ebenfalls Apotheker, befreundet. Sobald sich ein paar »moderne« Türken treffen, ist das Thema unweigerlich der Fortschritt des Landes und die Klage darüber, dass trotz rasanter technischer Entwicklung sich in den Verhaltensweisen der alte Schlendrian fortsetzt. Ahmed gibt ein Beispiel zum besten: Sein Zahnarzt (Sohn eines Blechschmieds aus der Nachbarschaft) hat, um seinen sozialen Aufstieg zu demonstrieren, seine Praxis in das feine Viertel Alsancak verlegt. Aber die Sprechstundenhilfe habe Schmutzränder unter dem roten Nagellack, die Behandlungsanlage setzt andauernd aus (weil schlecht gewartet?), und auf der Toilette gebe es kein Papier...
Raşid *bey* wirft ein, manche Türken hätten leider zu schnell gelernt, die guten alten Werte (welche, blieb ungesagt) über Bord zu werfen, und kennten nur noch einen Maßstab: Geld. Dies sei das sicherste Merkmal dafür, dass die türkische Gesellschaft auf dem Weg zum Kapitalismus sei. »Dagegen sind alle Ideologien und auch der Islam machtlos.« Ich vermute, der Apothekenbesitzer Raşid ist nicht aus Prinzip gegen den Kapitalismus (wie die »echten« Linken), sondern bloß gegen seine Auswüchse.

Ein schöner harmonischer Tag. Alle Verrichtungen gehen leicht von der Hand. Das gilt selbst für den Ofeneimer. Einkaufen mit dem Fahrrad. Die Luft riecht nach Frühling, obwohl es wieder kalt ist. Ich tue ein übriges und backe den von der Schule kommenden Söhnen Pfannekuchen. Der *anne* verspreche ich das gleiche zum Abend, wenn sie ihr Fasten beendet hat.
Zeit haben für Ahmed, der im Garten Bäume beschneidet. Ihm ein bisschen zuschauen und ihn loben. Er kommt später in mein Zimmer. Will reden. Wir verstünden ihn alle falsch. Deshalb sei er neulich so wütend geworden. Seine Mutter wolle die Tatsachen einfach nicht anerkennen, obwohl sie doch intelligent genug sei, geistig wach und nicht verkalkt wie der *dede*.

»Ich habe ihr vorgerechnet, was wir für sie beide zusätzlich ausgeben, nämlich fast eine Million im Monat. Aber sie spielt das herunter und behauptet meinen Brüdern gegenüber am Telefon, sie, die Alten, verbrauchten fast nichts. ›Ein Stückchen Brot, etwas Tee und Suppe‹. Damit will sie zeigen, wie bescheiden sie sind. Wie sehr sie mir auf diese Weise schadet, fällt ihr nicht ein. Mein *ağabey* versteht das so, dass er uns nicht länger zu unterstützen braucht. Er schickt kein Geld, obwohl er es versprochen hat. Ich muss noch mal mit ihr reden. Sie muss es doch einsehen.«

Ich versuche Ahmed zu erklären, dass seine Mutter dieses Aufrechnen schon neulich als äußerst lieblos empfunden hat und wie tief er sie verletzen würde mit seiner »Ehrlichkeit«. Nach türkischer Auffassung betrachteten es seine Eltern schließlich als ihr Recht, von den Söhnen unterhalten, versorgt zu werden, wie es ja seit Jahren auch geschehe. Wenn er eine Auseinandersetzung für unvermeidlich halte, dann solle er sie mit seinen Brüdern führen.

Er bleibt aber bei seiner Verbitterung: »Sie fragt nie, wie wir eigentlich auskommen mit meiner kleinen Rente und deinem bisschen Zuverdienst. Ob wir vielleicht Schulden machen müssen. Solange wir volle Tüten vom Markt heimbringen und der Gerichtsvollzieher nicht vor der Tür steht, ist alles in Ordnung. Kein Mensch hat sich mal ehrlich für meine Lage interessiert.«

Ich glaube, seine Mutter fragt aus Feingefühl nicht nach, denn in ihren Augen ist A., was das Wirtschaftliche angeht, »wenig erfolgreich«, jedenfalls im Vergleich zu seinen Brüdern. Wie würde er reagieren, wenn sie ihm diese Ehrlichkeit zumutete?

Wäre Ahmed nicht nach 25 Berufsjahren freiwillig in Rente gegangen, wie das nach türkischem Recht möglich ist, stünden wir heute besser da. Er hatte nach unserer Übersiedlung aus Deutschland die Absicht gehabt, als Geschäftsmann zu reüssieren. Dafür, dass dies nicht gelungen ist, macht er alles und alle verantwortlich, bloß nicht sich selbst.

Selbstdarstellung (Eigenlob) fällt leichter, wenn von Außenstehenden schon ein positives Urteil erfolgt ist. Emin *bey*, hat aus der *Introduction to the History of Science* von Sarton zusammengestellt, was große Türken wie Farabi (gest. 950), Ibn Sina (Avicenna; 980–1037), Beyruni (al Biruni; 973–1051), Harezmi (Chwarizmi; gest. nach 846) und andere alles gedacht und erforscht haben, als Europa wissenschaftlich gesehen noch im Schlaf des finstersten Mittelalters lag. Der Islam sei im Prinzip wissenschaftsfreundlich, während das Christentum für länger als ein Jahrtausend wissenschaftliche Forschung geradezu verboten habe. Emin *bey* schmerzt es, dass die Türken mit ihrer herrlichen Vergangenheit heute auf keinem Gebiet einzigartig seien. »Den internationalen Mathematikwettbewerb gewinnen *unsere* Schüler jedesmal«, werfe ich ein.

Na, Spaß beiseite. Aus dem Abstand der Jahrhunderte erscheint uns die Vergangenheit wahrscheinlich allzu leuchtend, weil wir allenfalls die glorreichen Ereignisse, die großen Persönlichkeiten erinnern, während das Düstere, Dumpfe, Brutale des normalen Alltags nicht tradiert worden ist.

Mir missfällt, dass Emin das Türkentum dieser Männer so betont. Die Kultur des 10./11. Jahrhunderts war keineswegs national geprägt, sondern umfasste die ganze damalige islamische Welt von Transoxanien über Persien, Syrien, Ägypten bis hin nach Spanien. Die Gelehrten sprachen und schrieben arabisch oder persisch. Emin *bey* grinst: »Mir geht es weniger um die historische Situation als vielmehr um unsere Identität heute. Dafür brauchen wir die großen Namen unserer Geschichte.«

Ob Nationalismus nicht überholt sei, necke ich ihn, weil er das neulich wieder hervorgehoben hat.

»Um ein nationales Selbstbewusstsein in ein größeres Ganzes: Europa, Eurasien meinetwegen, die Welt, einbringen zu können, müssen wir uns unseres Stellenwerts und unseres Standorts erst einmal sicher sein.« Er ergeht sich in Spekulationen darüber, ob die Beschäftigung mit nationaler Geschichte eher in Zeiten der Krisen und Unsicherheit oder in Phasen des Aufbruchs, der »Blüte« einer Nation Konjunktur habe.

Weil Emin *bey* guter Laune ist, bringe ich meine Bedenken wegen des Artikels von Dr. Y. vor. »Allah Allah, wenn das stimmt, ist es ja eine richtige Katastrophe, und er muss das Ganze noch mal schreiben.«

»Haben Sie es denn nicht gelesen?«

»Wie man's halt so liest als überlasteter Redakteur.«

»Im 9. Jahrhundert ist Harezmi eine Schlüsselgestalt auf Gebieten wie Arithmetik, Algebra, Karthographie und Astronomie. Er, der gebürtiger Türke war oder zumindest nachweislich Türkisch konnte – was auf die Umgebung hinweist, in der er aufwuchs –, teilt sich den Erfolg in der Mathematik mit Abdul Hamid ibn Vasi ibn Türk. Harezmi verwendet innerhalb der Algebra auch analytische Geometrie. Nachdem sein Buch *Al-cebr v'el-Mukabele* ins Lateinische übersetzt worden war, wurde das Wort ›Algebra‹ allgemein gebräuchlich.

Beyruni (al-Biruni), dessen Muttersprache Türkisch war und der auch das Arabische und Persische beherrschte, war ein Universalgenie. Auf den Gebieten der Astronomie, Mathematik und mathematischen Geographie leistete er Hervorragendes und wurde auch für spätere Forscher ein Beispiel, weil er Natur und Geschichte mit wissenschaftlichen Methoden untersuchte.

Der Wissenschaftshistoriker Sarton hält ihn nicht nur für einen der größten Wissenschaftler der islamischen Welt im Mittelalter, sondern aller Zeiten. Als Pharmakologe erforschte er Heilkräuter, als Geologe befasste er sich mit Edelsteinen und dem spezifischen Gewicht verschiedener Materialien; er erstellte eine Chronologie der ihm bekannten Völker, verbesserte den Kalender und verfeinerte das Messinstrumentarium. Beyruni betonte auch die Verantwortung der Staatsmänner. Nach seiner Ansicht musste ein Herrscher vor allem klug und tapfer sein. Er sollte dem Volk gegenüber Gerechtigkeit walten lassen, und zwar nicht als Gnade, sondern aus Verantwortung; das war auch die Geschichte hindurch das Grundprinzip des türkischen Staatsverständnisses. Nach Beyruni gehörte es zu den Pflichten des Herrschers, dem Volk eine gute Erziehung zu geben. Diesen Grundsatz enthält schon der älteste türkische Text, die Inschrift von Orhun. Das von Beyruni gezeichnete Ideal eines Fürsten, der sowohl ein echter Wissenschaftler als auch Staatsmann ist, verkörpert der türkische Herrscher Ulug Beg.«

Als ich den Alten nach dem Abendbrot ein Tässchen Mokka bringe, revanchiert sich der *dede* mit einem Vierzeiler:

»*Kahve Yemen'den gelir*	Der Kaffee kommt aus dem Jemen,
bülbül çimenden gelir,	die Nachtigall aus der Wiese.
yar gibi güzel olan	Schön wie ein Bräutigam
her gün hamamdan gelir.«	kommt er jeden Tag aus dem Bad.

Während beim Essen nur wenig gesprochen wird, ist beim Mokka höfliche Unterhaltung angesagt. Endlich verstehe ich auch mal das andere Liedchen richtig, dessen Schluss der *dede* immer mit zahnlosem Mund vernuschelt:

»*Karanfil oylum oylum*	Meine mit Nelken Geschmückte,
geliyor selvi boylum,	sie kommt, meine Zypressengestaltige.
selvi boylum gelince	wenn meine Zypressengestaltige kommt,
şen olur benim gönlüm«.	wird fröhlich mein Herz.

Noch einmal ein Telefongespräch mit meiner Schwester. Werde ich im Sommer nach D. kommen? Vielleicht. Sie fragt nach den Schwiegereltern. Ich erwähne, dass ich die Wochen zähle und nur mit Aussicht auf ein Ende die Situation ertragen könne. »Und dann werden sie abgeschoben. Wie furchtbar ist es doch, alt zu sein und sich überall unerwünscht, allenfalls geduldet zu fühlen«, meint sie – was mich sehr trifft, denn ich versuche ja, ihnen dieses Gefühl nicht zu vermitteln. Allerdings könnte ich sie auch nicht gerade von Herzen einladen, für immer hier zu bleiben.

Mutter fragt mich aus, wohin ich gehe. Als ich wiederkomme, will sie wissen, was ich gekauft habe, und wühlt sogar die Einkaufstüten durch. Dabei stößt sie auf teure Wurst und Schnittkäse, Müsli und Erdnussbutter fürs Frühstück der Söhne. Ihr Kommentar: »Natürlich müssen die Kinder gute Sachen essen. Wir sind alt und brauchen das nicht«, ist nicht frei von Stichelei.

Ahmed meint, sie müsse ihre Eifersucht auf die Enkel schwer beherrschen. Auch hätte sie sich überall derart in die Erziehung eingemischt, dass es mit jeder *gelin* zum Streit gekommen wäre deswegen. »Hier hält sie sich zurück, weil sie sich vor dir geniert.«

Heute waren die Alten mittags im Garten bei schönem Sonnenschein. Ich setzte mich schnell ans Klavier und spielte (stümperte) vom Italienischen Konzert den zweiten und dritten Satz.

Zum Abendessen hatte ich *lahana dolması* (Kohlrouladen) geplant. Die sind hier nicht so groß, wie wir sie bei uns zu Hause kennen, sondern schlanke Rollen, wie Zigarren. Ich brauche die *anne* zum Wickeln. Sie hat entweder keine Lust oder keinen Appetit drauf. Jedenfalls meint sie, der Kohlkopf könnte noch warten, und heute sollte ich was anderes kochen. Meinetwegen. Ich überlege, was noch im Haus ist: Kartoffeln reichen nicht, anderes Gemüse ist nicht da. Also muss ich auch noch einkaufen. Lästig.

Als ich gerade losradeln will, kommt Mutter raus und sagt, jetzt wolle sie doch *lahana dolması* machen. Soll das ein Spielchen sein? Unwillkürlich entfährt mir: »*Ama şimdi sana göstereceğim!*« (Aber jetzt werd ich's dir zeigen). Sie starrt mich an, wird vor Schreck ganz rot und stottert: »Wirst du mich schlagen?«

Das ist nun wohl der gefürchtete Augenblick, den wir mit Selbstbeherrschung und diplomatischem Geschick bisher immer vermeiden konnten. Jetzt werden wir uns in die Haare kriegen. Vor lauter Spannung muss ich jedoch lachen. Um Gottes willen nein, ich werde dich nicht schlagen.

Da lacht sie auch, ein bisschen unsicher zwar, und hebt zu Erklärungen an, weshalb sie eigentlich den Kohl heute nicht wickeln wollte und nun doch will. Na, dann können wir uns ja gemeinsam an die Arbeit machen.

Ahmed konnte sich nicht zurückhalten. Offensichtlich bohrt in ihm noch Bedrückung, Kränkung aus Kindertagen. Wie schnell bin ich doch dabei, Ahmed zu analysieren (auch dies eine »deutsche« Krankheit?). Als ich gestern abend mit Gülay im Theater war, hat der gute Sohn seinen Eltern so zugesetzt, dass die *anne* heute verweinte Augen hat und der *dede* beleidigt schweigt.

Ich erforsche vorsichtig den Grund. Der *anne* entringt sich der bedeutungsschwere Satz: »Wie ähnlich er (Ahmed) doch dem Alten ist.« Aber dann will sie den Faden nicht weiter verfolgen, obwohl mich brennend interessiert, worin sie die Ähnlichkeit sieht. In der Knauserigkeit? Der moralischen Überheblichkeit, in der phasenweisen Sturheit, Schroffheit?

»*Onlar erkekler. Bana vız gelir*« (Sie sind Männer. Ist mir doch piepegal), unterbricht sie meine Fragerei.

Gülay, der ich das Drama um die *lahana dolması* schilderte, wollte sich ausschütten vor Lachen und fand es beneidenswert, »was für komische Sachen« ich mit den Alten erlebe.

Wahrhaftig, im Erzählen verwandelt sich der ganze schwere Lebensstoff in eine Reihe von Anekdoten.

Welche (wenn auch begrenzte) Macht der Schriftsteller über die Wirklichkeit hat, indem er sie beschreibt, das war ebenso das Thema des Theaterstückes, zu dem sie mich eingeladen hatte.

Seit Mutter entdeckt hat, dass sie mit einer meiner Brillen besser sieht (diese wirkt wie ein Vergrößerungsglas), strickt sie kunstvolle Muster in ihre Socken. Mir schenkt sie ein Paar von dunkelblauer Grundfarbe, auf der sich Blütenranken in Weiß, Rot und Grün abheben. Verse und Spitzen enthalten in Gelb und Weiß den Lebensbaum. Ich soll die Socken »zu ihrer Ehre« tragen, wenn ich einen Besuch mache (und in fremden Wohnzimmern die Schuhe ausziehe).

War mit der Übersetzung, die Emin *bey* heute nachmittag »unbedingt« haben wollte, früh um elf schließlich fertig, nachdem ich tagelang mit großer Anstrengung und Ayhans tatkräftiger Hilfe daran gearbeitet hatte. Nun noch zum Fotokopierer. Ich fahre bei Gegenwind mit dem Rad ins Marktviertel. Dort ist im ganzen Umkreis der elektrische Strom abgestellt worden, weil die Eukalyptusbäume, die die Hauptstraße säumen, beschnitten werden. Kein Mensch weiß, wie lange das dauern wird. Ich radele zurück. Ahmed erbietet sich, in einen anderen Stadtteil zu fahren, die Kopien dort zu machen. Und wenn er aus irgendwelchen Gründen dort hängenbleibt? (Haben wir schon öfter erlebt.) Ich muss also versuchen, in der Nähe von Emins Büro einen Kopierladen zu finden. Diese nervenaufreibenden Kleinigkeiten!

Wie die Zeitungen schreiben, wollen es die SHP-Wählerinnen (!) nicht dulden, dass anstelle der zurückgetretenen Güler Ileri ein Mann das Frauenministerium übernimmt. Jetzt muss Inönü für den Posten eine Frau außerhalb des Parlaments suchen.

Ein weiterer Generalstaatsanwalt (in Bursa) wurde beschossen und schwer verletzt. Sein Fahrer und ein Polizist kamen zu Tode.

Der *anne* ist es gar nicht recht, dass unser Kater Kaplan (Tiger) sogar in die Küche kommen darf. Wir sollten diese »schmutzigen« Tiere nicht auch noch füttern und damit heranlocken. Sie nährten sich ja »normalerweise« aus den Abfalltonnen. Kaplan frisst allerdings nur, was wir ihm hinstellen, die Tonnen sind für ihn tabu. Als wir einmal verreist waren, magerte er zum Skelett ab. Ein sauberes Kätzchen, das sich nach den Mahlzeiten putzt.

Ahmed versucht seiner Mutter zu erklären, durch Fürsorge entstehe Anhänglichkeit, die er als »Liebe« und »Dankbarkeit« bezeichnet. Dabei hält er das Tier auf dem Schoß und streichelt es demonstrativ unter den angewiderten und missbilligenden Blicken seiner Mutter.

Ich sehe voraus, dass er nun gleich Parallelen zum menschlichen Verhalten ziehen wird. Deshalb verabschiede ich mich zum Einkaufen. Als ich nach einer guten Stunde zurückkomme, ist der Streit in vollem Gange.

Ahmed: Pack doch die Koffer! Du hast sowieso schon längst bereut, nicht zu Hasan, sondern zu uns gekommen zu sein.

anne: Nein, nein, ich bin doch gerne hier, es war doch alles in Ordnung.

Ahmed: Aber jedes Jahr hast du dich am Ende mit der jeweiligen *gelin* gestritten. Daran sieht man, dass du eine böse Frau bist.

anne: Mit Nuriye, dem Mädchen aus der Fremde *(ellerin kızı)*, komme ich gut aus, wie Mutter und Tochter, bloß mit dem eigenen Sohn nicht. Wie soll ich das jetzt noch die ganzen langen Wochen bis zum Ende des Ramazan ertragen?

Ahmed: Wenn du jetzt wegfährst, wird jeder sagen: Mit denen hast du dich auch gestritten.

anne: Ich habe meinen Mund nicht aufgemacht. Mir war alles recht. Was willst du denn überhaupt von mir?

Sie weint. Ahmed redet auf sie ein, versucht zu erklären, was er »eigentlich« meint, und dass er doch nichts weiter als ... Sie ist offensichtlich viel zu erregt und getroffen, um noch etwas aufzufassen. Für Ahmed ist es zudem Zeit zum Gebet in der Moschee.

Heute geniert sich die *anne* nicht vor mir. Die Tränen fließen. Sie schluchzt immer wieder Sätze hervor, die der Sohn ihr ins Herz gestoßen hat: »Ich habe angeblich meine Mutterpflichten *(annelik)* nicht erfüllt. Ja was sollte ich denn tun? Als ungebildete, einfache *(cahil)* Dorffrau, als Teppichknüpferin!«

Der Alte habe als Vater versagt! »Der hat im Staub gewühlt, um das Brot für seine Kinder zu verdienen Sie haben wenigstens nicht gehungert. Was sollte er noch mehr tun? Was verstehen wir denn von höherer Bildung!«

Er (Ahmed) ist nach Ankara, nach Europa gegangen, aber Mensch geworden ist er nicht *(insan olmadı)*.

Wie kann ein Mann von über fünfzig Jahren seinen Eltern noch vorwerfen, was sie an ihm als Kind versäumt haben?

»Er predigte stundenlang auf mich ein, bis mir der Kopf schwirrte. Ich wusste überhaupt keine Antwort mehr. Und was soll sein Gerede von Hunden und Katzen, dass man sie lieben soll? Wir tun hier nichts Böses. Wir sitzen still da und sind mit allem zufrieden. Wir haben uns nicht beklagt.«

Wenn ich sie streichele, ihre Hände halte, ihr gut zurede, weint sie noch heftiger und wiederholt all das Bittere, Verletzende. Erst als Mesut heimkommt, beruhigt sie sich ein bisschen.

Abends sagt Ahmed mir, er hätte seine Mutter um Verzeihung gebeten. Er wirkt entspannt und vergnügt. Offensichtlich hat er sich eine Last von der Seele geredet.

Für sie ist die Sache nicht vorbei. An ihren müden Blicken, Bewegungen merke ich, dass sie weiterhin leidet.

Nacht

Aus Sorge um Ayhan und Mesut, die nun schon regelmäßig jedes Wochenende trinken (in einem Pub oder bei Freunden), tigere ich im Garten auf und ab. Vollmond bescheint die Wege. Die Luft ist mild. Ich könnte mich in den Schaukelstuhl setzen und die Silhouette der Berge betrachten. Wie romantisch haben wir es doch hier.

Warum müssen sie saufen? Lässt sich anders ihr Problem nicht ertragen? Was ist ihr Problem? Bedrückt sie das Zuhause? Oder suchen sie eine Erfahrung, die ihr ruhiges Leben ihnen nicht bietet? Sollte ich mit ihnen »reden«? Doch machen sie mir nicht den Eindruck, dass sie schwer litten oder Hilfe brauchten. Eine Mutter muss ihre Nase nicht in alles stecken. Die Söhne kommen schon zurecht, will mir scheinen. Und wenn sie mir später einmal vorwerfen, ich hätte meine Mutterpflichten nicht erfüllt?

anne: Das habe ich nicht gewusst, dass mein Sohn »so« ist.

Ich: Aber du hast doch schon erlebt, wie er mich attackiert. Vielleicht kannst du dir jetzt vorstellen, was ich seit über zwanzig Jahren mitmache.

anne: Sei still! Ich habe ihn *(dede)* auch ertragen. Mit einem friedlichen Mann auszukommen ist leicht. Aber ich sage dir, wenn ein Paar sich scheiden lässt, wird immer die Frau als die Schuldige angesehen.

Ahmed, der unverstandene Fremdling in seiner eigenen Familie, in seinem Land. Er hat wohl immer nach Heimat gesucht. Selbst im Ausland und als er eine Ausländerin geheiratet hat, die, wie er richtig ahnte, in der gleichen Lage war. Das Tragische ist, dass wir für einander keine letzte Zuflucht geworden sind, sondern uns im Laufe der Jahre auseinander gelebt haben. Schlimmer noch, dass ich mich in Ahmeds Land nun wohler fühle und besser integriert bin (wie ich meine) als er selbst, während er mir, aus einer merkwürdigen Eifersucht heraus, zu beweisen versucht, dass ich überhaupt nicht hierher passe.

Sie schnuppert an mir. Der gute Duft rührt von der Körpercreme, die ich nach dem Duschen einmassiert habe. Da rückt sie mit einer neuerlichen Klage heraus: Ahmed habe ihnen die Creme, die im unteren Bad für die Alten in Reichweite stand, weggenommen.

In gewisser Weise fällt es mir auf die Nerven, schon wieder ihre Vertraute und Verbündete spielen zu müssen. Schnell fülle ich etwas Creme in ein Töpfchen ab, damit sie zufrieden ist.

Wie anders war doch meine eigene Mutter. Trotzdem waren auch unsere jahrelangen schmerzlichen Auseinandersetzungen von dem prinzipiellen Missverständnis geprägt, dass sie meinte, alles bis zur Erschöpfung ihrer Kraft für ihre Kinder getan zu haben, und ich ihr gleichwohl »Versagen« vorwarf. Immerhin war ich damals noch Schülerin, Studentin. Ahmed und seine Mutter sind spät dran. Er hat sich so weit entfernt von seinen Ursprüngen, dass es eine weite, einsame Reise bedeutet, dorthin zurückzukehren.

»Suya gittim, ağlarım …« (Ich ging zum Wasser und weine …) intoniert der *dede*. Mir fällt ein, dass es auch deutsche Volkslieder gibt, die das Wasserholen am Brunnen mit Liebesleid assoziieren. Die Alten hören gebannt zu, wie ich »Jetzt gang i ans Brünnele…« singe.

Dann lasse ich den *dede* seinen Vierzeiler so oft wiederholen, bis ich mir sicher bin, sein Genuschel verstanden zu haben.

»*Suya gittim ağlarım*	Ich ging zum Wasser und weine,
güllü deste bağlarım.	binde Rosen zu Zehnerbündeln.
Çaya indim, çay susuz,	Stieg zum Bach hinunter, der wasserlos,
ala gözleri uykusuz.«	die hellbraunen Augen schlaflos.

Im Garten blühen Narzissen. Mutter interessiert sich mehr für die sprießenden Wildkräuter, von denen sie einige für essbar erklärt. Für den Abend bereitet sie sich ein Schüsselchen Grünzeug vor.

Mein »Los« wirkt wohl stimulierend auf andere Frauen. Ständig erzählt mir jemand die eigene, meist zermürbende Schwiegermuttergeschichte. Doris, die heute zum Kaffee hier war, machte mir klar, wie gut ich es habe, dass die Mutter meines Mannes mich mag, sich nicht eifersüchtig in unsere Ehe drängt, nicht dauernd Beachtung und Fürsorge erzwingt, mich weder kritisiert noch herumkommandiert. Solche Erfahrungen nämlich muss sie täglich machen, ohne dass ein Ende abzusehen wäre, da die Schwiegermutter im gleichen Haus wohnt und der gute (einzige) Sohn sich nach dem Tod des Vaters für sie verantwortlich fühlt.

Mutter ist unheimlich geschickt im Erraten dessen, was ich meine, wenn ich mich, für ihr Verständnis, kompliziert oder falsch ausdrücke. Obwohl ihr aktiver Wortschatz gering ist, kann sie wesentlich mehr verstehen, während der *dede*, vielleicht wegen seiner Schwerhörigkeit, nicht viel mehr als Wortreihen in der ihm geläufigen Kombination erfasst. Was wir (die Kinder und ich) sagen, dreht, vereinfacht, »übersetzt« die *anne* für ihn so, dass er es kapiert.

Ihr Fasten erweist sich als weniger störend, als ich befürchtet hatte. Doch isst sie keineswegs mäßiger, vielmehr verschlingt sie abends und nachts mit Heißhunger außer den Gerichten auch immer *tatlı* (Süßspeisen). Ich muss jeden Tag Pudding, Kuchen, Kompott bereiten, was die Kinder natürlich begeistert mitgenießen.

Ahmed ist wieder auf »Geschäftsreise«. Muss nach seinen Grundstücken sehen. Vorher führte er noch ein längeres klärendes Gespräch mit seiner Mutter. Dabei konnte er ihr wenigstens unsere gegenwärtiger finanzielle Lage erläutern. Sein Kindheitstrauma hat er wohlweislich (?) nicht ein zweites Mal angerührt.

Solange er den Konflikt allerdings nicht zu bewältigen vermag, wird er sich immer wieder andere Opfer (in den letzten Jahren meistens mich) suchen, in denen er die »versagende Mutter« anklagen kann.

Abends wieder ein Anruf für meine Schwiegermutter. Dieses Mal schickt Schwager Hasan seinen Sohn vor, der seine Oma von uns loseisen soll. »Morgen setzt du meine Großeltern in den Bus«, befiehlt der Junge mir, die ich an den Apparat gerufen wurde. Ganz zu schweigen von diesem Stil (ich bin keine Befehlsempfängerin), finde ich das Theater allmählich ärgerlich. Wir geben uns hier alle Mühe, aber Hasan will offensichtlich nicht akzeptieren, dass seine Eltern dieses Jahr bei uns bleiben.

Um mich zu trösten, sagt Mutter hinterher: »Bei dir gefällt es uns so gut, dass wir nächsten Herbst wieder kommen und den ganzen Winter bleiben.«

Diese Form der Bestätigung hatte ich nicht gerade gesucht.

Der *dede* hat sich beim Rasieren den Schnurrbart versehentlich derart gestutzt, dass er Charlie Chaplin ähnelt. Außerdem blutete er aus einer Schnittwunde, weigerte sich aber, das Pflaster draufzulassen. Die Hände, das Hemd, das Handtuch blutig. Aufregung und Geschrei der *anne*. Ich bin auch ein bisschen ausgeflippt.

Wenn sie mir bei den harmlosesten Dingen reinredet, wie etwa: »Zieh die Tischdecke noch ein bisschen nach rechts« oder »Wasch das Marmeladenglas aus« – was ich selbst gerade vorhatte –, versuche ich zu lachen (um nicht wütend zu werden).

Ayhan wünscht sich von mir einen Schal in den Schulfarben, Lila und Gelb. Dann kam ihm die Idee, seine strickende Großmutter darum zu bitten. Er kaufte selbst die Wolle, und nun beratschlagen die beiden, wie breit die Streifen sein sollen und so weiter. Es ist das erste Mal, dass der Enkel mit seiner *büyükanne* Worte wechselt, die über Höflichkeitsformeln hinausgehen.

Eine freudige Abwechslung für die Alten: Nachbarn und entfernte Verwandte aus dem Dorf (die inzwischen in Izmir leben) haben sich zu Besuch angesagt. Mutter wünscht sich meinen »guten« Apfelkuchen. Das ist ein indirektes Lob meiner deutschen Sonntagsbäckerei. Wer weiß, wie viele Personen kommen. Also bereite ich zusätzlich ein Blech von dem ebenfalls hier unbekannten Butter-Zucker-Kuchen vor. Dazu wird es schwarzen Tee geben; eine Gelegenheit, die neuen Teegläschen einzuweihen.

Die *anne* bindet ihr schönstes *yazma* (handbedrucktes, kunstvoll umhäkeltes dünnes Baumwolltuch) um. Ich stelle Gästepantöffelchen bereit.

Um drei fährt ein Auto vor, chauffiert von einer jungen Frau. »*Hos¸ geldiniz, buyurun ...*«, komplimentiere ich den Besuch bis ins Wohnzimmer, wo die Alten auf dem Sofa warten. Wiedersehens- und Begrüßungsrufe, ein Lachen und Weinen, eine tolle Aufregung. Ich warte das Ganze erst mal in der Küche ab und überschlage die Personenzahl wegen der Gedecke. Sie sind gar nicht so zahlreich wie befürchtet: drei Frauen, ein älterer Mann, zwei kleine Mädchen (etwa drei und sechs Jahre alt), dazu meine Schwiegereltern. Da Mutter fastet, bekommt sie ihren Kuchen erst am Abend.

Als sich der erste Trubel gelegt hat, gehe ich zur Begrüßung mit *kolonya*, Zitronenparfüm, rein und verteile Bonbons. Lütfiye *abla*, eine frühere Nachbarin meiner Schwiegereltern, kenne ich schon. Sie wirkt ganz wie eine städtische Beamtenwitwe – die sie jetzt ist. Ihr Bruder hat neben dem *dede* Platz genommen. Die andere ältere Frau ist eine Verwandte, genau genommen eine Nichte des *dede*, aber er drückt es viel komplizierter aus. Sie kommt geradewegs aus dem Dorf und berichtet von schauerlich hohen Schneemauern und eingefrorenen Wasserleitungen. Dazu im Laufe des Nachmittags von diversen Todesfällen, Scheidungen und anderem Unglück, was meine Schwiegermutter schwer mitnimmt.

Die Tochter dieser alten Unke erweist sich als hilfreiche, nette Frau (sie hat die Gruppe hergefahren), die mir beim Servieren hilft; dabei kann ich sie ausfragen, ohne dass sich die anderen einmischen. Sie ist berufstätig, im Rechnungswesen beim Autobahnbau. Auch ihr Mann ist Buchhalter. Die Kinder, nach denen unter der Woche eine Nachbarin schaut, sind ihre ganze Freude und ihr Stolz. Zum Glück quengeln sie nicht, sondern spielen schön, bauen sich ein Häuschen hinter einem Sessel, legen ihre Puppen schlafen. Dann ist für eine Weile unser Xylophon inte-ressant, bis sie sich ein paar Zeitschriften zuwenden, die sie auch vollkritzeln dürfen.

Meine Blechkuchen und der mit Nelken gewürzte Tee finden großen Anklang. Später bittet der einzige männliche Gast um einen Aschenbecher, er möchte rauchen. Eigentlich wird bei uns im Wohnzimmer mit Rücksicht auf die Nichtraucher, besonders die Alten, nicht geraucht. Einem Gast einen Wunsch zu versagen gleicht jedoch einem Sakrileg. Ich verstehe selbst nicht, wie es mir über die Lippen kommt, aber ich schlage ihm vor, in der Küche zu rauchen. Betretenes Schweigen. Eine unheimliche Stille tritt ein, ich werde rot. Welche Frechheit von der fremden *gelin*, denkt jetzt wohl jeder. Schließlich sagt meine Schwiegermutter leise, der *dede* könne den Rauch nicht vertragen, er reize ihn zum Husten. Betont höflich biete ich dem Gast noch einen Tee an.

Alle bedauern, dass Ahmed noch nicht von seiner Reise zurück ist. Man redet über Kinder und Kindeskinder, Verwandte und Nachbarn, und wie gut es doch ist, als alter Mensch irgendwo aufgenommen und betreut zu werden. Das schreckliche Beispiel einer Alten wird beschworen, die auf dem Dorf kürzlich einsam gestorben sei, obwohl sie acht Kinder gehabt hatte. Das noch schrecklichere Beispiel einer anderen, die von ihrer Tochter geschlagen wurde ...

Als die Gäste in der Abenddämmerung wieder mit großem Tumult aufbrechen, hat meine Schwiegermutter vor Glück und Rührung feuchte Augen. Ein paar solcher Leute zum Gedankenaustausch brauchte sie eigentlich ständig, denke ich. Sie bedankt sich bei mir für den schönen Nachmittag.

Für Ayhan und Mesut, die gleich heimkommen werden, ist reichlich Kuchen übrig.

Wie sie dasitzt, stundenlang mit untergeschlagenen Beinen in der selben Haltung – und nachher sind die Gelenke steif, tut das Aufstehen weh. Auch ohne Arthrose könnte ich diese stoische Stillsitzerei keine halbe Stunde aushalten.

Ahmed ist seit vier Tagen fort. Er hat kein einziges Mal angerufen und unter der Nummer, die er uns hinterlassen hat, hebt niemand ab. Langsam mache ich mir Sorgen.

Was soll diese Sorge, die ich früher für Liebe hielt? Noch dazu um einen, der nicht festgehalten, umsorgt, gefragt werden will. Warum lasse ich nicht ihm und damit auch mir ein bisschen Freiheit – indem ich nicht an ihn denke.

Träumte, dass sich im Bad hinter den Kacheln ein Loch auftat, das Einblick ins Innere der Wand gewährte. Sie war hohl. Viele Wasserrohre, dicke und dünne Leitungen waren dort verlegt, von denen es ständig tropfte, rieselte, regnete. Ich erkannte, dass bei uns ein Großteil der Energien wegen dieser schadhaften Leitungen einfach verplempert wird.

Das Grünzeug, das sich meine Schwiegermutter täglich aus dem Garten holt, sah so verlockend aus, dass ich mich gestern getraut habe, auch von *acı çukur* (bitterer Brunnen) und *kuş teresi* (Vogelkresse) zu essen. Schmeckte nach überhaupt nichts. Habe heute leichten Durchfall, aber vielleicht nicht davon.

Die Kinder haben Vaters Abwesenheit weidlich ausgenutzt; jeden Abend das Licht später ausgemacht und – meistens – ferngesehen. Heute fanden beide, es reiche nun, sie seien hundemüde und wollten mal rechtzeitig schlafen gehen.

Wie ich die Söhne zu einer, wenn auch geringen, Mithilfe bei den Hausarbeiten bewegen kann, ist mir immer noch nicht klar. Alles Bitten und Ermahnen fruchtet nicht. Sie müssen ja sooo viel lernen oder gerade ganz dringend telefonieren, oder gleich weg, oder sie sind zu erschöpft, geradezu ausgepumpt, so dass es »brutal« wäre, von ihnen eine Handreichung zu verlangen.

Trotz der ungewöhnlichen Kälte fangen die Mandelbäume an zu blühen, allerdings um etwa drei Wochen später als sonst. Wer feiert mit mir ein Mandelblütenfest? Ich finde niemanden, der meine Begeisterung teilt.
   Der Boden dort im Mandel- und Olivenhain ist knochenhart und trocken. Wenn es nicht bald tüchtig regnet, erleben wir diesen Sommer eine Katastrophe.
   Mutter sagt zum Regen nicht *yağmur*, sondern *rahmet* (Barmherzigkeit).

Mutter ist bekümmert, dass sie so dick ist und trotz Fasten nicht abnimmt. Sie steigt auf die Waage und sieht keinen Erfolg. Schuld sind zum Teil landestypische Essgewohnheiten; das Nachtessen ist die Hauptmahlzeit. Nachdem sie den ganzen Tag nichts gegessen hat, hält sie sich abends schadlos. Ich bringe jedoch nicht übers Herz, ihr, wie Ahmed es manchmal tut, den Nachschlag zu verweigern. Gestern abend gab es Spinatsuppe, Lauchgemüse in Olivenöl, Grießspeise. Sie fühlte sich noch hungrig. Also wärmte ich ihr die roten Bohnen (ebenfalls in Olivenöl) vom Vortag. Den Kindern hatte ich zum Lauch Kartoffelrösti gemacht. Sie kostete aus der Pfanne und konnte nicht widerstehen, sich ein weiteres Mal den Teller voll zu laden. Zusätzliche Kleinigkeiten waren Rohkost, Oliven, ein halbes Weißbrot, Äpfel, drei Glas gezuckerter Tee. Ich freue mich ja, wenn es ihr schmeckt (sie meine Küche wirklich schätzt), dennoch ist eine solche Mahlzeit kurz vor dem Schlafengehen ungesund.
   Jetzt sind die ersten Oliven, die wir im Herbst eingelegt haben genießbar. Bei unserer Art der Zubereitung verschwindet der Bitterstoff nicht völlig, was Ahmed und ich reizvoll finden, und auch die *anne* ist begeistert.
   Problem mit der Wirkungsdauer ihrer Medikamente. Da sie wegen des Fastens diese abends und nachts einnimmt, hat sie spätestens am Nachmittag Schmerzen. Sie weiß, dass der Koran Kranke selbst im Ramazan vom Fasten bereit. Aber Fasten und Gebete sind wohl so etwas wie ein Halt und eine Formgebung für ihr Leben. Ich habe kein Recht, mich da einzumischen.

Sie hat mich gerne um sich. Ist traurig, wenn ich weggehe. Ich muss mich ihr immer vorstellen in meinem Ausgehstaat. Sie nennt mich dann *süslü yavrum* (schön geschmücktes Kleines).

Habe in der *Sevinç Pastanesi* (Freuden-Konditorei) eine Spezialität entdeckt, die sie *cezire* (Wurzelkuchen) nennen. Der Grundstoff ist ein mit viel Honig gesüßtes Möhrenmus, in dem Pistazien und Walnüsse stecken, die den »Kuchen« auch außen zieren. Schmeckt phantastisch gut.

Beim Einkaufen bestimmte Dinge zu suchen ist eine sinnlose Quälerei. Habe heute in ganz Izmir keinen weißen Gürtel auftreiben können. Auch Haferflocken gab's mal wieder nirgends. Ich sollte gelernt haben, mit dem Vorhandenen zufrieden zu sein.

Ahmed hat angerufen, er will bald zurück sein. Die Telefonzentrale war die ganze Zeit defekt.

Großmutter strickt stundenlang an Ayhans Schal. Will die Arbeit unbedingt vollenden, selbst wenn die Schultern schmerzen. »Hättest du mich früher gesehen, tatkräftig, unermüdlich …« Ich habe sie ja gesehen und damals, vor zwanzig Jahren, als ich das erste Mal ins Dorf kam, immer wieder fotografiert, zum Beispiel mit dem vollen Aprikosenkorb, wie sie kraftvoll und stolz in ihrem blauen Kleid vor der Gartenmauer aus Feldstein steht. Dieses Bild habe ich sogar vergrößern lassen. Später, als wir mit den Kindern aus S. zum Opferfest angereist waren, erlebten wir sie noch einmal als die Herrscherin in ihrem Reich – neben der ich mich untüchtig fühlte.

Heute beschleicht sie plötzlich die Angst, nicht mehr ins Dorf zurückkehren zu können. »Wie soll ich denn alleine den Alltag bewältigen? Ich erreiche ja nicht mal die oberen Vorratsfächer im Schrank. Wie soll ich da kochen? Oder waschen? Der da *(dede)* ist noch gut auf den Beinen, aber er tut nicht, was ich ihm sage. Mädchen, was ist nur mit mir! Wie bin ich in diesen Zustand gelangt! Ich kann bloß noch weinen. Was soll in Zukunft werden?«

Der lila-gelbe Schal ist fertig. Es werden noch Fransen drangeknüpft, und Ayhan ist sehr zufrieden.

Ich habe inzwischen mit dem Mathelehrer in der Schule gesprochen. Der Junge *braucht* keinen Nachhilfeunterricht. Er sei intelligent genug, seine Lücken selbst auszugleichen. Sollte weniger mit dem Banknachbarn schwatzen.

In aller Herrgottsfrühe Anruf des jüngsten Schwagers. Verlangt unbedingt Ahmed zu sprechen und kann kaum glauben, dass dieser nicht zu Hause ist. Das dringende Problem: Mahmut rüstet sich zur Wallfahrt nach Mekka und muss sich vorher mit allen Menschen aussöhnen beziehungsweise von ihnen die Absolution erhalten. Ob ich ihm nicht in Ahmeds Namen verzeihen könnte? Dazu verwendet er die gebräuchliche Formel *Hakkını helal et* (Gewähre mir, worauf du einen Rechtsanspruch haben könntest). Nun kenne ich Ahmeds eindeutige Haltung in diesem Punkt – keine Verzeihung, es sei denn, M. zahlte uns seine Schulden zurück – zu gut, als dass ich leichtfertig die erlösende Antwort *Helal olsun* (Es sei gewährt) sprechen könnte, denn dies bedeutete, dass wir endgültig auf alle unsere Forderungen verzichteten.

Mahmut ist sehr aufgeregt. Ich überlasse das Telefon meiner Schwiegermutter, die er ebenfalls zum *Helal*-Sagen veranlassen will. Sie redet ihm zunächst ins Gewissen, gibt aber schließlich nach – sie hat ja nichts zu fordern – und wünscht ihm eine gesegnete Wallfahrt.

Als wir dieses wieder mal die Gemüter erregende Telefongespräch kommentieren, äußere ich, es könne ja sein, dass er sich wirklich »bekehrt« habe, um auch als Geschäftsmann nach den Prinzipien des Islam zu leben. Aber seine Mutter hält sein Tun für trügerisch. Das Ganze sei bloß Schau. Es sei in der Kleinstadt einfach günstiger, als *hacı* zu gelten.

März

»Gibt es in der Zeitung heute keine Meldungen mit Toten?« fragt sie. Nein, tatsächlich weder Lawinen noch Bombenanschläge, noch ein Gefecht zwischen Armee und PKK. Aber eine Frau hat ihrem Mann Gift ins Bier getan und ihn damit umgebracht.

»Recht so«, meint die *anne* zum Entsetzen des *dede*, der diesmal keinen Spaß versteht.

Ich habe aufgeschnappt, dass die beiden im Streit ihren bevorstehenden Tod als Kampfmittel verwenden: »Du freust dich, wenn ich sterbe«, oder »Du wirst schon sehen, wenn ich tot bin …« Neulich tat Mutter einen Spruch, den ich mir gleich in der Küche notiert habe: »Alle müssen einmal daran glauben. Wenn sogar Sultan Süleyman der Prächtige gestorben ist, werden solche verkalkten Ärsche *(kireçlenmiş götler)* wie wir natürlich auch sterben.«

Ahmed ist immer noch nicht zurück. Seine Mutter findet das langsam bedenklich. Halb im Spaß bemerke ich: »Er wird dort einen Laden zu eröffnen versuchen.«

»Das glaubst du doch selbst nicht«, ist ihre Antwort.

Grenzen der Toleranz. (Vielleicht habe ich vor Margrit die Toleranz der Alten zu voreilig gerühmt.) Wenn Mesut in seinem Zimmer die neue Musikkassette spielt, hört sich das im darunter liegenden Wohnzimmer wirklich so an, als würde auf die Decke gestampft. Mutters Kopf dröhnt, und sie leidet heute unter besonders starken Schmerzen. Auf ihren Protest hin schaltet Mesut das Gerät für ein Weilchen ab. Doch abends, als sie gegessen und Medikamente genommen hat, sieht er keinen Anlass zur Zurückhaltung mehr, und das Gerumse geht wieder los. Ich mische mich ein, weil es provozierend wirkt. Er schreit (natürlich oben in seinem Zimmer, so dass sie es nicht hören können): »Mir reicht's mit den Alten! Sollen sie doch abhauen! Das ist unser Haus!«

dede: Ich bin in meinem Dorf ein geachteter Mann. Ich bin gescheit, denn ich habe die schönste Frau geheiratet. Ihre Wangen waren rund und rosig. »Oh, die rundliche Braut ...« Freilich, jetzt ist sie krank, und ihre Wangen ...

anne: Also, du redest wie ein Besoffener. Was ist denn?

dede: Meine Frau ist die Schönste. Ich bin glücklich dran. Und mein gescheiter Sohn hat auch die richtige Wahl getroffen mit dem deutschen Mädchen.

Ayhan meldet sich jetzt schon fürs nächste Schuljahr, sein letztes, in einer *dershane* an. Die Einschreibung allein kostet 900 000 Lira (ca. 270 Mark). Wenn die Kurse im Herbst beginnen, bezahlt man monatlich 650 00 Lira. Ohne *dershane* hat man keine Aussicht auf einen Studienplatz. Dass selbst eine gute Schule es nicht schafft, ihre Schüler für die Aufnahmeprüfung fit zu machen!

Wir gehen schon sehr natürlich miteinander um. Als sie mir beim Ofenschüren dreinredet, sage ich kurz: »Misch dich nicht ein!« – gegenüber einer Schwiegermutter ein starkes Wort. Nach einem Augenblick der Irritation hat sie aber gelacht. Die Revanche kommt, als sie ein für ihre Begriffe intaktes Salatblatt im Abfall findet. »Wehe, du wirfst mir noch mal meinen Salat weg!« Dabei zückt sie das Küchenmesser und zielt auf meinen Bauch.

Ahmed endlich zurück. Bringt Säckchen voll weißer Bohnen, Reis, zwei Kilo fangfrische Fische (keine Ahnung, wie die heißen), auch etwas Geld. Heimkehr des erfolgreichen Familienvaters. Er ist gebräunt und sieht gut aus. Hat im wesentlichen Urlaub gemacht. Natürlich *auch* die Reben beschnitten, aber das Umgraben einem Bauernburschen mit Pferdegespann überlassen. Und wir haben uns hier Sorgen um ihn gemacht.

Nachdem der *dede* den ganzen Tag über behauptet hat, er sei krank, stimmt er am Abend Tanzlieder an, und als wir rhythmisch dazu klatschen, verlässt er sogar seinen Sofaplatz und wagt mit ausgebreiteten Armen ein paar Tanzschritte. Doch schnell geniert er sich in

seiner Schlafhose, kichert zahnlos und murmelt: »Dass bloß Ahmed nichts davon erfährt.«
Der ist schon wieder in sein geliebtes Teehaus gegangen.

Kaum ist der Mann daheim, gibt es Spannungen.
Er: Ich habe den Klempner für morgen um elf bestellt.
Ich: Da bin ich aber nicht zu Hause, ich muss früh in die Redaktion.
Er: Himmel auch! Wer sagt denn, dass du zu Hause sein musst!
Ich hätte antworten sollen: Wie schön dass du einen Handwerker gefunden hast. Statt dessen verteidige ich meine außerhäusliche Arbeit wie einen heiligen Hort.

Da ich nervös war, ganz einfach aufgeregt, alles zu schaffen: ich muss ins Redaktionsbüro, vorher noch duschen, aber zuerst noch für die Alten einheizen, Betten abbauen, dem *dede* das Frühstück richten, für die Kinder Mittagessen vorbereiten, und mitten hinein humpelt mir Schwiegermutter vor den Füßen herum... , habe ich entschuldigend *sinirliyim* (ich bin nervös) gesagt. Das muss sich aber für sie wie »ich bin ärgerlich« angehört haben. Diese Bedeutungsnuance wurde mir erst klar, als ich mich herzlich verabschiedete, und sie bemerkte, sie sei froh, dass ich nun nicht mehr »böse« sei.

Ich war ja nicht böse, sondern gestresst. Dennoch irgendwie auch wütend, dass hier im Haus niemand Rücksicht nimmt auf meinen Beruf oder Verständnis hat für eine geistige Tätigkeit.

»Besserwessi« hat Lisa mich heute genannt; und ich sollte tunlichst aufpassen, wir Deutschen kriegten jetzt ganz schnell den Vorwurf zu hören, wir wollten die Türkei schlechtmachen.

»Sagt Emin *bey* das etwa von mir?«

»O nein, der glaubt fest an deine Solidarität«, war ihre ironische Antwort. Sie ist eifersüchtig, scheint's. Er hat in letzter Zeit öfter ein offenes Ohr für meine Kritik gehabt. Er, der nie für längere Zeit im Ausland war, gibt zu, die Ansprüche westlicher Leser an die Textgestalt nicht wirklich einschätzen zu können. Klar, unsere türkischen Autoren *müssen* diese Erwartungen nicht bedienen. Sie sind ja keine *Stern/Zeit/Spiegel-Journalis*ten, sondern großenteils Unileute, die zwar ein Spezialwissen (und eine Meinung) haben, aber, bis auf Ausnahmen, nicht für ein breites Publikum zu schreiben gewohnt sind. Die meisten Beiträge wirken auf mich naiv. Sie sind nicht das, was wir als flott, gekonnt oder intellektuell bezeichnen, allenfalls trocken wissenschaftlich; und man kann von Glück reden, wenn die Fakten und Zahlen stimmen.

Na, diese Bemerkung klingt wieder nach deutschem Perfektionismus. Warum sollen sich die Texte eigentlich unseren Standards anpassen?

Weil ich fürchte, sonst liest das niemand, es wird nicht ernst genommen. Als Freundin dieses Volkes/Landes fühle ich mich verpflichtet, dazu beizutragen, dass die Verpackung stimmt, damit die berechtigten Anliegen »rüberkommen« können. Übersetzen fasse ich in diesem Zusammenhang in einem viel weiteren Sinne als der textgetreuen Wiedergabe auf.

Im Bereich der Ästhetik (Fotos, Farbdruck, Satz, Layout) des Magazins hat Emin *bey* diese Anpassung an die westlichen Standards ganz klar vollzogen.

Ein 18seitiger!!! Artikel über »osmanisch-europäische Kulturbeziehungen«, gespickt mit kunstgeschichtlichen Details. Aber hochinteressant, ich lerne viel. Zum Beispiel, dass türkische Miniaturen seit dem 16. Jahrhundert von der europäischen Malerei beeinflusst sind, was sich in der Verwendung der Perspektive und im Realismus der Porträts zeigt. Dadurch unterscheiden sie sich von persischen Miniaturen, wo das islamische Verbot realistischer Darstellung von Menschen weiterhin gilt. Bin gespannt, welches Bildmaterial Emin *bey* beschaffen wird. Der Leser müsste eigentlich die reichen Sammlungen des Topkapı Sarayı kennen, oder die Ausstellung »Süleyman der Prächtige«, die durch Amerika und Europa reiste, gesehen; haben.

esin kaynağı	Quelle der Inspiration
yaldızlı	vergoldet
himaye	Protektion

Stünde mir die Nuruosmaniye-Moschee beim Großen Basar in Istanbul nicht von mehreren Besuchen her deutlich vor Augen, könnte ich den betreffenden Absatz mit den vielen Fachausdrücken kaum kapieren. Auch so bleibt manches rätselhaft. *Atnalı avlusu* ist wahrscheinlich ihre »hufeisenförmig geschwungene Terrasse«. *Dekoratif kemerler* (dekorative Gürtel) könnten »verkröpfte Gesimse« sein, aber da bin ich mir nicht sicher. Ayhan ist keine Hilfe, da er das europäische Rokoko nicht kennt. Dessen dekorative Elemente hat diese Moschee übernommen – kein absoluter Einzelfall in Istanbul, jedoch das gelungenste Beispiel. Der Autor betont, dass das Grundschema der osmanischen Moschee – der bekannte Zentralkuppelbau – durch den europäischen Stileinfluss nicht verändert worden sei.

»Da die im 17. und 18. Jahrhundert in Europa herrschenden Stile des Barock und Rokoko der türkischen Kultur fremd waren, hatten sie nicht die Kraft, die Architektur der Moscheen zu verändern. Sogar die Nuruosmaniye Camii, die mit ihrer geschwungenen Terrasse vom herkömmlichen Schema abweicht, ist ein Bau, der im wesentlichen die osmanische Art bewahrt. Dekorative Mauervorsprünge und Bögen, Säulenkapitelle, der mit Blattgold verkleidete Marmor der Gebetsnische und der Kanzel, die monumentalen Eingänge, die denen europäischer Schlösser ähneln, eine vergrößerte Herrscherloge ... dies alles verändert das Aussehen der Moschee, die dennoch in ihrem Grundschema der Tradition treu geblieben ist.«

Beim Salatputzen fällt mir mein Traum wieder ein: Eine junge Frau (mein zweites Ich) wollte den Salat vom Baum pflücken, dazu musste sie sich aber über ein Balkongeländer beugen und verlor den Halt, so dass sie nur noch an den Armen über dem Abgrund hing. Ich zog die Frau hoch, und entgegen aller sonstigen Traumerfahrung kam es zu keinem Doppelabsturz, ich hatte vielmehr Kraft genug, uns beide zu retten. Ich bin es, die sich selbst retten kann.

Bin doch froh, dass A. wieder das Geschirrspülen übernimmt, dass er abends die Milch vom Bauern holt, die Wasserleitung in Ordnung bringt und die Söhne strenger hält. Unsere Ehe: eine AG zur Versorgung der gemeinsamen Kinder und der Eltern des Mannes.

»Im 16. Jahrhundert prallten in Europa starke Kräfte aufeinander. Im Gleichgewicht der Mächte nahmen auch die Türken eine wichtige Stellung ein, einerseits durch ihren Vormarsch in Europa, andererseits kraft der Bündnisse, die sie mit den Mittelmeerstaaten geschlossen hatten. In diesem Umfeld belebten sich die Handels- und Kulturbeziehungen. Sultan Süleyman der Prächtige, dessen Beiname ›Kanûni‹ Gesetzgeber bedeutet, verlieh einzelnen europäischen Ländern Handelsprivilegien. Die Osmanen importierten aus Europa Waffen, spezielle Gewebe, Glaserzeugnisse und so weiter, während im Gegenzug osmanische Stoffe und Teppiche, Metall- und Lederwaren, Keramik aus Iznik und so weiter nach Europa exportiert wurden. Schon nach kurzer Zeit findet man in Europa Kopien türkischer Teppiche und Keramik. Man muss nur einmal ein Gemälde des 16. Jahrhunderts anschauen. Ganz offensichtlich gehörten türkische Teppiche, die auf diesen Bildern als Dekor verwendet werden, schon zum Alltag.

Der Maler Melchior Lorichs, der 1555 mit dem Botschafter des Heiligen Römischen Reiches, Busbeck, in die Türkei kam, hat ein elf Meter breites Panorama von Istanbul gezeichnet. Außerdem zeichnete oder malte Lorichs noch viele wichtige Bauwerke, archäologische Funde, diverse türkische Kleidungsstücke, Ausschnitte aus dem Alltagsleben und die Porträts von Sultan Süleyman und Rüstem Pascha. Von allen Porträts, die ausländische Künstler von Süleyman dem Prächtigen anfertigten, kommt das von Lorichs der Wirklichkeit am nächsten. Es ist schwer vorstellbar, dass der ›Gesetzgeber‹ ihm Modell gesessen hat. Wahrscheinlich hat er die Miniaturen der einheimischen Porträtisten benutzt. Dieses Verfahren war damals allgemein üblich.«

Und nun von der glorreichen Vergangenheit zur trüben Gegenwart. Das Openair-Meeting der HEP – der legalen kurdischen Partei, deren 22 Vertreter als Unabhängige beziehungsweise (noch) SHP-Abgeordnete im Parlament sitzen – fand am 1. März in Istanbul statt unter dem Motto: »Alle Völker sind Brüder. Schluss mit dem Morden.« Die HEP setzt sich für eine gewaltfreie, demokratische Lösung der Kurdenfrage ein.

Doch funktionierte die PKK das Meeting um mit Slogans für ein »unabhängiges Kurdistan« (was die HEP erwiesenermaßen nicht anstrebt) und Hochlebenlassen der Kampffahne der ERNK (»Volksfront zur Befreiung Kurdistans«, wie sich der militärische Flügel der PKK nennt). Die Polizei hatte den Platz abgeriegelt, griff jedoch nicht ein. Noch vor einem Jahr wäre eine solche Kundgebung mit »staatsfeindlichen Parolen« sofort aufgelöst worden.

Der ERNK-Sprecher in Europa soll eine Presseerklärung abgegeben haben, dass man auf einen Krieg im Frühjahr vorbereitet sei und dass sich das »Volk« auf einen blutigen Krieg gefasst machen solle.

Ich frage mich, woher dieses Gerücht von einer Frühjahrsoffensive überhaupt stammt. Die ERNK und die türkische Armee scheinen sich gegenseitig hochzuschaukeln. Und zwischen den Fronten das Volk, das niemand befragt hat, ob es in einem »blutigen Krieg« für ein »unabhängiges Kurdistan« kämpfen will.

Die Exilkurden in Europa – ehemalige politisch Verfolgte, die aus der Türkei geflohen sind – wissen möglicherweise nicht, was sie anzetteln, indem sie zum Krieg rüsten. Andererseits werden seit Tagen schon Einsätze der türkischen Luftwaffe gegen PKK-Camps am Berg Cudi und bis zu zehn Kilometer weit in irakisches Gebiet hinein geflogen.

Bei der Metangasexplosion am 3. März in der Kohlengrube von Zonguldak (104 Tote sind geborgen worden, etwa 200 noch verschüttet) hätten die Bergleute wahrscheinlich noch genügend Zeit zum Verlassen des Schachtes gehabt, wenn man sie gewarnt hätte, denn der Computer zeigte schon 25 Minuten vorher die kritischen Werte an. Es wird jedoch gemunkelt, bei der hohen Metangaskonzentration hätten die Aufzüge nicht benutzt werden dürfen, weil ein Funken oder der Luftzug die »Gefahr einer Explosion erhöht« hätte. Die Rettung der Eingeschlossenen dürfte schwierig sein, denn seit zwei Tagen brennt der Schacht.

Mit schöner Regelmäßigkeit wird bei jeder Katastrophe im türkischen Bergbau technisches und menschliches Versagen festgestellt – und im nächsten Jahr kracht es wieder.

»Im 16. Jahrhundert erstellten die osmanischen Kartographen wichtige Kartenblätter und Atlanten, die auf östlichen und westlichen Quellen sowie auf eigenen Erkundungen basierten. Vorreiter war Piri Reis mit seiner Amerikakarte (1513), die als Quelle so wichtig ist, weil die Karte des Columbus von 1498 verschollen ist. In seinem *Buch der Marine*, das er dem ›Gesetzgeber‹ übersandte, erwähnt Piri Reis in der Einleitung, dass das Werk 34 östliche und westliche Vorarbeiten benutzt. Es war die Frucht intensiver Forschung und diente jahrelang den Seeleuten als Leitfaden. Aus der Kartographie entwickelte sich bei den Osmanen die Tradition der Topographiezeichnung als Kunstrichtung.

Zum anderen erregte die Delegation unter dem Gesandten Kara Mehmet Aǧa, zu der übrigens auch der berühmte Reiseschriftsteller Evliya Çelebi gehörte, 1665 in Wien in der Musikwelt großes Aufsehen. Die Darbietungen der begleitenden Janitscharenkapelle bilden die Quelle für die später bei europäischen Komponisten immer wieder anzutreffenden türkischen Weisen.

Türkische Themen spiegeln sich auch in der Malerei des 17. Jahrhunderts wider. Rubens hat aus dem Reisebuch von Lambert Wytts türkische Kleidung kopiert. Bei Rembrandt finden sich auf vielen Bildern türkisch gewandete Figuren, etwa Personen aus dem Alten Testamet oder Könige. Sogar auf den berühmten Delfter Kacheln kann man Figürchen in türkischer Tracht entdecken.«

Selbst einem Ungläubigen wird dank der Fernsehwerbung nicht verborgen bleiben, dass morgen der Fastenmonat Ramazan beginnt. Längst haben gewiefte Geschäftsleute die Gelegenheit entdeckt, der Hausfrau jetzt die Notwendigkeit eines neuen Elektroherdes oder bescheidener, die Güte einer bestimmten Pflanzenmargarine zu suggerieren, damit die liebe Familie beim abendlichen Fastenbrechen nicht versäumt, das Essen zu loben. Vor allem die Tageszeitungen überbieten sich in frommen Werbegeschenken, von der Faksimile-Koranausgabe über den Bildband mit berühmten Moscheen bis hin zur *Enzyklopädie des Islam.*

Ich bin entschlossen, in diesem Jahr nicht zu fasten. Die gerade jetzt drängende Arbeit für Emin *bey*, der lange Artikel samt anschließenden Fahnenkorrekturen am Bildschirm, dazu die Sorge für die Kinder und Schwiegereltern – das alles wird mir zu viel. Unter vergleichsweise günstigeren Bedingungen hatte mir schon im Vorjahr mein Kreislauf Beschwerden gemacht, so dass ich das Fasten nicht durchhalten konnte. Schade um die Möglichkeit einer geistigen Erfahrung. Diese stellt sich allerdings nicht automatisch aufgrund des Nahrungsentzugs ein, sondern man braucht Zeit, in diesem Zustand zu meditieren, den Koran zu lesen. Und diese Zeit habe ich nicht. So muss ich wohl »Spiritualität« weiterhin aus dem Alltag heraus gewinnen, ein Gedanke, der auch der islamischen Mystik nicht fremd ist.

Im Koran steht, wer nicht fasten kann, der müsse dies entweder zu einem späteren Zeitpunkt nachholen oder einen Ersatz leisten, indem er täglich einen Armen speist. Ich werde Nazlı unterstützen, meine frühere Zugehfrau. Sie hat mich neulich angerufen, ihr Mann sei arbeitslos geworden und sie selbst krank, so dass sie nicht zum Putzen gehen könne. Eine schlimme Situation mit drei kleinen Kindern.

Ahmed will ebenfalls nicht fasten. Auf die Nahrung zu verzichten fiele ihm leicht, sagt er, tagsüber aber das Rauchen einstellen könnte er jetzt, da ihn seine Eltern dermaßen nervös machten, nicht verkraften. Da ich erlebt habe, wie schlimm bei Ahmeds früheren vergeblichen Entwöhnungsversuchen sich die Entzugserscheinungen auswirkten, bin ich heilfroh, dass er es gerade aus diesem Anlass nicht wieder probieren will. Die Alten sollen dies nicht erfahren, meint der gute Sohn. Klar, da sie ja nicht mal wahrhaben wollen/ mitkriegen sollen, dass er raucht.

Er wünscht, ich solle verschweigen, dass ich nicht faste. Ja warum denn, Ahmed? Ist im Islam nicht jeder Mensch für sich selbst verantwortlich? Sollen nicht Fastende und Nichtfastende einander mit Achtung begegnen, wie der Theologe Dr. Öztürk in unserer Tageszeitung schreibt? Du willst deine Eltern zur Ehrlichkeit erziehen, und nun spielen wir ihnen ein großes Theater vor, einen ganzen Monat lang nichts als Heuchelei?

»Mein Gott, probier es doch! Es gibt eine Katastrophe. Sie verstehen ja überhaupt nichts Differenziertes. Wie du arbeitest, können sie sich nicht vorstellen. Sie haben Zeit ihres Lebens auch im Ramazan schwer im Weinberg oder auf der Baustelle gearbeitet. Erzähle ihnen doch, dass du ihretwegen nervös bist, dass sie dir eine Belastung sind. Das werden sie als Vorwurf auffassen. Aber gelten lassen werden sie es nicht.«

Er hat wohl recht. Schließlich haben wir abgesprochen, dass Ahmed beim *sahur*-Frühstück vor Sonnenaufgang seine Eltern bedienen wird, so dass ich wie immer bis 5.30 Uhr schlafen kann. Damit ist das für mich schwierigste Problem, im Ramazan nicht genügend Schlaf zu kriegen (weil ich mich ja tagsüber nicht hinlegen kann), ebenfalls gelöst.

»Und wie erkläre ich deinen Eltern, dass ich nicht zu *sahur* aufstehe?«

»Du musst nichts erklären. Der Mensch ist ja nicht verpflichtet zu frühstücken.«

»Im 17. Jahrhundert änderte sich die Haltung der Osmanen zum Westen. Jetzt öffneten sie sich für westliches Wissen. Eine Reihe von Büchern wurde ins Türkische übersetzt. Zum Beispiel das berühmte geografische Werk der Gebrüder Bleau aus Holland, *Atlas Maior* und *Atlas Minor*, deren türkische Versionen an Mehmet IV. geschickt wurden. Das Tagebuch des ersten türkischen Europareisenden, Evlya Çelebi, ist voll von Fakten über europäische Länder. Die Bibliothek des Saray erreichen viele Europa betreffende Bücher und Stiche.

Im 18. Jahrhundert bekamen die osmanisch-europäischen Beziehungen noch einmal einen neuen Zuschnitt. Nach der Niederlage vor Wien anerkannten die Osmanen die technische Überlegenheit Europas, und ihre Botschafter hatten nun außer dem diplomatischen Dienst noch die Aufgabe, sich in den Bereichen Kriegstechnologie, Wissenschaft und Kultur einen Einblick zu verschaffen.«

Inzwischen hat man in Zonguldak weitete Tote geborgen und die restlichen 146 Eingeschlossenen aufgegeben; denn um das Feuer zu ersticken, mussten die Luftschächte verschlossen werden. Erschütternde Bilder von verzweifelt hoffenden, trauernden, protestierenden Angehörigen im Fernsehen.

Zum Weltfrauentag am 8. März bringt *Cumhuriyet* folgende Karikatur: Eine Frau trägt auf dem einen Arm ihr Kind, auf dem anderen Arm den Ehemann (ohne Kommentar).

Während Ministerpräsident Demirel die Frau als »Heldin« preist, geht die Polizei mit Schlagstöcken gegen Demonstrantinnen eines nicht genehmigten Protestmarsches gegen die Verhinderung einer

Versammlung durch den *vali* in Istanbul vor. In allen größeren Städten führen die Frauenorganisationen an diesem Tag Veranstaltungen durch. Jeder (männliche) Politiker, der auf sich hält, muss zu diesem Anlass ebenfalls sein Statement abgeben. Das Übliche: dass die Frauen in der Türkei rechtlich dem Mann gleichgestellt seien, dass man ihren Wert zu schätzen wisse ... Interessanter ist, was bekannte Frauen sagen: »Vor zehn Jahren gab es nur ein Häuflein (emanzipierter Frauen) ... heute haben wir in der Türkei eine Frauenbewegung« (Prof. Dr. S‚irin Tekeli). »Die Frauenbewegung entwickelte sich aus dem Gewahrwerden der Gewalt, der Ungerechtigkeit gegen die Frauen. Die Basis der Bewegung hat sich inzwischen ungemein verbreitert. 1987 haben sich die Frauen in einer großen Kampagne gegen die Prügel ihrer Ehemänner gewehrt. Danach fingen immer mehr Frauen an, die Scheidung einzureichen. Im Strafrecht mußte Artikel 438, der für die Vergewaltigung einer Prostituierten ein geringeres Strafmaß als bei Vergewaltigung im allgemeinen vorsah, aufgehoben werden ... Aber die Männer versuchen, ihre Position zu wahren und treten für die Beibehaltung des Artikels 152 des Bürgerlichen Gesetzbuches (›Das Oberhaupt der Familie ist der Mann‹) ein. Sie benutzen den obligatorischen Religionsunterricht, um den Frauen Gehorsam einzutrichtern, und versuchen, sie geistig und materiell zu unterdrücken« (Canan Arın, Rechtsanwältin).

Vom Ramazan merkt man im Alltag nicht viel. Geschäftsleben und Schule gehen weiter. Laut Umfrage halten 50 Prozent aller erwachsenen Türken das Fasten ein. Hier in Izmir sind es sicher weniger. Emin *bey* und seine Leute, Gülay, meine Nachbarinnen Havva und Mübeccel, der *bakkal* und der Gemüseverkäufer, die meisten Berufsfahrer – fasten nicht. Manchmal sieht man letztere ungeniert rauchen. Die Fastenden erkennt man an ihren trockenen Lippen, an ihrer Schweigsamkeit, die Frauen am besonders gebundenen Kopftuch. Frauengruppen fahren oder laufen um die Mittagszeit zu den *mukabele* genannten Koranlesungen, die in einzelnen Wohnungen stattfinden. Die geheimnisvolle Atmosphäre dieser Versammlungen vermisse ich in diesem Jahr. Obwohl kaum jemand die Vorlesung in arabischer Sprache versteht, schafft diese doch ein meditatives Fluidum und gibt den Frauen stundenweise die Freiheit, für die Anforderungen von Haushalt und Familie nicht erreichbar zu sein.

Jetzt muss ich dem Izmirer Symphonieorchester Abbitte tun. Sie können *doch* Mozart spielen. Wahrscheinlich, weil der große Alte (Hikmet Şimşek) sie zum Üben gezwungen und ausdauernd mit ihnen geprobt hat. Das Violinkonzert D-Dur (KV 218), das Tuncay Yılmaz darbot, war eine Glanzleistung. Der junge Solist gibt in Ankara und in Europa Konzerte, und wir sitzen hier im Abseits – endlich durften wir ihn auch einmal hören.

»Im 19. Jahrhundert erlangten die osmanisch-europäischen Beziehungen eine neue Dimension. Das sich fortlaufend industrialisierende Europa sah in dieser Zeit im Osmanischen Reich einen gewinnbringenden offenen Markt. Gleichzeitig wurden sich die Osmanenherrscher bewusst, dass eine besonnene Verwestlichung notwendig war. Die Verwestlichung wurde institutionalisiert und wirkte durch Reformen des Staatsapparates auf die Verwaltung ein.

Die Sultane erweiterten das Topkapı Sarayı, wenn man hierin ein Symbol des Fortschritts sehen will, bis an die Ufer des Bosporus und statteten das Innere mit Chippendalemöbeln und Sèvresporzellan aus.

Die Schlösser Dolmabahçe, Beylerbey, Göksu und Yıldız unterscheiden sich wesentlich von den traditionellen Sarays. Diese in einem Mischstil aus Neoklassik, Neogotik,und Neobarock im 19. Jahrhundert erbauten Schlösser bestanden nicht wie das Topkapı Sarayı aus mehreren Pavillons, die jeweils einzeln Regierungs-, Fest- und Beratungssääle, Privatgemächer und hiervon noch einmal abgetrennt den Harem, außerdem Wirtschaftsräume, Moscheen, das Arsenal, die Remise, die Schatzkammer und so weiter enthielten, sondern versammelten alle diese verschiedenen Abteilungen hinter einer Fassade. Das Dolmabahçe Sarayı mit seinen monumentalen Portalen, Medaillons, Vasen, Kartuschen und geschwungenen Linien weist reichen Fassadenschmuck auf. Im Inneren wurden perspektivische optische Täuschungen, vergoldeter Stuck, Kristall, künstlicher Marmor reichlich verwendet.

Auch die Malerei weckt Aufmerksamkeit. Die Bilder an den Wänden zeigen eine Vielfalt von Landschaften, Jagdtieren, Blumengebinden und Schiffen. Als Sultan Aziz 1867 von seiner Reise nach Wien, Paris und London zurückkehrte, wuchs das Interesse an der europäischen Malerei in Hofkreisen. Für das Saray wurden Bilder aus Europa gekauft und Maler wie Gérome, Pasini, Guillemet, Aiwasowsky ins Saray gerufen. Der Sultan schickte begabte türkische Maler zur Ausbildung nach Europa. Bald darauf wurde die Sinayi-i Nefise-Schule eröffnet, in der man europäische Malerei erlernen konnte.«

Es ist tragisch, dass die Osmanen jahrhundertelang ihr Land ausbeuteten, ihre Völker schröpften, um mit den Schlössern am Bosporus Versailles und Schönbrunn in den Schatten zu stellen.

anne: Wir fallen euch schrecklich zur Last, das weiß ich. Entschuldige, Mädchen, dass unser Besuch hier so lange dauert, das wollte ich nicht.

Ich: Na gut. Auf diese Weise haben wir uns endlich richtig kennen gelernt. Ist doch schön.

Mesut fastet heute, obwohl er Schule hat. Er fühlt sich stark (erwachsen) genug. Ich musste ihn um 4.30 Uhr wecken. Dann frühstückte er: Reis-*pilav* mit Joghurt, Graubrot mit Käse, Tee, eine Tasse Milch. Das Kind, voller Freude und Stolz, eine Großtat zu vollbringen, wollte alles richtig machen. Als von der Moschee der Ruf zum Beginn des Fastens kam, putzte er sich die Zähne. Anschließend Gebetswaschung und Morgengebet. Die folgenden anderthalb Stunden verbrachte er mit Lernen, bis es Zeit zum Aufbruch war.

Ayhan, der nicht fasten will, bezeichnete sich selbst provozierend als »leicht atheistisch« und wartete grinsend auf unsere Reaktion.

Als Mesut von der Schule heimkommt, ist er immer noch stolz. Er hätte kaum Hunger verspürt, meint er. Dann will er wissen, was es zum Abendbrot gibt. Spinat mit Ei passt ihm gar nicht.

»Wenn ich den ganzen Tag faste, werde ich doch mit Spinat nicht satt.« Zum Glück ist ein Rest Brathuhn da, auf das er sich freuen kann.

Unser selbst gezogener Spinat reicht erstmals knapp für eine Mahlzeit. Mutter findet noch ein paar Kräuter dazu, hauptsächlich *ebegümeci* (wilde Malve), die einen pikanten Geschmack gibt.

Sie verzichtet jetzt meistens auf die süße Nachspeise. Ein paar Oliven und ein Stück trockenes Brot zum Frühstück vor dem Morgengrauen sind ihr das liebste.

Gestern hat mein Magen mit Krämpfen und Sodbrennen auf den Stress reagiert, der zusätzlich dadurch entsteht, dass ich vorgebe zu fasten. Es ist nämlich gar nicht so leicht, über Tag unbemerkt etwas zu essen. Mittags wollte ich mir Suppe aufwärmen. Da steht plötzlich die *anne* in der Küche und fragt, ob die Kinder schon gekommen seien, weil ich am Herd hantierte. In dem Moment hätte ich am liebsten ehrlich bekannt, dass ich nicht faste. Mir stinkt diese Heuchelei. Aber Ahmed bleibt bei seiner Behauptung, die Wahrheit würde seine Eltern in ihren Grundfesten erschüttern.

Später wurden meine Magenschmerzen so bohrend, dass ich mich mit dem Heizkissen hinlegen musste. Krankheit ist ein legaler Grund, nicht zu fasten. Wollte mir mein Körper zu Hilfe kommen? Ich könnte sagen, dass ich krank wäre, das hätten sie akzeptiert.

Im Verlauf des Nachmittags aber, als die *anne* die Rolle der besorgten Mutter übernahm und mich alle paar Minuten nach einem Befinden fragte, fiel mir das doch sehr auf die Nerven. Sie bestand darauf, dass ich mir Pfefferminztee kochte und vor dem Abendbrot trank. Ich wusste, es würde mir nicht gut tun. Später musste ich erbrechen. Heute früh geht es wieder. Undenkbar, ich müsste für den Rest des Ramazan die Magenkranke spielen und mich ihrer Kontrolle unterwerfen. Dann schon lieber die einfache Heuchelei. Ahmed: »Warum stellst du dich so an? Nichts ist leichter, als die Alten auszutricksen. Die haben uns auch andauernd belogen.«
Interessant.

Ich muss die Überschrift des Artikels doch ändern (wenn Emin einverstanden ist). Der Verfasser widmet sich – seinem Forschungsgebiet entsprechend – fast ausschließlich der Kunstgeschichte. »Kulturbeziehungen« müsste viel mehr umfassen, auch Ideen, Lebensgestaltung, Strukturen, Techniken... Im 19. Jahrhundert übernahm die Hohe Pforte einiges (etwa Verwaltungsreform, Toleranzedikt, Heeresreform, Idee einer konstitutionellen Verfassung), konnte damit im Endeffekt aber den Sturz des Sultans und das Ende des Osmanischen Reiches nicht aufhalten. Im großen und ganzen ist man sich wohl doch gegenseitig recht fremd geblieben.

Mir fällt noch ein: Das Osmanische Reich hatte *ein* Zentrum, Istanbul, sonst keine bedeutenden Städte. Europa wies dagegen eine breite Streuung der Kultur über zahlreiche Länder mit ihren Residenzen und Städten auf. Ein »Bürgertum« im europäischen Sinne hat es in Anatolien nie gegeben.

»Während die osmanischen Hofkreise und die Oberschicht weiter vom Westen fasziniert waren, suchte man interessanterweise in Europa zur gleichen Zeit Erneuerung und Originalität im Osten. Da in jenem Jahrhundert das Interesse für die Klassik, für Geschichte und Archäologie zunahm und viele europäische Forscher ins Land der Osmanen kamen, entstanden überall in Europa Orientalische Sammlungen. Auch Napoleons Ägyptenfeldzug hatte das Interesse Europas in Richtung Orient gelenkt. In der akademischen Malerei setzte sich das ganze 19. Jahrhundert hindurch die Orientalismusströmung als Ausläufer der romantischen Malerei fort. Von Delacroix und Ingres bis zu Gérome und Matisse findet man allenthalben türkisch gekleidete Figuren, türkische Landschaften. Auch der Architektur war die Türkei eine Quelle der Anregung. Anteil daran hatten nicht zuletzt die Osmanischen Pavillons auf den Weltausstellungen von Paris 1867 und Wien 1873 ... In der Folge wurden Kopien türkischer Brunnen und Pavillons Mode. Von allen islamischen Gesellschaften in der Geschichte hatten die Türken die engsten Verbindungen zur westlichen Welt. Seit dem 15. Jahrhundert bis heute schlugen sich diese in der Kunst in der unterschiedlichsten Weise nieder. Tatsache ist: Die gegenseitige Beeinflussung der osmanischen und europäischen Kultur hat beide Seiten inhaltlich bereichert und immer wieder neu belebt.«

Der letzte Satz des Artikels ist schlicht Wunschdenken. In Europa wurden zwar türkische Dekoration und Kleidung als Modeelemente zeitweise recht heftig rezipiert. Das war ungefährlich – und leider folgenlos. Denn »der Türke« blieb für den Europäer trotz allem der »teuflische Wilde« (wie das die Kirchen, Shakespeare, Montesquieu in die Köpfe gebrannt hatten), der gleichwohl prächtig der Selbstdefinition/Selbstabgrenzung diente. Auf der anderen Seite lebten die Türken, insbesondere die einfachen Menschen in Anatolien, ziemlich abgeschottet gegen den in ihrer Phantasie wohl ebenso »exotischen« wie »teuflischen« Westen – bis Atatürk kam und ihnen nicht nur das lateinische Alphabet und den gregorianischen Kalender oktroyierte, sondern auch die europäische Kleidung (Hut anstatt Fez!), das Schweizer Ehe- und Familienrecht, Teile der Französischen Verfassung...

Wie sieht es heute aus? Beeinflussen sich europäische und türkische Kultur gegenseitig zur »inhaltlichen Bereicherung und immer neuen Belebung«? Unaufhaltsam dringen westliche Errungenschaften, von Dosenbier, Haarshampoo, Plastiktüten über Fernsehen und Computer, Panzer und Kläranlagen bis hin zu Sozialversicherung und Umweltbewusstsein, bis in die letzte türkische Kleinstadt vor. Während im Gegenzug sich in jeden deutschen Kaff eine Dönerbude und ein türkischer Gemüsehändler etabliert haben, in größeren Orten Bauchtanzkurse angeboten werden und Reisebüros einen Sonnenurlaub in der Türkei offerieren. Und damit der europäische Reisende von Land und Leuten etwas mehr erfährt, als er bereits zu wissen glaubt, erstellen wir jeden Monat mit viel Mühe unser Magazin – das so geflissentlich alles schönredet.

Als Ahmed mal wieder wegen einer Kleinigkeit rumwütet, fällt mir endlich ein, seine Mutter zu fragen, ob vielleicht der *dede* früher auch

ein Wüterich war. Sie: »Oho! Und wie! Wir haben alle gezittert. Er kam heim und hat uns der Reihe nach mit dem Stock verhauen!«
Seit ich die Alten kenne, habe ich immer die *anne* als die Überlegene erlebt und den *dede* als Männchen unter dem Pantoffel. Ahmed imitiert also seinen Vater zu seiner besten Zeit. Vielleicht ist ihm das gar nicht bewusst.

Mesut hinterlässt das Waschbecken nach der wöchentlichen Rasur voller Stoppeln, sagen wir lieber Häärchen. Ich ermahne ihn, das sauberzumachen, und putze absichtlich nicht hinter ihm her. Später stört sich Ahmed ebenfalls daran und hält *mir* vor, meine »europäische Erziehung« habe versagt. Dabei sind es doch gerade die *türkischen* Mütter, die ihren Söhnen alles durchgehen lassen.

Habe in der schönen, sonnigen Mittagszeit Nachbarin Mübeccel zum Spaziergang abgeholt. Sie traut sich nicht allein in das Mandelblütenparadies, das ihr praktisch vor der Tür liegt. Leider erzählt sie die ganze Zeit von Kindern und Enkeln und hat kaum einen Blick für die blühenden Bäume. Meine andächtige Naturschwärmerei findet keinen Widerhall.

Als ich heute früh zu den Alten reinkomme, liegt Mutter noch fest zugedeckt im Bett und ist geradezu gelb im Gesicht. »Was fehlt dir denn?«

»Oh, ich bin krank, mir tut alles weh.«

»Um Gottes willen, dann steh nicht auf. Ich heize erst mal ein.«

Später stellt sich heraus, dass es ihre »normalen« Gelenkschmerzen sind, die sie aber heute, möglicherweise bedingt durch den Wetterwechsel, stärker spürt. Mit Seufzern wie *abou, abou!* und *vay, anam, vay!* humpelt sie durch den Tag.

Es ist trüb und nieselt, aber *rahmet*, der barmherzige Regen, lässt immer noch auf sich warten.

Gestern abend schreckliches Erdbeben (6,2 auf der Richterskala) in Erzincan. Da die Telefonverbindungen unterbrochen sind, erfährt man nichts Genaueres.

Diese Spannung und Fixierung auf den Abend. Da ich selbst nicht faste, empfinde ich die Warterei als ärgerlich. Sobald der Abend-*ezan* von der Moschee ertönt (momentan, Mitte März, um etwa 18.30 Uhr), darf das Fasten gebrochen werden. Alles stürzt an den Esstisch. Das setzt voraus, dass die Speisen pünktlich bereit sind, nicht zu heiß und nicht zu kalt. Für die Hausfrau ein aufreibendes Ausbalancieren.

Die Fastenden scheinen keinen Augenblick länger warten zu können. Sie machen sich über die Suppe her, löffeln schweigend, schlürfen, schmatzen, husten, röcheln. Der *dede* schaufelt so schnell wie möglich das Essen in sich hinein. Als säße ihm die Angst im Nacken, nicht genug zu bekommen. Wenn man bedenkt, dass auf dem Dorf alle aus einer Schüssel essen, wird das verständlich.

Erste Fernsehnachrichten aus Erzincan. Es gibt viele Tote und Verletzte; noch gräbt man im Schutt nach weiteren Opfern. Es gab ein starkes Nachbeben. Die Leute campieren aus Angst im Freien. Auffallend, dass hauptsächlich vielstöckige öffentliche Gebäude, wie das staatliche Krankenhaus, die Schwesternschule, das Gerichtsgebäude, eingefallen sind. Streit im Parlament, welche Partei durch die Auftragsvergabe an bestimmte Baufirmen dafür verantwortlich sei. Wie in Zonguldak bekommt die Naturkatastrophe durch menschliches Versagen ein besonderes Gewicht. Nicht nur, dass Sicherheitsmaßnahmen, Bauvorschriften aus Gewinnsucht vernachlässigt werden – mir will scheinen, dass dieser Leichtsinn auch mentalitätsbedingt ist. Man kann oder will sich die Folgen einer Handlung einfach nicht vorstellen. *Bir şey olmaz* (Es wird schon nichts passieren!) habe ich nur zu oft gehört.

Seit Beginn des Ramazan sind wir bei Tisch immer zu fünft, auch Ahmed und Mesut beteiligen sich am Abendessen. Ayhan dagegen behauptet nach wie vor, es würde ihn würgen, wenn er seinem *dede* zuhören und zuschauen müsste.

Ich versuche, eine Unterhaltung in Gang zu bringen, und erzähle, dass unser *bakkal* heute gefragt hat, ob der *dede* verreisen wolle, weil er Pappkartons sammele. Diese Begebenheit findet Ahmed alles andere als witzig. Es ärgert ihn, dass sein Vater in den Augen der Nachbarn eine komische Figur abgibt. Anstatt sich aber direkt an ihn zu wenden, macht er seiner Mutter Vorwürfe, warum sie ihn nicht davon abhalte, wie ein Lumpensammler Kartons, Plastiktüten, Bindfäden und Holzstücke nach Hause zu schleppen. Ich lache und kann daran nichts Anstößiges finden. Soll er doch.

Das reizt meinen Mann noch mehr. »Nicht jeder ist so tolerant wie unsere *gelin*. Andere Leute widert das an. Warum ist er so stur? Ich habe ihm ja auch hundertmal gesagt, er soll das Brot nicht in den Tee tauchen. Das ist ekelhaft. Ihr braucht euch gar nicht zu wundern, wenn eine andere *gelin* das nicht erträgt und euch rausschmeißt.«

»Mann, nun lass mal die *gelin* aus dem Spiel. Das klingt gerade so, als sei meine Toleranz ein Fehler.«

»Du bist gar nicht so unschuldig. Mit dem Thema, das du anschneidest, reizt du mich.«

»Na gut, dann schweigen wir lieber.«

Die Alten und Mesut machten den Mund erst gar nicht auf. Später sagt Mesut, es sei furchtbar, uns beiden Kampfhähnen zuzuhören. Zwar hätte ich »auch als Frau in diesem demokratischen Land das Recht auf freie Rede«, aber ich sollte doch klug genug sein, jemanden wie seinem *baba* kein Kontra zu geben.

Ahmed hakt natürlich nach, als wir allein sind. Nicht Toleranz und Nachsicht brauchten seine Eltern, sondern Aufklärung. Indem er sie zu erziehen versuche, erweise er sich als liebender Sohn. Außerdem müsse er einfach aussprechen, was er denke. Was habe es denn für einen Sinn, den Ärger runterzuschlucken. Sobald man alles offen ausspräche, sei es viel einfacher. Aber dass er das Ramazan-Fasten nicht einhält, wagt A. nicht einzugestehen. Wo bleibt denn da seine Ehrlichkeit?

Und die Reaktion meiner Schwiegermutter folgt am anderen Morgen: Sie sucht im Garten nach Pappkartons und allem, was der Alte angeschleppt hat, und wirft den Plunder in die Mülltonne. Ich frage sie scherzhaft, weshalb sie nicht *boş ver* sagt.

Dieser Ausdruck ist mir früher einmal als so typisch türkisch erschienen. Wenn es jedoch um die Familie geht, sowohl um die internen Hakeleien als auch um ihre Ehre vor der Außenwelt (*namus*), dann gilt *boş ver* offenbar nicht.

Nur ich soll *boş ver* denken, wenn – wieder mal – der Fotokopierer kaputt ist und ich zum zweitenmal umsonst hingeradelt bin. Oder wenn der Pullover, den ich mir habe stricken lassen, ganz anders ausfällt als vorher – ausführlich – besprochen. In diesem Falle habe ich mich aber gewehrt und den Pulli nicht abgenommen, sondern darauf bestanden, dass sich die Strickerin an den Auftrag hält. Nun muss sie – *boş ver* – noch einmal von vorne beginnen.

Mesut arbeitet an einem Aufsatz mit dem Thema »Umweltprobleme in unserem Lebensbereich« und liest mir seinen Entwurf vor. Die stilsichere Einleitung kann ich nur bewundern. Beim Herunterrattern der Sätze wäre mir fast die kühne Behauptung entgangen, in Europa sei die Umwelt viel sauberer wegen des stärker ausgeprägten Bewusstseins und der besseren technischen Mittel zur Abfallbeseitigung. Nun, das entspringt nicht reiner Fantasie. Der Junge hat vor zwei Jahren in den Ferien in Deutschland erlebt, dass der Abfall nicht aus offenstehenden Mülltonnen auf den Straßen herumfliegt. Er weiß, dass dort die Autos zur Abgaskontrolle müssen. Während hier jeder frei stinken darf und selbst die städtischen Busse ungestraft mit ihren dicken, schwarzen Rußwolken die Luft verpesten.

Der Vergleich mit Deutschland war für den Aufsatz aber gar nicht verlangt. Vielmehr sollten die Kinder sich überlegen, welche Hilfe von europäischen Organisationen für das neu erwachte türkische Bestreben nach Umweltschutz zu erwarten sei. Außer Geld und technischem Know-how fiel Mesut natürlich nichts ein. Ich versuche ihm am Beispiel der Gewächshäuser in der Nachbarschaft das Problem der Pestizidrückstände im Gemüse zu erklären und erwähne, dass die europäische (deutsche) chemische Industrie gewiss eine Mitverantwortung am übermäßigen Chemikalienverbrauch in der hiesigen Landwirtschaft trage. Mesut wehrt sich gegen meine Überlegungen. Der Lehrer erwarte keine Kritik an Europa, meint er. Und im übrigen hätte er schon einen dritten Hauptteil, nämlich die Izmirer Bucht, deren Verschmutzung ohne europäische Hilfe jedenfalls nicht beseitigt werden könnte.

Na schön, dann hofft mal weiter auf Europa!

In Istanbul sind im Kriminalamt ausgerechnet in der Abteilung für Terrorbekämpfung drei Bomben explodiert (drei Tote, 16 Verletzte). Angeblich handelt es sich aber um einen Unfall bei der Entschärfung von Sprengsätzen. (Die Zeitung setzt »*kaza*«, Unfall, in Anführungsstriche, weil sie der Version nicht so recht traut.)

In Erwartung blutiger Ereignisse reisen ausländische Fernsehteams und Presseleute nach Südostanatolien. Die Regierung Demirel setzt auf *glasnost,* ohne zu bedenken, dass die Medien an der Eskalation von Gewalt manchmal nicht unschuldig sind. Dort muss sich an Nevroz, dem altpersisch/kurdischen Neujahrsfest beziehungsweise Frühlingsfest, nun ja etwas ereignen, damit die Welt wieder ihren Kitzel hat.

Als ich vom Markt heimkomme, diskutiert Ahmed im Wohnzimmer lautstark mit seiner Mutter. Ich höre sie gerade sagen: »Was kann ich denn dafür. Stundenlang rede ich auf ihn ein, aber es fruchtet nichts. Er ist halt ein Dickkopf.«

Also geht es wieder einmal um das Verhalten des *dede.* Ich glaube langsam, er verstellt sich oft absichtlich, gibt vor, nicht zu kapieren, was man von ihm will, um sich einen letzten Rest von Eigenständigkeit und Würde (nach seinem Verständnis) zu bewahren. »Ich bin ein Mann, mir hat keiner was zu befehlen.« Wie sonst könnte er dies noch beweisen?

Am Nachmittag sind wir allein. Ich schaue ihr zu, wie sie die Ferse des Sockens strickt. Ein Bäumchen-Muster mit zwei Fäden. Jede Masche wird sorgfältig festgezogen. Das hält sicher lange. Plötzlich bricht es aus ihr heraus: »Ich habe immer brennende Augen gehabt vor Sehnsucht nach Ahmed. Jetzt zahlt er uns alles heim. Dabei habe ich ihn als Kind doch stets vorgezogen. Dass Ahmed sich so verhält, hätte ich nie vermutet. Kein Mensch hat uns bis jetzt solch böse Vorwürfe gemacht wie er. Niemand hat bisher dem *dede* vorgeworfen, dass er rülpst und man sich ekeln müsse. Mein Sohn hat sich in Deutschland veränder. Ich habe ihn nicht so erzogen. Er will uns nicht hier haben, deshalb stören ihn Kleinigkeiten. Es ist sowieso Sünde, dass ich den *dede* anschreie, aber es nützt auch gar nichts. Was kann ich denn machen?... Dass du uns gut behandelst, passt ihm ebenfalls nicht. Stell mir abends keine Oliven mehr hin, *gelin*, ich will nichts haben.«

»Hat es wegen der Oliven Probleme gegeben?« frage ich.

»Nein, das nicht, aber er zählt uns ja die Bissen in den Mund. Wäre ich bloß in meinem eigenen Haus geblieben.«

»Aber Ahmed hat all die Jahre gewünscht, dass ihr für immer hier wohnt. Er wollte euch sogar ein Stockwerk ausbauen. Noch im Herbst hat er Pläne dafür gemacht.«

»Na ja, und nun hat er uns einen Furz vor die Nase gesetzt.« Wahrhaftig, das sagt sie. Ich muss lachen.

»Komm, Mutter, das Wetter ist schön, wir gehen in den Garten.«

Freitag ist ein wichtiger Tag. Die frommen Männer, wie der *dede* und unser Ahmed, eilen zum Mittagsgebet in die Moschee. Und für die Schüler bricht das Wochenende an, denn samstags haben sie keine Schule, nur *dershane*. Mesut und Ayhan sind kurz heimgekommen, haben auf die Schnelle etwas gefuttert, sich fein gemacht und sind jetzt jeder mit einem Mädchen losgezogen. Von Mesut weiß ich, dass sie ins Kino gehen, im Winterhalbjahr der beste Ort zum Schmusen. Ich will den Kindern keine Angst machen, aber nach Lage der Dinge könnte heute jederzeit irgendwo eine Bombe explodieren.

Am Tag vor Nevroz (morgen ist der 21. März) steht das ganze Land unter einer unheimlichen Spannung. Die Zeitungen melden eine Reihe von PKK-Anschlägen im Südosten. Bei Cizre fand man zwei *köy korucu* an einem Lichtmast aufgehängt, ihnen waren Geldscheine in den Mund gestopft worden (Hinweis darauf, dass diese »Dorfwächter« vom Staat bezahlt werden). Außerdem wurden verschiedene andere Personen getötet, darunter Schüler, Kleinkinder und Frauen. Wann wird man in Deutschland einsehen, dass die PKK eine Terrororganisation ist, die auch die Zivilbevölkerung nicht verschont? Oder sind diese Nachrichten »getürkt«? – Wie weit steht das kurdische Volk hinter der PKK? Eine verfehlte Kurdenpolitik, ja die Verleugnung des Problems von Seiten des türkischen Staates hat, und das seit Jahrzehnten, viele Kurden (aber gewiss nicht die Mehrheit) zu der Überzeugung geführt, nur mit Gewalt sei überhaupt eine Lösung zu erreichen.

Dabei ist schon unter der Regierung Özal die Anerkennung der kulturellen Identität diskutiert und beispielsweise die kurdische Sprache auf Ämtern und in Liedtexten erlaubt worden. Özal hatte auch ein kurdisch-sprachiges Fernsehprogramm vorgeschlagen. Aber dem widersetzte sich die Parlamentsmehrheit.

Viele fürchten wohl, das auf Atatürk zurückgehende und damit geheiligte Prinzip der nationalen Einheit könnte verletzt werden und der Staat auseinanderfallen, denn die Kämpfe der ethnischen Gruppen in der ehemaligen Sowjetunion und auf dem Balkan geben dafür das warnende Schreckbild ab.

Gleichwohl kamen erst kürzlich in einer breiten Diskussionsrunde im türkischen Fernsehen kurdische Intellektuelle zu Wort, die sich sämtlich für eine kulturelle Autonomie ohne Sezession im staatlichen Bereich aussprachen, und natürlich gegen jegliche Gewalt. Offensichtlich haben aber weder diese Intellektuellen noch die verhandlungsbereite Regierung Demirel es in der Hand, die gegenseitigen Aggressionen von PKK und türkischer Armee zu kontrollieren.

Bei Kurtalan (Siirt) wurde eine Sendestation des Staatsfernsehens TRT bombardiert und eine Zementfabrik mit Raketen beschossen. Die Regierung hat über die südöstlichen Provinzen den Ausnahmezustand verhängt, und Demirel hofft im übrigen,»dass die Bevölkerung gemäß tausendjähriger Tradition ein friedliches Nevroz-Fest feiern« kann. 75 Personen wurden in Batman und Diyarbakır »vorsorglich« inhaftiert.

Wie Ahmed die Kinder erzieht: Er ist unheimlich stolz auf die beiden, hält sie wohl für Genies. Verwöhnt sie – nicht mit Geld, sondern indem er sie bedient, ihnen zum Beispiel am Wochenende liebevoll Frühstück macht, Spezialomelette. Dann wieder plötzlich Theater wegen Kleinigkeiten, heute wegen einer zufallenden Tür, die als Zuknallen nach einem »Wort« des Vaters gedeutet wurde. Besonders Ayhan wird angeschrien, Mesut weniger.

Sorgen macht mir, dass die Kinder sehr diplomatisch mit dem Vater umgehen, ihn nie direkt angehen. (Aber das tue ich ja auch nicht. Weil es schmerzt, verletzt zu werden.) Auf diese Weise können die Söhne wohl auch schlimme Ausbrüche des Alten ziemlich unberührt überstehen, einfach abschütteln. Ihre Welt betrifft es ja nicht. Widerspruchslos fügen sie sich seinen Vorschriften. Doch sobald er ins Teehaus abzieht, gilt kein Gebot mehr.

Mir »gehorchen« sie nicht; sie wollen über alles diskutieren. Ich darf allenfalls meine Meinung sagen beziehungsweise meine Grenzen abstecken, und manchmal kann ich mich durchsetzen.

Ahmed hat im Garten die Spaliere für die Weinreben repariert und erweitert. Der eine Weinstock ist ein richtiger Baum geworden, der eine Laube überdeckt. Er wird uns wohl in diesem Sommer völlig ausreichen für unsere *yaprak sarması*, die mit frischem Grün besonders gut werden.

Ich setze mich ein halbes Stündchen probeweise in die Laube, die jetzt noch kahl ist. Habe Ahmed gegenüber ein Wort der Anerkennung bezüglich seiner vielen Arbeit im Garten fallen lassen – auf das er wohl schon lange gewartet hatte, denn es ging ihm glatt rein.

Nach dem Regent sprießt und blüht alles. Echte Kamille, winzige Vergissmeinnicht, lila und rosa Blümchen. »Allah hat gewusst, wie ich das Grüne liebe, und mich deswegen herkommen lassen«, sagt die *anne.* »Nun haben wir auch einen Winter in Izmir erlebt. Es war gar kein richtiger Winter.«

Ihre Zahnprothese drückt. Meinem Vorschlag, sie zum Zahnarzt zu bringen, widerspricht sie heftig. Selbst tagsüber sitzt sie jetzt ohne Zähne da, was wegen des Fastens freilich nicht weiter stört.

Schwiegervaters Jackett, das er den ganzen Winter über getragen hat, müsste in die Reinigung. Aber nein, da könnte man sparen, meint Schwiegermutter, ich solle es waschen. »Und wenn es einläuft?«

Bir şey olmaz« (passiert schon nichts). Die Standardformel. Die andere *gelin* habe es auch gewaschen. Auf meine Frage, ob er dieses abgetragene Jackett etwa auch an *Bayram* anziehen wolle, zeigt sie mir zwei komplette neue Anzüge, die im Koffer liegen.

Das Nevroz-Fest hat bisher (laut Zeitung vom 22. März) 22 Todesopfer gefordert. In mehreren Städten (u. a. Van, Şırnak, Cizre) herrscht Ausgangssperre, nachdem es zu Schießereien zwischen Demonstranten und Militär gekommen war.

Seltsamerweise hat die große Volkserhebung, die die PKK (ERNK) seit Wochen proklamierte, nicht stattgefunden. In Diyarbakır, Nusaybın, Silvan und anderen Städten der Kurdenregion wurden unter der Regie der HEP legale Feiern ohne jede Störung abgehalten. Hier in Izmir haben etwa fünfhundert Leute (Izmirer Kurden) auf der alten Burg Kadıfekale *halay* getanzt.

In der Hochsaison, im Juni- oder Juliheft, werden wir den Artikel über die »Moderne Türkei« bringen, den Emin »wichtig« nennt. Der Auftrag sei eine Ehre für mich. Sein spaßhafter Ton sollte wohl eine gewisse Besorgnis kaschieren.

Ich habe den Artikel erst angelesen und verstehe rein gar nichts.

»Der Kern der türkischen Revolution ist der Kemalismus ... Was ist Kemalismus? Die Gesamtheit und das harmonische Zusammenspiel von Absichten, praktischen Maßnahmen und Grundsätzen, die, auf der Realität beruhend, von universaler Bedeutung sind und die Zukunft bestimmen. Das Ganze ist ein dynamisches und ineinander greifendes System von Gedanken, das für Neues offen ist. Seine unverletzlichen Grundwerte sind: der unabhängige, unteilbare Nationalstaat, die nationale Souveränität, die Freiheit der Person, die Absicht, in jedem Zeitalter modern zu sein, Vernunft und Wissenschaftlichkeit.«

Muss mir erst mal mit eigenen Worten klarmachen, was die Sätze bedeuten: Es gibt ein paar Grundprinzipien (zuletzt angesprochen), die ständig neu diskutiert und der Realität angepasst werden müssen. Kemalismus ist keine Ideologie, sondern die Entscheidung für einige Rahmenbedingungen des praktischen Handelns. Oder?

»Die eigentliche Besonderheit der türkischen Modernisierung ist das Prinzip der ständigen Aktualität. Der gedankliche Rahmen und die Grundsätze, die die Phase vorbereiteten, kristallisierten sich im großen Ganzen aus der Praxis heraus. Die von Atatürk begonnene Bewegung setzte sich auch nach seinem Tode fort, indem die gedanklichen Grundlagen vertieft und ihre praktische Anwendung ausgeweitet wurde.«

Der Text ist nicht sehr konkret. Er umschreibt eigentlich nur noch einmal, dass sich – da der Kemalismus weder ein philosophisches System noch eine Ideologie ist – das politische Handeln in der jeweiligen Gegenwart relativ frei gestalten lässt, wenn nur die genannten unantastbaren Grundprinzipien Atatürks aufbauend weitergedacht werden.

Meiner Ansicht nach ließe sich dies auf die Behandlung der Kurdenfrage recht gut anwenden. Somit wäre es nicht entscheidend, wie Atatürk damals mit den Kurden umgegangen ist, sondern was man ihnen – gemäß den Grundwerten »des unabhängigen, unteilbaren Nationalstaates, der Freiheit der Person, der Vernunft und Wissenschaftlichkeit ...« – heute zugestehen könnte. Genau hier allerdings liegt die Schwierigkeit.

Atatürk hatte die Vorstellung eines nicht-ethnischen Nationalstaates, in dem alle Einwohner die selben Staatsbürgerrechte haben sollten, und zwar ohne Ansehen von Rasse, Sprache, Glaubensrichtung, Geschlecht ... Von daher gesehen hätte es eine Diskriminierung für die Kurden bedeutet, wie eine Minderheit mit Sonderrechten ausgestattet zu werden (wie beispielsweise die Griechen in Istanbul). Die Kurden gehörten von Anfang an zum Staatsvolk. Ich glaube, man versteht in

Deutschland nicht, dass diese Position eigentlich sehr fortschrittlich ist. Deshalb ist es für am Kemalismus geschulte Türken schwer zu verstehen, warum der Westen ihnen einen Rückfall (wie sie es sehen) in eine ethnisch begründete Differenzierung abverlangt.

Ich erkenne übrigens eine gewisse Parallele zur Frauenfrage. Doch führt dies wohl zu weit.

Bin in depressiver Stimmung. Will keinen Menschen sehen. Habe Ayhan ein »egoistisches Arschloch« genannt, weil er mich im Bad sitzen gelassen hat. Ich habe nackt gewartet, dass er mir den Rücken mit der *kese* abrubbeln käme, was er seit Jahren fachmännisch macht, natürlich gegen Bezahlung. Mein Rufen ging in seiner dröhnenden Metal-Musik unter. Er sagt, er habe »vergessen«, dass er nach fünf Minuten kommen sollte. Ich tue alles für die Gören, darf selbst aber nie etwas erwarten; das macht mich wütend.

Ich habe ihn angeschrien. Nicht er fühlt sich schuldig (eher beleidigt), mich sieht er im Unrecht, weil ich angeblich eine »Affäre« draus mache! Aber morgen mit ihm zum Optiker gehen, weil seine Brille kaputt ist, die Zeit darf ich wieder opfern.

Auf Kadıfekale hat sich eine junge Kurdin (18) aus Protest gegen die Ereignisse in Südostanatolien selbst verbrannt. Innerhalb von zwei Tagen hat es insgesamt 55 Todesopfer gegeben. In Nusaybın eröffneten Soldaten das Feuer gegen (friedlich?) marschierende Demonstranten. Die Stadt ist von der Außenwelt abgeriegelt. Journalisten werden nicht reingelassen. Nach Cizre ebenfalls nicht.

Der Optiker war ein guter Anlass. Wir haben uns hinterher bei einer Pizza ausgesprochen. Vielmehr, ich habe geredet, und Ayhan hat wortkarg, jedoch »freundlich« reagiert. Dieser so sprachmächtige Sohn kann seit ein paar Jahren einfach nichts mehr über sich sagen. Hat wohl tiefe Gefühle, die er preiszugeben fürchtet. Es liegt mir fern, ihm Geständnisse abzupressen; bin schon zufrieden, wenn er zuhört. Er soll in mir aber auch den Menschen sehen, nicht bloß die funktionierende Mutter.

Gülay meinte neulich, in der Türkei fände das Gespräch zwischen den Generationen nicht statt. Darüber kann/ will ich nicht urteilen. Ob es in Deutschland nicht ebenso sei? Nachdem sie selbst die Ablösung ihrer erwachsenen Tochter durchlitten hätte, wäre sie endlich soweit, sich mit ihrer eigenen Mutter auseinander zu setzen; aber nun sei diese tot.

Fand im Bücherschrank die Erzählung »Einen Mondmonat lang« … Über eine Deutsche, die irgendwo im Orient den Ramazan erlebt. Alles viel mystischer und »orientalischer« als meine Erfahrungen in diesem Land. Oder sah ich die Dinge früher vielleicht auch mal so? Während ich den letzten Satz niederschreibe, fällt mir auf, dass ich Innenwelt und Außenwelt vermische. »Orient« als meine/unsere Vorstellung davon.

»Die Türken haben die Gabe, die Welt unvoreingenommen zu betrachten, Verbindungen zu schaffen und mit allen Kulturen in Austausch zu treten. Der türkische Mensch ist dementsprechend von seiner soziokulturellen Struktur her nicht statisch, sondern mobil, also beweglich.«

Dies trifft auf die Türken, die man in Europa kennt, nämlich die Gastarbeiter, in keiner Weise zu. Der Verfasser hat hier aus seiner Intellektuellensicht ein Ideal vor Augen, dem allerdings die Jugend der städtischen Mittelschicht in der Türkei nahe kommt.

»Die türkische Revolution war nie eine sterile Verwestlichungsbewegung, sondern muss als ein kollektives kulturelles Vorwärtsdrängen bewertet werden.«

Auch hier werden die Tatsachen reichlich idealisiert. Das »kollektive Vorwärtsdrängen« war Sache einer aufgeklärten Minderheit gegen den massiven Widerstand konservativ-islamischer Kreise. Die »Revolution« wurde von oben befohlen und mit Brachialgewalt durchgesetzt.

»Während der türkischen Modernisierungsphase legt man besonderen Wert darauf, in einer säkularen Erziehung Wissen anzusammeln und mit rationalen Methoden ein kulturelles Fundament zu schaffen. Eines der Ziele ist es, die durch die Entwicklungsunterschiede bedingte kulturelle Zersplitterung zu überwinden und den Grundstock der Kultur zu bewahren und weiter zu entwickeln. In diesem Zeitabschnitt sollen aus der vom Kemalismus inspirierten Dreiheit von Verstand, Wissen und Nachdenken Werke der menschlichen Liebe und künstlerischen Schönheit entstehen und darauf aufbauend wieder eine neue Suche erfolgen, neue Richtungen, neue Wege eingeschlagen werden.«

Verdrehte, aufgeblasene Sätze ohne logischen Zusammenhang. Ich weiß gar nicht, was der Autor wirklich will. Was faselt er ständig von der Einzigartigkeit der türkischen Kultur, des türkischen Menschen. Warum dieser ganze Schaum? Was versteckt sich dahinter?

Der deutsche Leser wird sich angewidert abwenden und sagen »Phrasen«, »Pathos«.

In Şırnak lieferten sich die PKK und die Armee zwanzig Stunden lang Gefechte. Letztere war schließlich »Herr der Lage«. Die Bevölkerung musste sich im Stadion versammeln, damit die Häuser nach Waffen und Verdächtigen durchsucht werden konnten.

In Cizre ist ein Journalist der Zeitung *Sabah* erschossen worden. Wer geschossen hat, verschweigt selbst *Cumhuriyet*. Doch aus dem europäischen Fernsehen erfahren wir, dass es Soldaten waren. Der Journalist hatte das Ausgangsverbot übertreten.

Wir, die deutschen Frauen in Izmir, die wir uns schnell zusammentelefoniert haben, finden, dass etwa Sat 1 unglaublich einseitig, reißerisch und verhetzend über die Türkei berichtet. Als herrsche hier noch immer eine Militärdiktatur, als würden von Staats wegen ständig die Menschenrechte verletzt (was der Regierung Demirel gegenüber unfair ist). Andererseits wird das Anliegen der Kurden mit den Absichten und Aktionen der PKK gleichgesetzt, deren Brutalität man nicht zur Kenntnis zu nehmen scheint. So entsteht in Deutschland ein völlig verdrehtes Bild der Türkei – womit letztlich nicht einmal den Kurden geholfen ist.

Ich hebe mir schon des längeren alle Tageszeitungen auf, denn diese vielen Einzelheiten kann niemand im Kopf behalten.

Schwiegermutter kommt total verschwitzt aus dem Garten, Haarsträhnen hängen unter ihrem Kopftuch hervor. Sie ist glücklich über so viele wilde Kräuter die sie mit unserem Spinat zusammen schmoren will. Ich blicke skeptisch, aber dann identifiziere ich *manca* als Klatschmohn, *kuş teresi* ist Hirtentäschelkraut und *ebegümeci* als wilde Malve. (Alle diese Pflanzen kann man natürlich nur vor der Blütezeit verwenden.) Lediglich die *kızıl pancar* (rote Rübe) genannten zungenartigen Blätter sind mir unbekannt, doch sie behauptet, die hätten wir schon beim letzten Mal mitgegessen. Hoffentlich vergiften wir uns nicht. Kräuterhexe.

Für den Spinat engagiere ich mich wohl so, weil es um die Überwindung eines Kindheitserlebnisses geht. Vater baute seinerzeit als Hobbygärtner Spinat an, den, im Küchenwolf zu einem schrecklichen grünen Brei durchgedreht, wir essen mussten. Widerwille, ja Ekel regte sich beim bloßen Anblick.

In meiner Küche bleiben die Blätter ganz. Sie werden in Olivenöl oder Butter zusammen mit einer feingehackten Zwiebel angedünstet. Dazu gibt es Joghurt-Knoblauchsoße. Ein Gericht für Feinschmecker!

Die Arbeiterinnen im benachbarten Gewächshaus haben der *anne* gemusterte Strümpfe abgekauft. Sie will noch weitere drei Paar stricken, damit sie von dem Erlös (20 000 Lira pro Paar) den Enkeln etwas schenken kann zum *Ramazan Bayramı*, dem Fest am Ende der Fastenzeit. Das bedeutet, sie hat keinerlei Bargeld in der Hand. Dabei brauchte sie nur auf die Bank zu gehen (freilich mit meiner Hilfe). Ob sie an diese Möglichkeit überhaupt denkt?

Kaffeeklatsch der deutschen Frauen bei Christine. Sind Kuchengenuss und Lebensfreude in einer Zeit wie dieser erlaubt? Einziges Gesprächsthema: der Stopp der deutschen Militärhilfe für die Türkei (weil laut Bundestagsbeschluss Waffen in Krisengebiete nicht geliefert werden dürften, zumal wenn sie dort gegen die eigene Bevölkerung eingesetzt werden). Die meisten Frauen sind der Meinung, dass die deutsche Regierung unzureichend informiert sei und die PKK ebenso falsch einschätze wie die türkischen Militäraktionen, die sich ja nicht gegen den kurdischen Bevölkerungsteil als solchen richteten. »Man weiß wohl in Deutschland auch nicht, dass die Hälfte der Kurden heutzutage im Westen der Türkei lebt.«

Hier kennt jede persönlich einige Kurden, seien es die Nachbarn oder der *bakkal*, sei es eine Kollegin an der Schule oder der Geschäftspartner des Mannes. Erika hat eine kurdische Schwägerin; der Betriebsleiter in der Baufirma von Annie ist Kurde: »Er trägt die gesamte Verantwortung und verdient einen Haufen Geld. Dass er Kurde ist, hat bisher niemanden gestört. Haben nicht die Kurden die gleichen Bürgerrechte wie alle Türken? Sie werden ja eben nicht wie eine Minderheit mit Minderheitenstatus behandelt, sondern als Vollbürger.«

»Dies ist die offizielle Sicht der Dinge«, meint Barbara. »In der Praxis ist es weniger harmlos. Wenn jemand im Elternhaus Kurdisch spricht, in der Schule aber einen türkischen Lehrer hat, der ihn nicht versteht und dazu zwingt, sein Kurdisch zu verleugnen, so wird derjenige alles Türkische nur noch hassen.«

»Du tust ihnen aber auch nichts Gutes, wenn sie die Staatssprache nicht lernen, denn das führt zu Gettoisierung«, wirft Erika ein.

Dagmar: »Kennt eine von euch den Süden genauer? Ich meine, näher als vom rein touristischen Kurzbesuch? Ich habe fünf Jahre in Diyarbakır gewohnt, wo fast alle Leute Kurden sind. Die Atmosphäre ist viel strenger und gespannter als im weltoffenen Izmir. Wir haben persönlich miterlebt, dass Kollegen meines Mannes verhaftet wurden, nur weil sie sich seinerzeit für die Anerkennung der kurdischen Sprache eingesetzt haben. Seit dem Vorjahr ist diese ja offiziell erlaubt. Und es gibt kurdische Abgeordnete, sogar Minister ... «

Heiße Debatten in kleinen Gruppen. Ich fange Gesprächsfetzen auf. »Demirel meint es vielleicht ehrlich, wenn er immer wieder beschwört, die Probleme des Landes ›friedlich‹, ›demokratisch‹ und ›mit rechtsstaatlichen Mitteln‹ zu lösen. Hält sich aber das Militär daran? Ordnet es sich etwa der politischen Führung unter? Theoretisch müßte es das ja.«

»Und wie verfahren andere Länder mit terroristischen Untergrundorganisationen?«

»Der Terrorismus hat schließlich eine Ursache. Jahrzehntelange Vernachlässigung der Region. Staatsterror. Schon im Osmanischen Reich ...«

»Man beschuldigt immer die Regierung. Aber die Großgrundbesitzer dort in der Region sind ebenfalls Kurden. Diese Ağas sollten mal was für die Bauern tun.«

»Es gibt keine Industrie, stimmt. Trotzdem setzen sich reiche Geschäftsleute aus Diyarbakır und Siirt nach Istanbul ab, statt in ihrer Heimat zu investieren.«

»Weil sie den Terror fürchten und weil es noch kaum eine Infrastruktur gibt, obwohl seit Jahren in das GAP Unmengen von staatlichen Mitteln fließen ...«

Unsere Argumente drehen sich im Kreis.

Im Taxi nach Hause; es eilt, wenn ich zum Fastenbrechen der Alten zurück sein will. Die übliche Frage des Fahrers nach meiner Nationalität. Mich als Deutsche zu bekennen, kommt mir heute nicht ungefährlich vor, was ich auch zum Ausdruck bringe. Ermutigend die Antwort des Chauffeurs: »Es kommt doch auf die einzelne Persönlichkeit an. Wer kann dir einen Vorwurf machen wegen deines Außenministers. Wenn von unseren Politikern einer etwas Dummes sagt, bin ich doch auch nicht daran schuld« (wörtliches Zitat).

Wir haben übrigens mit Erstaunen registriert, wie stark das türkische Selbstbewusstsein, die Emanzipation vom »deutschen Freund« inzwischen ist. »Wer solche Freunde hat, braucht keine Feinde mehr«, heißt ein Sprichwort, das jetzt häufig zitiert wird.

Abends versucht Ahmed, mir seine eigene Haltung zu erläutern und mich zu überzeugen, was aber gar nicht nötig ist. Ausnahmsweise sind wir mal einig in den wichtigsten Punkten.

Mit Ungeduld erwarte ich die abonnierte Zeitung aus der Heimat, die mich leider erst mit einer Woche Verspätung erreicht. Die deutschen Nachrichten über Satellit sind zum Entsetzen vorurteilsbeladen und strotzen vor Unwissenheit (eins bedingt wohl das andere). Deutsche Parteinahme für »Kurdistan« birgt meines Erachtens die Gefahr, dass sich die ethnischen Gegensätze in der Türkei vertiefen. Im Westen der Türkei leben Türken und Kurden friedlich nebeneinander, und das seit Jahrzehnten. Wenn in Deutschland nun suggeriert wird, die Kurden wollten einen Nationalstaat (Reizwort »Kurdistan«), heizen sie bloß die Stimmung gegen die Kurden an. Nicht sehr hilfreich.

»Auch für unsere nationale Kultur sind so wichtige Grundelemente der westlichen Kultur wie Menschenliebe und Freiheit charakteristisch. Das hat auf die schönste Weise Atatürk ausgedrückt in dem Satz: ›Unabhängigkeit und Freiheit sind mein Charakter.‹

Freiheit als Grundwert der Kultur, so wie dies im Westen gilt, können die Türken aus ihrer geschichtlichen Tradition heraus und aufgrund der Priorität, die dieses Prinzip in ihrer Revolution und bei ihrem Führer hatte, ganz leicht akzeptieren.«

Ich fürchte, europäische Leser fragen sofort, wie die Freiheit in der Türkei realiter aussieht, und zwar für alle Bevölkerungsgruppen. Der Autor kann sich wahrscheinlich nicht vorstellen, dass man seine hochgeistigen Ausführungen ständig mit der schmutzigen Realität vergleicht. Und ich frage mich, ob sich Emin *bey* bewusst ist, welche Mine er mit der Auswahl solcher Texte lostritt.

Savurgan, verschwenderisch, nennt mich die *anne* scherzhaft, als ich ihr nach dem Abendbrot ein Tässchen Mokka serviere. Und dann leise: »Mach für uns in Zukunft abends keinen Kaffee oder Tee, Ahmed wird böse.«

Na und? Soll er doch! Ich weiß genau, dass ich etwas Richtiges tue. Nur keinen Streit vermeiden.

Früher war für uns der Streit auch ein Mittel, die Wahrhaftigkeit unserer Beziehung zu prüfen: ob wir uns »trotzdem« liebten. Inzwischen hat die Liebe einiges von ihrer Elastizität eingebüßt. Außerdem hat sich eine grundsätzliche Nichtübereinstimmung in Gelddingen herausgeschält. Ich bin *savurgan*, nämlich großzügig (gegen mich und andere), was ihm Angst macht. Während mich seine Sparsamkeit, »Knauserigkeit«, nicht atmen lässt. Nicht typisch binational, dieses Eheproblem.

Traum.

Zusammen mit Ayhan komme ich aus dem Kino, und wir bewegen uns durch ein scheußliches Treppenhaus hinunter zum Ausgang. Der Sohn greift sich im Vorübergehen ein Wasserglas voll Whisky, das im Traum 10 000 Lira kostet, und ich fange an zu weinen. Im Gedränge verlieren wir uns. Unten vor dem Ausgang sprechen mich Bekannte an, dies hier sei eine gefährlich Gegend, sie könnten mich mit dem Auto mitnehmen. Ich antworte, dass mich mein Sohn beschützen würde. Aber wo ist er? Ich laufe suchend die Treppe wieder hinauf. Jetzt sind nur noch wenige Menschen da, keine Spur von Ayhan. Dafür hält mich ein Zigeuner fest, der will mich zwingen, ihm aus seinem Bauchladen etwas abzukaufen, sonst ... Ich sehe unter mir einen Abgrund gähnen, in den ich gleich abrutschen werde.

Ich übersetze, erstelle ein Textgebilde, das den Eindruck von Logik, Vollständigkeit und Glätte erweckt, und dabei kapiere ich den Urtext nicht.

»Durch den Kemalismus hat die türkische Gesellschaft gedanklich freien Boden gewonnen, die Kraft, sowohl die Besonderheiten der eigenen Kultur zu bewahren als sich auch im Einklang mit der universalen Kultur zu bewegen.«

Das ist doch die Quadratur des Kreises. Was besagt dieser Satz? Warum formuliert einer so? Warum findet Emin den Artikel so wichtig als »Botschaft an alle Touristen«? Vielleicht reizt mich das Ganze derartig, weil es der politischen Situation, der von mir erlebten Realität dieses Landes völlig widerspricht.

Windstöße wirbeln Staub auf. Plastiktüten fliegen durch die Luft und landen in unserem Garten. Ich sammele täglich Abfälle zusammen, die durch die Gartentür oder/und über die Mauer kommen. Das ungelöste *çöp*-Problem. Lächerlich, sich seit elf Jahren darüber zu erregen. Inzwischen nehmen einzelne Türken ebenfalls Anstoß. Havva *hanım* veranstaltete letztes Jahr eine Abfallsammelaktion in der *mahalle*, an der sie, ganz Lehrerin, alle Kinder beteiligte. Da die Tonnen längst nicht ausreichten, wurde ein großes Feuer entzündet, das alles Brennbare verschlang. Die Kinder hatten ihren Spaß; gleichzeitig ermahnte Havva sie, in Zukunft die Umwelt sauber zu halten. Schöne Utopie. Nach einer Woche sah es wieder wie vorher aus. Was können die Kinder daran ändern, dass die Mülltonnen keine Deckel haben (Müllmänner und Hausfrauen sind *gegen* Deckel, weil diese klemmen und die Benutzung der Tonne erschweren). Wie sollen die Kinder verhindern, dass Tiere und Abfallsammler die Tonnen nach Brauchbarem durchwühlen und dabei teilweise auf die Straße entleeren? Havva *hanım* ist verbittert. Sie hält es für aussichtslos, den Nachbarinnen das Trennen des Mülls beizubringen. Obwohl ich wieder verwertbare Abfälle wie Plastik, Glas und Papier neben die Tonne stelle, damit die Abfallsammler es mitnehmen können, wühlt auch bei mir immer irgend jemand die *ganze* Tonne durch und schmeißt einen Teil auf die Straße.

Nun regnet es, und alle sagen: *Elhamdülillah!* (Gott sei Dank!) Wieder ein Déjà-vu-Erlebnis: Unser Staubsauger hatte einen Kurzschluss. Ahmed hat ihn zu einem Bekannten gebracht, der professionell Elektrogeräte repariert und feststellte, dass am Motor nichts kaputt sein kann. Na gut, ich mache die Probe. Es gibt einen Knall, und die Sicherung fliegt raus. Ich bin empört, und Ahmed ist beleidigt. Es dauert ein Stündchen, bis wir unsere Gefühle überwinden und anfangen können, gemeinsam nach dem Fehler zu suchen.

»Ahmed, habt ihr dort ausprobiert, ob er funktioniert?«

»Nein, aber der Meister hat mit dem Ampèremeter alles nachgemessen.«

Wunderbar. Wo kann dann der Kurzschluss sitzen? Vielleicht sieht man ja, ob irgend was verschmort ist. Stieg nicht ein Rauchwölkchen an der Stelle auf, wo die Zuleitung in das Gerät hineinläuft? Jetzt entschließt sich mein Bester doch, den Schraubenzieher zu holen. Und wirklich: Zwei Drähte liegen ohne Isolierung nahe beieinander. Ahmed kann den Schaden selbst beheben. *Aferin!*

Typisch? Nein, nicht typisch. Es gibt gute Handwerker. Man muss sie aber entsprechend bezahlen.

Eine Woche bis *Ramazan Bayramı*. Ich wasche Gardinen, kaufe Bonbons und Essensvorräte. Es muss *sadakat ul fıtr* entrichtet werden, eine Abgabe an die Armen im Wert von einem Kilo Weizen. Da wir sechs Personen im Haushalt sind, spende ich sechsmal den Betrag an ein Waisenhaus.

31. März

In der Zeitung wird Entspannung im deutsch-türkischen Verhältnis verkündet. Die Leute hier verstehen das angebliche »Einlenken« Deutschlands als Sieg der türkischen Position. Ihre wütenden Reaktionen während der letzten Woche lassen sich nicht anders als mit enttäuschter Liebe erklären. Man sprach »Nazi-Deutschland« das Recht ab, die Türkei zu be- und verurteilen. Der Boykott deutscher Waren wurde erwogen. In Izmir wollte ein mit dem Bundesverdienstkreuz dekorierter türkischer Akademiker seinen Orden beim Generalkonsulat zurückgeben.

Mir erscheint es geradezu tragisch, dass die beiden Staaten aus dem selben Schlüsselerlebnis, nämlich dem Giftgasanschlag Saddam Husseins auf die irakischen Kurden am Ende des Golfkrieges, ganz verschiedene Konsequenzen zogen: Die Türkei hatte damals auf Seiten der Alliierten gegen den Irak gestanden und Tausende Kurdenflüchtlinge aufgenommen. Vom türkischen Volk war eine spontane Welle großherziger Hilfsbereitschaft ausgegangen. Ich erinnere mich, dass die Leute an den Bankschaltern Schlange standen, um auf die Spendenkonten einzuzahlen. Vielleicht hätte die Türkei damals mehr Reklame für sich machen, ihre noble Haltung gegenüber den Kurden ins rechte Licht der Weltöffentlichkeit rücken müssen. Statt dessen zögerte die Regierung, auch nur um materielle Hilfe von auswärts zu bitten. Sie fühlte sich vom Westen mit dem Problem alleine gelassen.

Deutschland hingegen führte sich fortan als Wächter der kurdischen Belange auf. Diesem Volk sollte nicht wieder Leid geschehen. Deshalb das Misstrauen gegen die Türkei. Deshalb von Seiten der Türkei diese starke Erbitterung jetzt.

Vielleicht hat die Aufmerksamkeit der Weltöffentlichkeit auf die Nevroz-Ereignisse doch etwas bewirkt: In Cizre hat sich das Militär große Mühe gegeben, bei der Durchsuchung der Häuser nach Waffen und Terroristen (am 26. März) »die Zivilbevölkerung nicht zu belästigen«. Reporter von *Hürriyet* waren exklusiv dabei.

April

Habe mich mit Emin verkracht und ihn wahrhaftig angeschrien. Einen Text, der an die Sprache der Diktaturen erinnert, könne man einem deutschen Leser nicht zumuten.

Emin: Dann solle ich gefälligst eine Form finden, die einem Deutschen zuzumuten sei und die ihn nicht an seine faschistische oder kommunistische Vergangenheit erinnerte. »Das ist doch *euer* Problem«, hat er zurückgebrüllt. Ich könnte die Schwierigkeit und Wichtigkeit dieser Gedankengänge gar nicht ermessen. Der Professor verzehre sich für die Ideale Atatürks, für die er im Gefängnis gewesen sei. »Wir alle haben dafür im Knast gesessen. Was wissen Sie denn überhaupt!«

Wir starrten uns an, schwiegen beide. Ich fühlte mich schuldig. Dann murmelte er noch etwas von seiner idealistischen Jugendzeit, während die heutige Jugend und die Politiker lediglich am Geld und an der Macht interessiert seien. Ob wir in Deutschland solche Denker überhaupt hätten? Und wie es um meine philosophische Bildung stehe. Wolle ich etwa alles auf Illustriertenniveau herunterholen?

Fast wäre ich wieder laut geworden; darum ging es nun wirklich nicht!

Er, weicher: Wie wichtig der Versuch einer Synthese sei. Atatürk und die Gegenwart, seine Prinzipien und die türkische Wirklichkeit, Ost und West, Laizismus und Islam.

»Zweifellos ist die Religion das wichtigste die menschlichen Werte stärkende Kulturelement. Dieser kulturelle Wert hat im Zuge der türkischen Modernisierung allerdings nicht die Aufgabe, die anderen Kulturelemente zu dirigieren, er soll diese vielmehr unterstützen und stärken und damit entsprechend zum Bau des Ganzen beitragen. Schließlich ist jetzt die laizistische Mentalität als Quelle des freien Denkens ein unverzichtbares Element der türkischen Kultur geworden.«

Mir fällt noch ein, dass Emin sagte: »Wir haben ja nicht Jahrhunderte Zeit gehabt für die Entwicklung. Renaissance, Aufklärung, also Phasen, die in Europa für die Entwicklung des Individuums, des freien Denkens ausschlaggebend gewesen sind, haben wir in der Türkei gar nicht gehabt. Das musste alles in diesem Jahrhundert nachgeholt werden.«

Ein besserwisserisches »Siehste« und den Hinweis auf die dazu im Widerspruch stehende Behauptung im Text habe ich mir verkniffen.

Ahmed leiht sich von mir Geld. Seine Rente ist erst in vierzehn Tagen fällig, also nach Bayram. Das bedeutet, alle Ausgaben zum Fest und wahrscheinlich auch die Kosten der Fahrkarten für die Schwiegereltern kommen auf mich zu. Ich stöhne ein bisschen und mache eine vorläufige Rechnung auf. Gut drei Millionen Lira (etwa 1000 DM) habe ich in diesem Winter mehr ausgegeben als veranschlagt und verdient (Konto überzogen) wegen unserer Dauergäste. Statt zu schimpfen, verspricht Ahmed, mir diese Summe zurückzuzahlen, sobald er eine Einnahme hat. Er umarmt mich und sagt, »Ich weiß doch, was du in den letzten Monaten für uns getan hast.«

Kadir Gecesi, die heilige Nacht, in der der Koran herabgesandt wurde. Hier wird kein historisches Ereignis, also nicht die Offenbarung des Korans durch den Propheten Muhammed, sondern, basierend auf Sure Nr. 97, die Gnade der göttlichen Offenbarung als solche gefeiert. Dass die gesamte Schöpfung die göttliche »Handschrift« trägt, die Urschrift aller heiligen Schriften – etwa vergleichbar dem Logos am Beginn des Johannesevangeliums.

Ahmed fordert die Söhne auf, wenigstens heute zu beten. Sie müssen die große rituelle Reinigung vornehmen.
Mesut verrichtet alle Teile des Nachtgebets und kommt zwischendurch zu mir, wenn er nicht mehr weiter weiß. Ayhan begnügt sich mit den als Minimum vorgeschriebenen vier Verneigungen. Dann setzt sich Ahmed zu seinen Eltern hinein und hält ihnen eine Rede, hauptsächlich wohl das, was er vorher in der Moschee gehört hat. Er predigt eben liebend gern: über Verzeihen und Güte, über Freigebigkeit und Opfer und so weiter.
Der *dede* ist im Ramazan verstummt. Das Fasten strengt ihn an. Nicht einmal abends wird er gesprächig, er hat einfach keine Laune mehr. Um so erstaunter war ich, als er heute ein Liedchen aus *Fosforlu Cevriye* (einem Vaudeville von Suat Derviş) vortrug:

»*Karakolda ayna var, ayna var.*
Kız kolunda damga var.
Gözlerinden bellidir, Cevriye,
sende kara sevda var.«

Auf der Polizeiwache gibt es einen Spiegel,
Auf dem Arm des Mädchens ist ein Stempel.
Man sieht es dir an den Augen an, Cevriye,
du hast eine schwarze Leidenschaft/unglückliche Liebe.

Ahmed ermahnt seinen Vater, es zieme sich nicht, als *hacı* solch ein Liedchen zu singen. Der *dede* stört sich nicht an dem Einspruch und wiederholt den sehr bekannten und deshalb wohl kaum mehr anstößigen Text. Dann breitet er die Arme aus und nennt sich einen *dünya kuşu* (Weltvogel), der sowieso bald fliegen werde. Narrenfreiheit vor dem Tod.
Mutter lässt sich die Personenwaage bringen. In den zwei Monaten ihres Fastens hat sie fünf Kilo Gewicht verloren. Wir loben sie. Auch Ahmed ist endlich mal zufrieden.

Und da erwischt sie mich doch noch am letzten Tag beim Essen! Es musste ja so kommen. Ich hatte mich nie besonders bemüht, es zu verbergen, obwohl Ahmed mir riet, tagsüber kein benutztes Geschirr stehenzulassen, denn »sie« kontrolliere sogar Teegläser und Kaffeetassen, ob sie noch warm seien. (Ihren detektivischen Scharfsinn habe er als Kind immer gefürchtet.) Na, heute musste ich nicht mal eine Ausrede erfinden. Ich hatte wirklich arge Kopfschmerzen und brauchte ein Frühstück als Grundlage für die Medizin. Sie forschte nicht weiter nach, ob ich nur heute ausnahmsweise oder etwa den ganzen Monat gegessen hätte.

Mit Putzen und Einkaufen verlief der Vortag des Festes ziemlich anstrengend.

Abends erzählte sie humorvoll, sichtlich in Anspielung auf das »Erwischen« am Morgen, dass sie Schwager Hasan mal ein Holzscheit nachgeworfen habe, als sie ihn, zehnjährig, beim Rauchen ertappte. Leider versteht der *dede* in dem Punkt keinen Spaß. Er nimmt Ahmed ins Verhör, ob er noch immer nicht das Rauchen aufgegeben habe.

Ahmed, sichtlich verärgert, erhebt sich vom gemütlichen Sofa und murmelt: »Nun sind wir wieder beim Thema Nummer eins gelandet. Man soll sich mit primitiven Leuten möglichst gar nicht unterhalten.«

Den zweiten Satz, hören seine Eltern natürlich nicht mehr, nur ich, die ich ihm in die Küche gefolgt bin.

Ramazan Bayramı, das Fest nach dem Ende des Fastenmonats, das im Volksmund Şeker Bayramı, Zuckerfest heißt. Am schönsten, dass nach langer Zeit der Beherrschung und, was Ahmed und mich betrifft, leider Verstellung, endlich wieder die ganze Familie am Frühstückstisch zusammensitzt, nachdem die Männer (*dede*, Ahmed, Ayhan, Mesut) frühmorgens in der Moschee waren. Man wünscht sich gegenseitig ein gesegnetes Fest, indem die Jüngeren den Älteren die Hände küssen. Die Kinder bekommen Geld geschenkt. Ihre Großmutter hat für jeden ein Taschentuch bereit, in das sie 20 000 Lira gewickelt hat, den Erlös vom Strumpfverkauf. Ahmed gibt je einen Fünfzigtausender.

Nachher beklagen sie sich bei mir, dieser Betrag sei hundswenig im Vergleich zu dem, was ihre Freunde einstrichen. Außerdem sei es üblich, dass zum Fest neue Kleidung gekauft würde. Sie haben recht. Ich verspreche ihnen noch etwas für neue Jeans und Hemden.

Enttäuscht sind auch die Nachbarskinder, die in Gruppen von Haus zu Haus ziehen und fürs Glückwünschen Bonbons erhalten, aber diesmal, auf Ahmeds strikte Anweisung, von uns kein Geld. »Was kriegt man denn da?« höre ich eine heranziehende Gruppe die Weggehenden fragen. Und darauf den kritischen Kommentar: »Nur Bonbons.« Wir »haben« es selbst nicht. Den Kleinen geht nichts ab, sie setzen ihre Ausbeute fast augenblicklich beim *bakkal* in Knallkörper um, so dass es ständig kracht wie an Silvester.

Nachbarn kommen zu Besuch. Dabei wird eine altersmäßige und eine soziale Hierarchie eingehalten. Weil die Alten bei uns wohnen, werden wir zuerst besucht, was eine Ehre ist. Je nach Lage können wir am nächsten Tag einen Gegenbesuch machen, das ist aber nicht Pflicht.

Wir haben die Gartenmöbel rausgestellt; es ist warm genug. Schwiegermutter genießt die vielen Besucher sichtlich, und dass sie jedesmal bei der Bewirtung dabei ist. Auch Nazlı kommt mit ihren drei Kindern, die geschrubbt und gebürstet aussehen und im Sonntagsstaat stecken. Sie bringt mir einen Nelkenstrauß. Ich kredenze neben dem üblichen Mokka und Pralinen *baklava*, und wir sitzen lange in der Küche und unterhalten uns hauptsächlich über die Kinder. Nazlıs Ältester ist in der Mittelschule, er ist fleißig und hat gute Noten; für ein Kind aus dem *gecekondu* eine besondere Leistung. Sie deutet an, dass ihr die abgelegte Schulkleidung von Mesut eine große Hilfe wäre, und ich forste gleich mal die Schränke durch, wobei einiges zu Tage kommt.

Ich habe für Nazlı im Ramazan Geld gespart, die Ablösesumme für mein Nichtfasten. Sie umarmt mich und nennt mich ihre »Mutter«. Nazlı ist keine Bettlerin. Sobald die kleine Tochter (4) in die Schule kommt, will sie wieder zum Putzen gehen. Und ihr Mann sei *elhamdülillah* kein Faulpelz. Zwar hat er den Job in der städtischen Kantine verloren, aber schon arbeitet er wieder (aushilfsweise und unversichert) in einem Lokal am Meer. Leider sind Raten abzuzahlen für Kühlschrank und Küchenherd, die man gekauft hat, als Aussicht auf eine Festanstellung bei der Stadt bestand. Sie hofft, ich werde ihr weiterhin helfen. So ist das immer, wenn du den kleinen Finger gibst ...

Später kommen Freunde unserer Kinder, sie in die Disco abzuholen. In einem nahen Hotel ist tagsüber für die Jugend alkoholfrei (streng kontrolliert) Tanz angesagt. Sogar Ahmed stimmt grinsend zu. »Habt ihr denn auch Mädchen?« Sie werden Havvas Tochter mitnehmen und dort Klassenkameradinnen von Mesut treffen. Dann amüsiert euch mal schön.

Den ganzen Tag essen dürfen nach so langem Fasten ist komisch. Mit jedem Besuch Mokka, Pralinen; *baklava* ... Zur Abwechslung richte ich uns einen pikanten Bohnensalat an. Mutter setzt sich neben mich und isst mit von meinem Teller – ein Zeichen der Liebe. »*Yavrum, seni nasıl unutacağım*« (Kleines, wie kann ich dich denn je vergessen?), sagt sie.

Die Müllabfuhr kassiert ihr Festtagsgeld. Dann kommt der Trommler, der uns jede Nacht aus dem Schlaf getrommelt hat, und gibt ein Ständchen, um ebenfalls zu kassieren.

Ahmed ist glücklich. Er lacht heute dauernd. Weil alles so gut läuft, vielleicht auch, weil er es geschafft hat, unauffällig durch den Ramazan zu kommen.

Nachmittags und abends rufen reihum seine Brüder an, uns ein frohes Fest zu wünschen. Schwager Osman »befiehlt«, dass seine Eltern jetzt nach Istanbul kommen sollen. Er werde sie von dort aus ins Dorf begleiten.

Am zweiten Festtag geht es schon weniger hektisch zu. Es kommen weitere Nachbarn zu Besuch, vor denen wir das einträchtige Ehepaar spielen – nein, wir *sind's*. Ahmed verkündet und interpretiert meine Ansichten über Kindererziehung (deutsch-türkisch) und die Folgen für den »Volkscharakter«; über den »wahren Islam«; über die »Freiheit der Frau« ... Er hat wirklich verstanden, was ich meine, und vertritt vor seinen Landsleuten haargenau meine undogmatische, emanzipierte Position. Wenn das nicht Liebe ist.

Nachmittags erscheint Gülay. Wir bereiten *kısır*, einen Frühlingssalat auf *bulgur*-Grundlage, der mit grünen Zwiebeln und Pepperoni schön scharf wird, und setzen uns in den Garten. Gülay hat eine Schokoladentorte mitgebracht. Sie möchte einmal die liebe Tante sein und lässt sich von den Kindern die Hände küssen. Dass diese dafür einen Hunderter bekommen, ist eine schöne Überraschung.

Schwiegermutter bleibt heute im Zimmer. Sie hat Fieber, fühlt sich matt. Vielleicht eine Reaktion auf den plötzlichen Abbruch des Fastens und auf zuviel Sonne gestern.

Gülay spöttelt, den Alten gefiele es bei uns zu gut, so dass sie »nie mehr« gehen würden. »Ich habe meiner Mutter einfach die Koffer vor die Tür gestellt, als es mir zuviel wurde.« Aber dann hat sie Tränen in den Augen.

Am Abend beginnt die *anne* selbst von ihrer bevorstehenden Abreise zu sprechen. Wie schwer, ja unmöglich der Abschied sei. Wir weinen. Ich müsste sie auffordern, für immer hier zu bleiben. Vielleicht ginge es, wenn ich eine Haushaltshilfe nehmen könnte, vor allem, wenn sich das Finanzielle regeln ließe. Aber das sind Illusionen. Wie der Traum von der harmonischen Großfamilie. Ich schäme mich, dass weder Ahmed noch ich die Kraft zur Integration haben. Dass wir den Alten den Lebensabend nicht gestalten können.

Ahmed kauft die Busfahrkarten für seine Eltern. Abreisetag ist übermorgen. Mutter hat kein Fieber mehr, dafür starke Gelenkschmerzen.

»Haben Sie sich das auch gut überlegt, Irmgard *hanım*?«
»Ja, habe ich.«
Das war nun wohl unser letztes Streitgespräch. Emin *bey* hat meine

»Kündigung« angenommen, nachdem er mich zur Weiterarbeit nicht überreden konnte. Es ist das beste so.

Ich mag nicht mehr.

Lisa wird die deutschen Übersetzungen alleine übernehmen, bis eine andere Kraft gefunden ist. Ihr scheint das nichts auszumachen, sie wirkt sogar erleichtert. Wahrscheinlich hat sie in mir eine Rivalin gesehen und die sachbezogenen Auseinandersetzungen mit Emin *bey* als Angriffe gedeutet, gegen die sie ihn verteidigen musste. Jedenfalls herrschte in der letzten Zeit ständig eine Spannung zwischen uns. Ich kann an dem Projekt *Merhaba* nicht weiter mitarbeiten. Ständig musste ich mich einmischen, Partei ergreifen. Und dabei fühlte ich mich als Verräterin nach beiden Seiten hin. Das zerreißt mir Leib und Seele, macht mich krank.

Aber wir brauchen den Zuverdienst.

Vielleicht sollte ich als Deutschlehrerin an eine Privatschule gehen, selbst wenn Margrit meint, das brächte mich erst recht um.

Ja Irmchen, wovor bist du geflohen? Es holt dich alles ein.

Morgen fahren sie. Die Bustickets sind gekauft, die Koffer gepackt. Mein Angebot, den überquellenden Kleiderkoffer durch einen etwas größeren zu ersetzen, dessen Schlösser funktionierten, lehnte Mutter jedoch strikt ab. Hatte sie Angst, dass Ahmed dies nicht genehmigen würde? Zu guter Letzt ging doch alles rein, und der *dede* verschnürte das Monstrum fachmännisch.

Endlich einmal erwies sich auch Großvaters Sammeltrieb als nützlich, denn ein stabiler Pappkarton sowie Stricke und Kordeln zum Zubinden, die er von seinen Streifzügen heimgebracht hatte, wurden nun gebraucht. Zuunterst kam ein Stoß des auf dem Dorf wertvollen Zeitungspapiers – längst nicht so viel, wie wir während des Winters gesammelt hatten. Vielleicht glaubt Mutter selbst nicht mehr recht daran, in diesem Sommer zentnerweise Trauben zum Trocknen auslegen zu können. Viele bunte Wollknäuel und von ihr gestrickte Strümpfe, Saatgut in Tütchen und zwei Paar Gummischuhe füllten den Karton aus. Dennoch mussten unbedingt eine verschließbare Weißblechdose und ein herrenloser Topfdeckel – für sie Kostbarkeiten – dazwischen geklemmt werden.

Das Handgepäck sollte aus zwei Plastiktüten bestehen, die vollgestopft waren mit Medikamenten, der Brille, Kopftüchern für sie und Mützen für ihn sowie Wollwesten für beide, denn man konnte ja nie wissen, ob es auf der Reise nicht plötzlich kalt würde. »Hast du keine Handtasche, Mutter?« Ich trete ihr meine alte braune, große Ledertasche ab, über die sie sich riesig freut, vor allem, weil die Tasche ein Seitenfach hat, in dem die Brille sicher untergebracht ist.

Na, ich sollte mich über den Aufzug nicht mokieren. Wie komme ich denn stets von meinen Deutschlandreisen heim? Mit sechs Gepäckstücken oder so, darunter natürlich Plastiktüten. Dann haben wir noch Zeit für ein Abschiedsgespräch. Sie benutzt die Gelegenheit zu Ermahnungen wie: »Vergiss nie, die Haustür verschlossen zu halten!« Ja doch, Mutter!

Und ich sei ihr die Allerliebste. Sie würde nie vergessen, was ich für sie getan habe. Übrigens sei auch der Sohn »weich« geworden und hätte schließlich ausgesprochen, sie könnten nächstes Jahr wiederkommen. Natürlich muss ein guter Sohn das sagen, ebenso wie eine gute Schwiegertochter es jetzt wiederholt und dabei hofft, dass es nicht wieder sechs Monate werden.

Der *dede* sitzt fröstelnd in seiner Decke und redet kein Wort. Deswegen wende ich mich an ihn: »Morgen gehst du auf die Reise, *baba*.« Mir fällt die Doppelbedeutung des Wortes ein, als er antwortet: »Ja ja, ich bin ein Reisender (yolcu).«

Sie: »Vielleicht siehst du ihn nicht wieder.«

Ich mache die Gebärde des Flügelausbreitens, und der *dede* lächelt. Doch dann, damit die *gelin* nicht auf trübe Gedanken kommt, wendet er das Gespräch ins Komische: »Jetzt haben wir alles aufgegessen, Bohnen und *bulgur*, Spinat und Kräuter ... Da können wir ja abfahren.« Mutter setzt hinzu: »Wen wirst du morgen wohl fragen, was du kochen sollst?«

Sie sind fort!

Kaum zu fassen das Glück, dass ich nun hier in meinem Kämmerlein, in meinem Bett ... nein, nicht mehr mich verkriechen, sondern genussvoll sitzen darf, ohne dass jemand von unten »Nuriye!« ruft. Ahmed bringt seine Eltern im Taxi zum Busbahnhof.

Welche Aufregung noch in den letzten Stunden, obwohl alles gepackt war und das Frühstück absichtlich mager ausfiel, damit die Alten während der Reise nicht oft zur Toilette müssen. In der Nacht hatte Mutter kaum ein Auge zugetan – ich übrigens auch nicht. Sie hatte das Handgepäck noch mal umgepackt, sich Sorgen um die Brille gemacht...

Wo waren denn wieder die Reisetabletten für den *dede*? Die hatte sie ihm gestern vorsorglich in eine Jackentasche gesteckt, und nun waren sie weg. Also die Jacke ausziehen, alles durchfummeln. Ach so, hier.

»Hast du die Busbilletts, die Personalausweise? Nicht wieder rausholen, Mann, ich wollte mich bloß vergewissern.«

Als das Taxi hupt, ist der *dede* zum zehntenmal auf dem Klo, und die *anne* will auch noch hin. Die endgültige Verabschiedung vollzieht sich der Form gemäß mit Handkuss meinerseits und: »*Hakkını helal et*«. Sie umarmt mich und sagt: »*Bin kere helal olsun!*« (Tausendfach sei dir alles gesegnet!) Ich bemerke, dass ihre Augen wieder feucht werden. Aber sie beherrscht sich und wendet sich ab, weil der Taxifahrer zuschaut.

Ich schütte dem abfahrenden Wagen, wie es Brauch ist, einen Eimer Wasser hinterher, damit die Reise »glatt«, problemlos verläuft.

O wunderbare Stille im Haus.

Jetzt kann ich runtergehen und mir ein Spiegelei braten oder Filterkaffee aufgießen, ohne Erklärungen abzugeben. Ohne »ihnen« dasselbe anbieten zu müssen. Dabei gönne ich ihnen alle Eier und allen Kaffee der Welt, aber ich soll es nicht machen müssen und mich nicht zu ihnen setzen müssen, während mir die Arbeit auf den Nägeln brennt.

Was sage ich da – automatisch? Ich bin ja arbeitslos. Ein ungewohnter Zustand, über völlig freie Zeit zu verfügen. Ich kriege Lust, das Wohnzimmer umzuräumen. Die alten Decken und Kissen werde ich rausschmeißen, und die Sofas werden über Eck gestellt, vielleicht kaufe ich auch poppige Bezüge für die abgewetzten Sitzmöbel.

Was mich belebt, wird Ahmed mit Sicherheit auf die Palme bringen. So geht uns der Stoff nie aus.

Die im vorliegenden Roman auftretenden Personen sind frei erfunden, Ähnlichkeiten mit Lebenden oder Verstorbenen rein zufälliger Art. Politische Äußerungen geben die Meinung der fiktionalen Gestalten wieder. Keinesfalls bestand die Absicht, einen Staat oder dessen Bewohner »schlechtzumachen«, im Gegenteil, zum besseren Verständnis beizutragen.

Glossar

abla	ältere Schwester
aferin	bravo!
ağa	Großgrundbesitzer, Großbauer
ağabey	älterer Bruder
akşamcı	einer, der abends regelmäßig rakı trinkt
anne	Mutter
ayıp	ungehörig, unanständig
baba	Vater
bakkal	Krämer, Lebensmittelhändler
baklava	türk. Süßspeise
bayram	staatl. oder rel. Feiertag
bey	Herr (dem Namen nachgestellt)
boş ver	egal; laß doch!
büyükanne	Großmutter
buyurunuz	bitte sehr; treten Sie näher; nehmen Sie Platz
camii	Moschee
Çelebi	Gelehrter; Geistlicher, auch Name
çocuk	Kind
çöp	Abfall
çorap	Strumpf
dede	Großvater
dershane	Paukstudio
döner	am Drehspieß gebratenes Fleisch
dörnerci	döner-Verkäufer
dolma	gefülltes Gemüse

eller	fremde Leute
elhamdülillah	Gott sei Dank!
erkek	Mann
erkeklik	Männlichkeit
ezan	Gebetsruf
gecekondu	über Nacht gebautes Haus, Hütten der Armen am Stadtrand
gelin	Braut, Schwiegertochter
güle güle	Geh mit Lachen/Auf Wiedersehen (sagt der Zurückbleibende)
hacı	Wallfahrer, Mekkapilger
halay	Name eines Volkstanzes
hamam	türk. Bad
hanım	Dame, Frau (dem Namen nachgestellt)
hayırlı	gesegnet, gut
hoşgeldin/iz	Willkommen!
inşallah	So Gott will! hoffentlich
kader	Schicksal
kadın	Frau
Kapalı Çarşı	Großer Basar
kaplan	Tiger
kara	schwarz
kese	Frottierhandschuh
kitap	Buch
kızdın mı?	Bist du wütend? Hast du dich aufgewärmt?
kızım	Mein Mädchen, meine Tochter
kurban	Opfertier, Opfer
mahalle	Wohnviertel, Bezirk
mantı	mit Hackfleisch gefüllte Teigtasche
merhaba	Guten Tag, Grüß Gott
molla	Gelehrter, Geistlicher (in alter Zeit)
mukabele	Responsorien, Koranlesung im Haus
namus	Ehre, guter Ruf
oturuyoruz	wir sitzen
pastane	Konditorei
patlıcan	Aubergine
rakı	Anisschnaps
ramazan	islam. Fastenmonat
Ramazan Bayramı	Fest am Ende des Fastenmonats

sahur	Frühstück vor Sonnenaufgang (Ramazan)
tamam	in Ordnung
tarhana	Mehlsuppe
tas	Schale
tavuk	Huhn
ukala	naseweis, neunmalklug
usta	Meister
vali	Provinzgouverneur
yabancı	Fremde(r)
yalı	Strandvilla
yaprak sarması	gefüllte Weinblätter
yavrum	mein Kleines
zeytin	Olive

Politische Parteien und Gruppierungen

ANAP	Mutterlandspartei
DYP	Partei des rechten Weges
SHP	Sozialistische Volkspartei
HEP	1991/92 legale Kurdenpartei
ERNK	Volksfront zur Befreiung Kurdistans (militär. Flügel der PKK)
PKK	Kurdische Kommunistische Arbeiterpartei

Literaturhinweise

Es wurden einzelne Artikel aus dem Sammelband *Türkiye*, erschienen im Akademia-Verlag, Izmir 1991, verwendet. Die Texte wurden aus dem Manuskript von der Autorin original übersetzt.